HEAVENFIELD HEARTS 1

Kopfüber ins Glück

CLARA GABRIEL

Clara Gabriel

Köbbinghauser Hammer 20

58840 Plettenberg

post@claragabriel.de

https://claragabriel.de

Lektorat & Korrektorat:

Claudia Pietschmann, ebooks-perfekt.de

Coverdesign:

Clara Gabriel, claragabriel.de

Coverfotos:

ISBN: 978-3-96698-400-3

Kapitel Eins

CHAMPAGNERLAUNE

In sechs Wochen werde ich heiraten. Deshalb haben wir, also meine beiden besten Freundinnen und ich, das Luxus-Verwöhnpaket in unserem Lieblings-Spa gebucht, als eine Art Junggesellinnenabschied. Linda und ich liegen, jede mit einem Glas Champagner bewaffnet, in den ultrabequemen Behandlungssesseln aus cremefarbenem Leder. Aus den Lautsprechern, die irgendwo in der Decke versteckt sind, dudelt leise Meditationsmusik. In der Luft liegt der Duft von Frangipani und Vanille und die goldene Buddha-Statue, die an der Stirnseite des Raumes auf einem Sockel thront, lächelt glückselig, während sich die Fruchtsäuremaske durch meine obersten Hautschichten frisst.

Serena, die Dritte in unserer Mädelsrunde, ist mal wieder zu spät.

»Tut mir leid«, sagt sie, als sie eine halbe Stunde nach der vereinbarten Zeit endlich in den Behandlungsraum rauscht. »Ich wurde aufgehalten.«

Ich pflücke das Wattepad von meinem rechten Auge und sehe sie vorwurfsvoll an. »Wer war es diesmal?«

»Ramón«, sagt sie und das R rollt auf ihrer Zunge. »Unser Poolboy«, schiebt sie zur Erklärung nach und lässt sich mit einem zufriedenen Seufzen in den freien Sessel sinken. »Der hat Feuer in den Hüften, ich sag's euch.«

Während die asiatische Kosmetikerin sich an die Reinigung von Serenas Gesicht macht, berichtet die wiederum ausführlich vom hemmungslosen Treiben im Poolhaus. Serena sammelt Eroberungen wie ihr Mann Jagdtrophäen. Nur dass sie ihre Lover nicht ausstopfen lässt und an die Wand hängt. Der Gedanke erheitert mich und ich nippe schnell an meinem Champagner, um das Kichern, das in meiner Kehle aufsteigt, runterzuschlucken.

»Wir hätten einen Stripper bestellen sollen«, seufzt Serena, als die Kosmetikerin endlich gegangen ist. »Dann könntest du wenigstens noch mal ein bisschen Spaß haben, bevor du diesen Langweiler heiratest, Lizzie.«

»Blake ist kein Langweiler«, protestiere ich. Na ja gut, genaugenommen schon. Er ist sechs Jahre älter als ich und Geschäftsmann durch und durch, ihn interessieren nur Daten und Fakten. Also das komplette Gegenteil von mir, aber deshalb ergänzen wir uns so gut. »Außerdem hatte ich Spaß«, schiebe ich nach. »Sogar reichlich.«

»Ach ja?«, fragt Serena und sieht mich herausfordernd an. »Wann denn?«

»Nun ...« Seit drei Jahren versuchen wir, ein Baby zu machen, aber es klappt einfach nicht. Deshalb renne ich alle zwei Wochen zu meiner Gynäkologin, um meine Hormonwerte zu checken oder mir eine Spritze reinjagen zu lassen, die meinen Eisprung auslöst. In den darauffolgenden Tagen haben wir dann Sex nach Terminplan. Wenn ich ehrlich bin, ist der Spaß dabei schon lange auf der Strecke geblieben.

»Okay, was war das heißeste Erlebnis, das du je hattest?«

»Meinst du jetzt, sexuell?«

»Natürlich, was denn sonst? Ich rede hier nicht über

einen Saunabesuch oder eine ausgefallene Klimaanlage«, sagt Serena und schüttelt energisch den Kopf. »Sondern über Sex, der so heiß ist, dass sich die Farbe von den Wänden schält«, fügt sie mit einem schmutzigen Grinsen hinzu.

»Ich …« Um ehrlich zu sein, noch nie. »Das ist doch auch nicht so wichtig. Nicht jede Frau hatte schon mal ein Abenteuer, stimmt's Linda?« Hilfesuchend sehe ich zu ihr rüber, doch zu meinem Erstaunen wird sie rot.

»Also, es gab da schon mal was«, druckst sie herum. »Während meiner Zeit auf dem College sind wir auf diesem Country-Festival gelandet, in Memphis. Und dann waren da diesen beiden Typen, Musiker von irgendeiner Band. Ich erinnere mich nicht mal an ihre Namen. Aber ist ja auch egal, das war schon verdammt heiß, mit zwei Männern …« Linda unterbricht sich.

»Gleichzeitig?«, frage ich schockiert. Linda nickt und wird noch ein bisschen roter. Okay, jetzt bin ich ehrlich baff. Meine beste Freundin, treusorgende Ehefrau und Mutter zweier bezaubernder Kinder, erzählt mir gerade, dass sie einen Dreier hatte?

»In einem Van«, schiebt Linda nach.

»Alle Achtung, in dir schlummert ja ein richtiges Hippie-Girl.« Serena nickt anerkennend.

»Moment mal.« In Gedanken überschlage ich die Zeitspanne. »Warst du da nicht schon mit James zusammen?«

Linda schürzt die Lippen. »Was er nicht weiß, macht ihn nicht heiß«, sagt sie achselzuckend. »Ganz im Gegenteil. Rückblickend betrachtet würde ich sagen, es hat unserer Beziehung sogar gutgetan. Dadurch wusste ich mit absoluter Sicherheit, dass er es ist, den ich heiraten will. Ohne das Gefühl, etwas verpasst zu haben.«

»Ich hab nichts verpasst«, widerspreche ich.

Serena und Linda tauschen einen vielsagenden Blick.

»Doch, hast du, Schätzchen«, sagt Serena und verdreht die Augen.

Linda tätschelt meine Hand. »Mach dir nichts draus, Lizzie. Mit Blake hast du einen guten Fang gemacht. Die wahre Liebe ist viel wichtiger als so ein kleines Abenteuer.«

»Wahre Liebe«, sage ich und schnaube durch die Nase. »Außerdem hast du selbst gerade gesagt, dass du James betrogen hast. Wie kannst du da also von Liebe reden?«, füge ich hinzu. Sowas gibt's doch sowieso nur in Hollywoodfilmen, und ich habe genug andere Gründe, Blake zu heiraten. Er ist der Richtige für mich, da bin ich mir absolut sicher.

Bist du das wirklich?, fragt die leise Stimme in meinem Kopf, als ich gegen Mitternacht aus dem Taxi steige und die Einfahrt zu unserer Villa hochschwanke. Vor der Garage parkt Blakes neuestes Spielzeug. Beim Anblick des alten Dodge Vans, den er zu einem mobilen Vorführwagen umbauen lassen will, um damit auf Messen zu fahren, muss ich an Lindas Geständnis denken. Ich verdränge die Bilder, die dabei aufsteigen. Sie zeigen meine beste Freundin, die sich im Laderaum mit zwei heißen Typen vergnügt. Selbst sie hatte schon mal ein Abenteuer. Nur ich bin so unschuldig und rein wie der weiße Granitboden in unserem Eingangsbereich.

Die Absätze meiner Jimmy Choos klackern auf den Steinfliesen, als ich das Haus betrete. Aber ich muss mir keine Sorgen machen, Blake zu wecken. Er ist gestern für zwei Wochen nach Singapur geflogen, um das Werk in Asien wieder auf Kurs zu bringen. Seit Dads Herzinfarkt vor sechs Monaten leitet Blake die Geschäfte der Robinson Machinery Group, kurz RMG. Ich wäre dazu auch gar nicht in der Lage, denn ich habe Kunstgeschichte studiert.

Deshalb drängt mein Vater auf eine baldige Hochzeit, damit die Zukunft der Firma gesichert ist und sie im Familienbesitz bleibt. Das war nun mal der Deal: Ich kann mich frei entfalten, dafür heirate ich jemanden, der sich um die Zukunft der Firma kümmert.

Wenn ich ehrlich bin, ist es mir gar nicht so unrecht. Blake ist der geborene Geschäftsmann und mir bleibt dadurch mehr Zeit für die schönen Dinge im Leben. Meine morgendliche Joggingrunde und das anschließende Workout im voll ausgestatteten Fitnessraum unserer Villa zum Beispiel. Oder Ladies-Lunch, Besuche im Luxus-Spa und ausgedehnte Shoppingtouren. Mir mangelt es an nichts, wie mein begehbarer Kleiderschrank beweist, der in seinen Ausmaßen eher an eine gutsortierte Designer-Boutique erinnert.

Mit einem erleichterten Seufzer streife ich die Stilettos ab, stelle sie ins Regal und wackele mit den Zehen. Dann gehe ich auf nackten Füßen ins Bad, um mir die Zähne zu putzen.

Ich besitze alles, was eine Frau sich wünscht. Nur zwei Dinge nicht: ein kleines, prickelndes Geheimnis, das meine Augen zum Funkeln bringt. Und das ganz große Gefühl, das mich sicher sein lässt, den Richtigen zu heiraten. Liebe …

Unsinn, denke ich und betrachte mein Gesicht im Spiegel. Ich brauche kein Abenteuer, um zu wissen, dass Blake der passende Mann für mich ist, das sagt mir schon mein gesunder Menschenverstand. Ärgerlich ramme ich die elektrische Zahnbürste zurück in die Ladestation und gehe ins Bett.

Warum fühle ich mich dann plötzlich, als hätte ich etwas verpasst? Das liegt bloß an Serenas blödem Gequatsche. Seitdem sie davon angefangen hat, nagt es an mir. Selbst Linda kann mitreden, nur ich nicht. Es muss ja nicht gleich ein Dreier sein. Und ich will auch keinen Callboy bestellen, um mal eine heiße Nummer zu erleben. Fremdgehen ist einfach nicht mein Stil. Nein, es müsste etwas sein, das ich nur für mich mache. Eine Auszeit, um mir darüber klarzuwerden, was ich wirklich will. Vielleicht sollte ich mir einfach den Van schnappen und ein paar Tage wegfahren. So eine Art Roadtrip wäre cool, denke ich noch, bevor mir die Augen zufallen. Ein kleines Abenteuer, nur für mich.

Kapitel Zwei

DER DUFT DER FREIHEIT

Freiheit riecht nach Zitronenlimonade, stelle ich fest, als mir die Dose Sprite aus der Hand gleitet. Ihr Inhalt ergießt sich über den Fahrersitz des Vans und meine nackten Beine. Sie stecken in Jeansshorts, die einen Hauch zu kurz für mein Alter sind.

»Pass doch auf, Elizabeth!«, imitiere ich Blakes Stimme. Wenn es nach ihm ginge, dürfte ich im Auto nur Wasser trinken, weil das keine Flecken macht.

Mit der linken Hand angele ich die Dose aus dem Fußraum, in der sich nur ein Rest befindet. Einem plötzlichen Impuls folgend, kippe ich ihn mir auch noch über den Schoß.

»Elizabeth, was tust du denn da?«, kreischt Blakes Stimme in meinem Kopf. »Bist du jetzt vollkommen übergeschnappt?«

»Komplett verrückt«, sage ich zu mir selbst. Ich kann immer noch nicht glauben, dass ich das wirklich durchziehe. Total crazy. Es war vielleicht nicht die netteste Art, die Verlobung mit Blake per Telefon zu lösen, während er noch in Asien ist. Aber nachdem ich anderthalb Wochen um den Van herum geschlichen bin und das Gefühl, etwas zu verpassen, immer heftiger wurde, habe ich es einfach nicht mehr ausgehalten. Ich habe mein zukünftiges Leben vor mir gesehen und mich gefragt, ob das schon alles war. Die Vorstellung, Blake zu heiraten und einfach so weiterzumachen, bis der Tod uns scheidet, ist der blanke Horror. Ich bin doch keine Zuchtkuh und viel zu jung, um mein Leben an der Seite eines gefühlskalten Mannes zu verbringen und meine einzige Aufgabe darin zu sehen, einen perfekten kleinen Stammhalter zu gebären, der am Ende genauso ein Arschloch wird wie sein Vater. Das kann es doch noch nicht gewesen sein. Da ist doch noch mehr. Ich *muss* das hier tun, nur für mich. Bloß, wie ich Dad schonend beibringen soll, dass ich unseren Deal gebrochen habe, weiß ich noch nicht.

Während der Highway an mir vorbeizieht, rinnt die Limo zwischen meine Oberschenkel. Sie hinterlässt klebrigsüße Spuren auf meiner Haut und einen nassen Fleck in meinem Schritt. Auf WFBC läuft Tom Pettys *Learning to Fly* und ich drehe das Radio lauter und singe aus voller Kehle mit. Es fühlt sich wirklich an, als würde ich Fliegen lernen. Endlich, mit zweiunddreißig Jahren. Ich habe keine Flügel und null Ahnung, wie das geht. Aber es ist ein gutes Gefühl, unterwegs zu sein. Vielleicht ist es albern, ausgerechnet Memphis anzusteuern, weil Linda dort ... Ich verdränge den Gedanken. Irgendein Ziel brauche ich ja schließlich, und wer weiß, wohin mein Weg mich am Ende führt? Nun, fürs Erste wohl zur nächsten Tankstelle, wie mir ein Blick auf die Tankanzeige verrät. Im Gegensatz zum modernen, spritsparenden Motor meines schneeweißen BMW X5 verbraucht die alte Karre viel mehr, als ich angenommen habe.

»Du bist ein durstiges Mädchen, Dolly Dodge«, murmele ich seufzend, tätschele das Lenkrad und setze den

Blinker, um den Highway zu verlassen und den nächsten Ort anzusteuern.

Die schmale Straße schlängelt sich zwischen dichtbewachsenen Hügeln hindurch. Der Wald rückt immer näher an den Fahrbahnrand. Stand da nicht vorhin *Sixmile* auf dem Schild? Vielleicht ist der Ortsname wörtlich zu verstehen. Oder bin ich falsch abgebogen?

Der Wagen hat kein Navi und mein Handy ist ausgeschaltet, damit mir niemand diese Schnapsidee ausreden kann. Bevor ich losgefahren bin, habe ich eine kurze Nachricht an die WhatsApp-Gruppe geschickt, die ich mit Linda und Serena habe: *Mission Abenteuer läuft!* Wahrscheinlich drehen sie im Chat bereits durch.

Wenn ich weiterfahre, sehe ich heute mein erstes Einhorn, da bin ich mir sicher. Wobei das natürlich Quatsch ist. Schließlich zeigen sich Einhörner nur Jungfrauen und die bin ich definitiv nicht mehr, sondern seit acht Jahren mit Blake zusammen.

Argwöhnisch beäuge ich den dichten Wald zu beiden Seiten der Straße. Sie ist viel zu schmal, um darauf zu wenden. Es bleibt mir nichts übrig, als ihr zu folgen und zu hoffen, dass bald ein Ort mit einer Tankstelle kommt. Als ich losgezogen bin, um ein Abenteuer zu erleben, meinte ich damit nicht, irgendwo in der Wildnis liegenzubleiben.

Ich biege um eine Kurve, und plötzlich öffnet sich der Blick über ein langgestrecktes Tal, in dessen Zentrum ein See liegt.

»Willkommen im Happy Valley!« begrüßt mich ein paar Meter weiter ein verblichenes Schild am Straßenrand. »Das glücklichste Tal der Welt« steht darunter in kleinerer Schrift.

»Immerhin ein Zeichen von Zivilisation«, sage ich aufmunternd zu Dolly. »Wir sind gerettet.«

Tatsächlich, bald erreiche ich die ersten versprenkelten

Häuser und dann ein Ortsschild. Heavenfield. Neugierig folge ich der Hauptstraße durch die schmucke Kleinstadt. Gepflegte Holzhäuser mit Verandas schmiegen sich in adrette Vorgärten. Das Städtchen liegt am Ufer eines Sees. »Lake in the Sky« besagt ein weiteres Schild. Dahinter erheben sich sattgrün bewaldete Hügel, und der Himmel darüber leuchtet so blau, dass es fast wehtut.

»Wie treffend«, kommentiere ich.

Der Ort gleicht einem Postkartenmotiv und es gibt nichts, das den Anblick stört. Kein modernes Einkaufszentrum am Ortsrand, kein Mc Donald's oder Burger King. Stattdessen einen zentralen Platz, um den sich das Rathaus, eine Polizeiwache, eine Feuerwehrstation, ein paar Geschäfte und ein typisch amerikanisches Diner reihen. Ohne hineinzusehen weiß ich, dass es Sitzecken hat, deren Polster mit rotem Kunstleder bezogen sind. Alles wirkt, als wäre hier die Zeit stehen geblieben.

Ein Stück weiter die Straße hinunter entdecke ich endlich eine Tankstelle. Die Zapfsäulen sehen aus, als stammten sie noch aus den Fünfzigern. Ich halte neben einer von ihnen und rechne bereits damit, dass gleich ein uralter Tankwart in einem Holzfällerhemd erscheint. Aber hey, das ist die Gegenwart, denke ich beim Aussteigen. Also werde ich wohl selbst tanken müssen.

Ray hat sich in der Kaffeepause einen Zahn abgebrochen. Deshalb hat er mich gebeten, kurz die Stellung zu halten, während er beim Arzt ist. Ich will gerade bei einem der beiden Streifenwagen der Heavenfield Town Police das Motoröl auffüllen, als ein schwarzer Dodge Ram Wagon auf den Hof rollt. neunundsiebziger Baujahr, tippe ich. Den Van habe ich hier noch nie gesehen, der wäre mir aufgefallen. Es passiert nicht gerade oft, dass jemand Fremdes in der Stadt auftaucht. Außer den Touristen natürlich, die in den Sommermonaten herkommen, um von hier aus den Nationalpark zu erkunden oder dem alten Indianerpfad hoch zu den Abrams Falls zu folgen. Die Strecke ist in ein bis zwei Stunden locker zu bewältigen, und es bestehen gute Chancen, unterwegs einem Bären zu begegnen. Aber im Großen und Ganzen ist hier nicht viel los. Im Vergleich zu anderen Orten ist Heavenfield immer noch ein verschlafenes Nest.

Der Van sieht jedenfalls nicht aus wie einer der üblichen Camper-Vans. Eher wie eine Gangsterkarre. Schwarz, tiefergelegt, mit breiten Reifen und getönten Scheiben.

Die Fahrertür fällt mit einem satten *Wumm* ins Schloss. Der Fahrer ist ausgestiegen, aber ich habe ihn noch nicht im Blick, dafür muss er erst um den Van auf die Beifahrerseite gehen. Gespannt beobachte ich den Wagen, doch auf das, was passiert, bin ich nicht vorbereitet. Das vermutlich schönste Mädchen, das ich jemals gesehen habe, tritt hinter dem Van hervor und nähert sich den Zapfsäulen. Schätzungsweise eins zweiundsiebzig groß und schlank, mit Kurven genau an den richtigen Stellen. Ihre langen blonden Locken sind zu einem Pferdeschwanz gebunden und ihre Beine stecken in Jeans-Shorts, die gerade so ihren Po bedecken. Sie sieht aus wie das typische All American Girl. Lebensfroh, sportlich, gesund. Und vor allem wirkt sie, als ob sie Hilfe gebrauchen könnte.

Bisher hat sie mich offensichtlich noch nicht bemerkt, denn sie steht mit dem Rücken zu mir. Während ich über den Hof schlendere, gönne ich mir deshalb einen ausgiebigen Blick auf ihren perfekten Hintern. O Mann, für diese Shorts bräuchte sie eigentlich einen Waffenschein!

»Kann ich helfen?«, fragt eine volltönende Stimme hinter mir. Sie gehört einem dunkelhaarigen Typen mit Fuck-Boy-Frisur, vielleicht so Anfang zwanzig. Er sieht aus, als würde er für Kalender modeln. Als sexy Mechaniker, um genau zu sein. Für einen winzigen Moment frage ich mich, ob ich gerade in ein Foto-Shooting geplatzt bin, aber ich kann keine Kameras entdecken. Die Ärmel des grauen Overalls sind um seine schmalen Hüften geknotet und das nicht mehr ganz so weiße Unterhemd bietet freie Sicht auf seine muskulösen Schultern und Arme. Ich wette, er hat ein Sixpack darunter.

Sein Blick wandert an mir herab und bleibt an dem klebrigen Fleck in meinem Schritt hängen. Plötzlich wünsche ich, ich hätte mir den Rest Sprite nicht über den Schoß gekippt und meine Shorts wären fünf Zentimeter länger. Offenbar denkt er, ich hätte mir in die Hose gemacht, wie sein belustigter Gesichtsausdruck verrät. Gott, ist das peinlich! Meine Wangen glühen vor Scham, am liebsten würde ich im Erdboden versinken.

»Das alte Ding ist ein wenig undicht«, sagt er und nimmt mir mit einem breiten Grinsen die Zapfpistole aus der Hand.

Als er sie in den Tankstutzen führt, sind meine Gedanken eindeutig nicht jugendfrei.

»Tropft manchmal ein bisschen«, sagt er. »Damit muss man sanft umgehen.« Seine himmelblauen Augen funkeln.

Flirtet er etwa mit mir? Oder bilde ich mir das nur ein, weil ich gerade an etwas Schmutziges gedacht habe? Herrgott, Lizzie, nun reiß dich zusammen, rufe ich mich zur Vernunft. Der Typ ist Mitte zwanzig, höchstens! Die Frisur sagt eigentlich schon alles. Steht ihm aber ziemlich gut, das muss ich ihm lassen. Er ist süß. Wäre er damals auf meine Highschool gegangen, wäre ich vermutlich unsterblich in ihn verliebt gewesen.

»Komplett?« Er sieht mich fragend an.

»Was?«, frage ich zurück und fühle mich seltsam ertappt.

Er nickt zum Van. »Volltanken?«

»Ach so«, sage ich und höre selbst, wie erleichtert ich klinge. »Randvoll, bitte.« Gott, ich führe mich auf wie eine Idiotin!

»Randvoll«, bestätigt er eine Weile später. »Macht dann siebenundachtzig siebzig. Sonst noch was, Ma'am?«

Ma'am? Die Anrede ist wie ein Schlag ins Gesicht und bringt mich zurück auf den Boden der Tatsachen. Für wie alt hält er mich denn? Ich bin zweiunddreißig, keine fünfzig!

»Nein, das wäre alles«, stammele ich und krame neunzig Dollar aus meinem Portmonee. »Stimmt so.«

»Sicher, dass Sie nicht noch was anderes brauchen?«, hakt er nach und sieht mich mit einem Blick an, der mir die Hitze erneut ins Gesicht treibt. O nein, jetzt bitte nicht wieder rot werden.

»Bekommt man hier irgendwo ein kaltes Bier?« Das Einzige, das ich nach diesem Auftritt brauche, ist ein Drink, um die Peinlichkeit runter zu spülen. Außerdem geht die Sonne bald unter und ich sollte mir langsam einen sicheren Parkplatz für die Nacht suchen.

»Klar, bei Granny Mae.« Er deutet mit dem Daumen über die Schulter in die Richtung, aus der ich gekommen bin.

»Das Diner?«

Er nickt. »Ja, oder drüben im Restaurant des Yacht-Clubs an der Uferpromenade.«

»Dann das Diner«, entscheide ich. Ich will einfach nur ein kühles Bier.

»Gute Wahl«, sagt er und schenkt mir ein strahlendes

Lächeln. »Da wollte ich später auch noch hin. Vielleicht sieht man sich ja.«

Lieber nicht, das war schon peinlich genug. Ich hebe die Hand zu einem Gruß, der alles bedeuten könnte, und ergreife die Flucht.

Holy Shit, war die süß! Okay, ein bisschen älter, als ich angenommen hatte. Vielleicht sogar ein bisschen älter als ich, aber was soll's. Ich sehe ihr nach, wie sie die Main Road hinunterfährt. Am Main Square wird sie langsamer, setzt aber keinen Blinker.

»Komm schon, Baby, halt an«, flüstere ich.

Yes! Ohne zu blinken biegt sie auf den Parkplatz vorm Granny Mae's. Passiert nicht oft, dass sich so schöne Frauen nach Heavenfield verirren, noch dazu allein. Eigentlich nie, um genau zu sein. Und sie ist definitiv die Schönste, die jemals den Weg nach Heavenfield gefunden hat. Was, wenn sie einfach nur ein Bier trinkt und weiterfährt? Kein angenehmer Gedanke. Plötzlich habe ich es sehr eilig, zum Diner zu kommen. Ich fülle das Öl auf, schlage die Motorhaube zu und schreibe Ray einen Zettel, dass ich abgehauen bin.

Kapitel Drei

WILLKOMMEN IN HEAVENFIELD

Das Diner empfängt mich mit dem verlockenden Geruch von brutzelndem Speck und Blaubeerkuchen. Die Bänke sind tatsächlich mit rotem Kunstleder bezogen, genau wie ich vorausgesehen habe. Nur Granny Mae hätte ich mir irgendwie älter vorgestellt. Die Afroamerikanerin hinter der Theke schätze ich auf Mitte zwanzig, höchstens. Sie trägt eine Hipster-Brille sowie eine pinkfarbene Schürze mit dem Logo des Diners, die farblich so gar nicht zu den Polstern passen will.

Als ich an die Theke trete, mustert sie mich neugierig, deshalb bestelle ich schnell ein Bier und verziehe mich damit in eine der Sitznischen. Kurz darauf kommt eine ältere, dunkelhäutige Frau aus einer Tür, die vermutlich zum Lagerraum führt, schleppt eine Kiste mit Eisbergsalat heran und verscheucht die Jüngere mit einer knappen Handbewegung, damit sie sie vorbeilässt. Das muss dann wohl Granny Mae sein.

Ich weiß nicht, wann ich zum letzten Mal ein Bier aus der Flasche getrunken habe. Egal, es ist kalt und frisch. Ein weiterer Schluck vertreibt den Gedanken daran, dass ich mich vorhin komplett lächerlich gemacht habe. Grundgütiger! Was habe ich mir nur dabei gedacht, mir den Van zu schnappen und einfach loszufahren? Statt mich um meine Hochzeitsvorbereitungen zu kümmern, habe ich mit Blake Schluss gemacht, benehme ich mich wie ein Teenie und flirte mit Jungs im Collegealter. Wobei ... Strenggenommen hat er mit mir geflirtet. Hat er doch, oder? Denn ich habe kaum etwas gesagt. Er hat geredet, während ich ihn angestarrt habe, als hätte ich eine Erscheinung. Und vor allem während ich versucht habe, nicht drüber nachzudenken, dass in meinem Schritt ein riesiger, feuchter Fleck prangt. Wie peinlich! Zeit, von der Bildfläche zu verschwinden, bevor er tatsächlich noch hier aufkreuzt und ich mich vollends blamiere.

Mit einem großen Schluck leere ich mein Bier und winke der Kellnerin. »Zahlen, bitte!«

»Sie wollen schon gehen?«, fragt die mir bereits bekannte Stimme so dicht hinter mir, dass ich zusammenzucke.

Ich drehe mich zu ihm um. »Müssen Sie sich immer so anschleichen?« Mein Herz schlägt bis zum Hals, aber ich fürchte, es liegt nicht am Schreck, sondern an seinem Anblick. Er hat den Overall gegen verwaschene Jeans und ein graues T-Shirt getauscht und sieht einfach nur heiß aus. Und verdammt jung.

»Tut mir leid«, sagt er und setzt sich auf die gegenüberliegende Bank. »Wie wär's, wenn ich Ihnen zur Entschuldigung einen Drink spendiere?«

»Okay«, willige ich ein. »Aber nur unter einer Bedingung.«

»Und die lautet?«

»Nenn mich nie wieder Ma'am!«

Sein freches Grinsen lässt ihn noch mal fünf Jahre jünger aussehen. Er gibt der Kellnerin ein Zeichen, uns zwei Bier zu bringen, legt den Kopf schräg und schaut mich neugierig an. »Wie soll ich dich denn nennen?«

Das ist eine ausgezeichnete Frage. Meine Freunde nennen mich Lizzie. Nur Blake und Dad sagen Elizabeth.

»Liz«, antworte ich deshalb schlicht. Ja, das klingt gut, unabhängig und frei.

»Schöner Name.« Er ergreift meine ausgestreckte Hand. »Ich bin Noah«, sagt er lächelnd und hält immer noch meine Hand in seiner.

Fühlt sich gut an, warm und vertraut, obwohl wir uns nicht kennen. Von mir aus könnte er sie noch stundenlang festhalten, aber das wäre wohl seltsam. Deshalb entziehe ich sie ihm und senke den Blick. Warum macht er mich so nervös? Er weiß ja gar nicht, mit welcher Absicht ich losgezogen bin. Aber es fühlt sich an, als stünde es mir ins Gesicht geschrieben: Diese Frau sucht ein Abenteuer und ist bereit für einen One-Night-Stand!

»Was ist?«, fragt Noah und mir wird klar, dass ich gerade Löcher in die Tischplatte starre.

Ich schüttele den Kopf. »Nichts, alles in Ordnung.« Die Kellnerin bringt unsere Getränke, ich greife die Flasche und tippe sie betont lässig gegen seine. »Cheers!«

»Cheers!«, sagt er und trinkt einen Schluck, bevor er mich wieder ansieht. »Du bist also aus Ohio«, sagt er dann. Es ist keine Frage, sondern eine Feststellung.

»Hört man das?«, frage ich.

»Nein, das steht auf deinem Nummernschild.« Er zwinkert mir zu. »Außerdem passiert es nicht gerade oft, dass sich so schöne Frauen hierher verirren«, sagt er mit einem entwaffnenden Lächeln.

Okay, das war deutlich, er flirtet mit mir. Den Grund dafür hat er direkt mitgeliefert. Ich bin neu hier, Frischfleisch sozusagen. Aber ich kann nicht abstreiten, dass es auch sehr schmeichelhaft ist. Es tut gut, mal wieder angebaggert zu werden, noch dazu von einem Typen wie ihm. Verdammt, er sieht aus wie eine jüngere Version von Supermann.

»Verirren trifft es«, gebe ich zurück. »Wo sind wir eigentlich?«

»Ernsthaft?« Er sieht mich perplex an. »Du weißt nicht, wo du bist? Das ist Heavenfield im Happy Valley, dem …«

»Glücklichsten Tal der Welt«, vervollständige ich seinen Satz. »Ich weiß. Aber wo liegt das?«

»In Tennessee.« Sein Blick schwankt zwischen schockiert und amüsiert.

»Aha, dann bin ich ja zumindest noch im richtigen Bundesstaat.« Ich zucke mit den Schultern. »Der Van hat kein Navi«, setze ich zur Erklärung hinzu.

»Wohin wolltest du denn?«

»Memphis«, antworte ich und er verzieht den Mund zu einem bedauernden Lächeln.

»Schade, ich dachte, du wärst wegen des Parks da.«

»Welcher Park?«

»Na, der Nationalpark«, sagt er. »Smoky Mountains, schon mal gehört?«

»Oh, ja, sicher. Aber nein, nicht wegen des Parks.«

»Und was hat dich dann nach Heavenfield geführt?«

Er ist ganz schön neugierig. »Ich musste nur mal tanken«, entgegne ich knapp. »Dolly Dodge hatte Durst.«

»Dolly Dodge?« Noah hebt eine Augenbraue und sieht mich an, als hätte ich nicht alle Tassen im Schrank.

»Ja, wieso nicht? Was ist falsch daran, seinem Van einen Namen zu geben?«

»Nichts«, antwortet er kopfschüttelnd. »Nur … Dolly Dodge klingt so *rosa*. Findest du nicht, er sieht eher aus wie ein Rambo oder ein Beast?«

»Ich wollte was Freundliches. Schließlich ist sie sowas wie meine Lebensgefährtin auf Zeit.«

»Wow, du lebst da drin?« Er sieht mich beinahe ehrfürchtig an. »Du führst ein richtiges Vanlife, also so Rumreisen mit Instagram-Account und so?«

»Na ja, sowas in der Art«, antworte ich ausweichend. »Nur ein kleiner Road-Trip.«

»Das ist echt cool!« Noahs Augen leuchten vor Begeisterung. »Wie lange bist du schon unterwegs?«

Wenn ich ihm sage, dass ich erst heute Vormittag losgefahren bin, lacht er mich aus. Deshalb entscheide ich mich für ein vages »Eine Weile«.

»Wo warst du denn schon überall?«

»Ach, so hier und da«, sage ich mit einer wegwerfenden Handbewegung und erzähle von irgendwelchen Orten, an denen Blake und ich mal Urlaub gemacht haben. »Ich lasse mich einfach treiben. Und jetzt bin ich halt hier gelandet.«

»Jetzt bist du hier gelandet«, wiederholt er meine Worte und der Blick, mit dem er mich dabei ansieht, jagt einen wohligen Schauer über meinen Rücken. »Willkommen in Heavenfield, Liz.«

Ihre Augen haben die gleiche Farbe wie der Lake in the Sky, wenn sich an einem sonnigen Tag der Himmel darin spiegelt. Ein tiefes Blaugrün, unergründlich und geheimnisvoll. Liz senkt den Blick und zwischen uns entsteht eine peinliche Stille. Deshalb tippe ich meine Bierflasche an ihre, wie sie es vorhin getan hat, und wir trinken einen Schluck.

»Wie lange hast du vor zu bleiben?«, erkundige ich mich möglichst beiläufig. Was ich eigentlich sagen will, ist: »Geh nie wieder weg!« Sie fasziniert mich, ich will sie kennenlernen.

»Ich weiß nicht«, antwortet sie. »Auf jeden Fall bis

morgen.«

Morgen! Da trifft man einmal eine Frau, die einem gefällt, und dann sagt sie, dass sie sofort abhaut. Das Leben ist echt ungerecht. Also dann, höchste Zeit für Flirtstufe zwei.

»Hast du Hunger?«, frage ich.

»Wie ein Bär!« Sie strahlt mich an, und ich winke Keisha, damit sie uns die Speisekarten bringt. Keisha taxiert mich mit einem amüsierten Blick über den Rand ihrer Brille hinweg, den ich gekonnt ignoriere, während Liz sich in die Karte vertieft.

Essen ist immer gut, dadurch gewinnt man Zeit. Zum Reden. Wobei reden echt das Letzte ist, womit ich meinen Abend verbringen will. Seitdem ich weiß, dass Liz nicht lange bleibt, erscheint mir jede Minute kostbar. Deshalb baggere ich wie ein Weltmeister, um sie von mir zu überzeugen, während wir auf unsere Bestellung warten. Das ist sonst gar nicht meine Art. Die anderen Besucher des Diners gucken schon komisch, und Keisha schenkt mir einen mehr als verwunderten Blick, als sie uns das Essen serviert. Jeder, aber auch wirklich jeder in Heavenfield kennt mich. Also schalte ich einen Gang zurück und benehme mich wie ein Gentleman, während ich ihr dabei zusehe, wie sie einen Burger mit Avocado und über die Hälfte der riesigen Portion Cheese Fries verdrückt, die auf einem Tablett in der Mitte des Tischs zwischen uns steht.

Manchmal berühren sich unsere Hände, wenn wir nach den Pommes greifen und jedes Mal zuckt sie zusammen. Okay, ich gebe es zu, ich lege es drauf an, dass wir uns zufällig berühren. Denn die Zeit läuft, tick, tick, tick ... Ich kann das Ticken der alten Wanduhr über der Theke tatsächlich hören, über den Lärm der anderen Gäste hinweg. Es verspottet mich, während die Sekunden gnadenlos verrinnen.

Der Abend vergeht wie im Flug, ich will nicht, dass er endet. Doch inzwischen sind wir die letzten Gäste, und Keisha hat mir schon dreimal durch ein unauffälliges Nicken zu verstehen gegeben, dass sie langsam schließen will.

Okay ... Ich atme tief durch und fasse mir ein Herz. »Weißt du schon, wo du heute Nacht parkst?«, frage ich und gebe mir Mühe, nicht allzu hoffnungsvoll zu klingen.

»Nein.« Sie schüttelt den Kopf. Ihr Pferdeschwanz wippt und ihre Locken schimmern im Licht der alten Hängelampen wie flüssiges Gold.

»Da kannst du auf jeden Fall nicht stehen bleiben.« Ich deute aus dem Fenster zu ihrem Wagen. »Du stehst in der Kurzparkzone. Das Ticket wird teuer.«

»Oh, Mist«, murmelt sie. »So lange wollte ich gar nicht da stehen bleiben. Gibt es hier irgendwo einen Campingplatz?«

Theoretisch könnte ich sie zu einem der fünf Campingplätze in und um Heavenfield schicken, aber ... »Wenn du willst, kannst du ihn bei uns zu Hause in der Einfahrt abstellen.«

»Das wäre echt nett«, sagt sie und schenkt mir ein nervöses Lächeln.

»Kein Problem«, sage ich und zahle die Rechnung.

Keisha legt das Geld in die Kasse und zwinkert mir verschwörerisch zu. »Gute Nacht, ihr zwei.«

»Sie braucht bloß einen Parkplatz«, versichere ich schnell.

»Na klar«, entgegnet Keisha und ihr Grinsen reicht von hier bis Ohio.

Es ist mir egal, ich habe nur diese eine Chance und ich werde sie nutzen. »Komm«, sage ich zu Liz, nehme ihre Hand und ziehe sie mit mir nach draußen vor die Tür.

Kapitel Vier

ABSCHLEPPZONE

Die schwülwarme Nachtluft erinnert mich daran, dass ich in den Südstaaten bin. Trotzdem gut nach dem stickigen Dunst des Diners. Heavenfield ist wie ausgestorben.

»Nicht gerade viel los hier«, bemerke ich. Außer Dolly Dodge stehen nur noch zwei andere Autos auf dem Parkplatz. Ein kleiner roter Toyota und ein bulliger Pick-up. Dann wird das wohl Noahs Auto sein.

»Kein Wunder«, entgegnet er. »Was soll hier schon los sein an einem Donnerstagabend um die Zeit?«

Ein Blick auf die Uhr verrät mir, dass es bereits kurz vor Mitternacht ist. Wir schlendern zu meinem Van und ich krame in meiner Handtasche nach dem Autoschlüssel.

»Keine gute Idee.« Noah nimmt ihn mir aus der Hand. »Ich fahre.«

»Ach ja?« Ich stemme die Fäuste in die Seiten und funkele ihn herausfordernd an. »Das ist mein Auto.«

»Du hast drei Bier getrunken und solltest wirklich nicht mehr fahren. Das sehen die Cops hier nicht so gerne.« Er zeigt mit dem Daumen über die Schulter zur Polizeistation hinter sich.

»Und was ist mit deinem Wagen?«

»Der steht nicht in der Abschleppzone.« Mit einem breiten Grinsen deutet er auf das Schild, unter dem Dolly Dodge parkt, und hält mir die Beifahrertür auf.

Seufzend gebe ich mich geschlagen und klettere auf den Sitz. Vielleicht hat er Recht, ich bin wirklich ein bisschen betrunken. »Abschleppzone«, bemerke ich mit einem letzten Blick hoch zum Schild und kann das Kichern nicht zurückhalten, das in meiner Kehle aufsteigt.

Noah grinst, legt den Rückwärtsgang ein und dreht sich um. Dabei fällt sein Blick in den Laderaum. »Echt jetzt?«, fragt er völlig entgeistert. »Du schläfst hier drin?« Außer einer Isomatte, einem Schlafsack und einer Reisetasche voll Klamotten habe ich nichts mitgenommen.

»Ich brauche nicht viel, um glücklich zu sein«, flunkere ich und denke einen winzigen Moment an meinen begehbaren Kleiderschrank, den ich in Columbus zurückgelassen habe.

Noah bugsiert Dolly Dodge derweil aus der Parklücke. Auf der Main Road weist er mich im Vorbeifahren auf Heavenfields Hauptattraktionen hin. Highschool, Baumarkt, Sportplatz, Kirche. Der Ort ist wirklich sehr übersichtlich.

Nach etwa anderthalb Meilen setzt er den Blinker und biegt auf einen asphaltierten Weg ab. »Lakeshore Drive« erkenne ich auf dem Schild am Straßenrand, bevor die Dunkelheit es wieder verschluckt. Ab und zu blitzt der Lake in the Sky zwischen den Bäumen auf, das Mondlicht spiegelt sich auf der Wasseroberfläche. Unbehaglich rutsche ich auf meinem Sitz herum. Was mache ich hier eigentlich? Ich fahre gerade mit einem wildfremden Typen zum See. Vermutlich zu irgendeinem Parkplatz, den die Jugendlichen hier zum Knutschen benutzen, und hinten im Laderaum liegt eine Isomatte. Wie dumm kann man sein? Ich bin kurz davor, die Light-Version von Lindas kleinem

Abenteuer zu erleben, aber plötzlich erscheint es mir nicht mehr wie eine gute Idee. Dollys Scheinwerfer schneiden gelbe Lichtkegel in die Schwärze, erfassen ein Augenpaar, das uns vom Wegesrand beobachtet.

»Gibt es hier eigentlich Einhörner?«, frage ich scherzhaft, um meine Unsicherheit zu überspielen.

»Bestimmt!«, antwortet Noah im Brustton der Überzeugung und bringt mich damit zum Lachen. Das löst meine Anspannung, und kurz darauf biegt Noah in eine Einfahrt, in der bereits ein Pick-up parkt. Gott sei Dank, wir sind nicht allein hier! Im Scheinwerferlicht erkenne ich ein flaches Holzhaus, das sich unter dichte Baumkronen duckt.

»Ziemlich einsam«, sage ich und spähe hinaus in die Dunkelheit.

»Es ist wunderschön«, sagt Noah. »Warte ab, bis du es morgen früh bei Tageslicht siehst.«

»Danke, dass ich hier parken darf.«

»Keine Ursache«, erwidert Noah. »Wenn du noch mal ins Bad willst oder auf die Toilette ...« Er macht eine einladende Geste Richtung Haus.

Ich müsste wirklich zum Klo, aber ... »Ich will niemanden stören.«

»Du störst nicht«, entgegnet Noah entschieden. Als ich ausgestiegen bin, fasst er mich an den Schultern und schiebt mich zur Haustür. Widerspruch ist bei ihm anscheinend zwecklos.

Als wir die Stufen zur Veranda hochgehen, erklingt ein lautes *Whoouuff*. Vor Schreck mache ich mir beinah in die Hose. Ein mächtiger Rottweiler erhebt sich von der Fußmatte und kommt bellend auf mich zu.

»Alles gut, Buster«, sagt Noah. »Wir haben Besuch. Sag hallo zu Liz.«

Der Rottweiler schnüffelt an meiner Hand und ich tätschele beruhigend seinen breiten Schädel. Irgendwie rechne ich damit, dass jemand wachgeworden ist. Vermutlich mache ich gleich Bekanntschaft mit Noahs Eltern, die wissen wollen, wen er da anschleppt. Ich hoffe, dass ich nur in ein verschlafenes Gesicht blicke und nicht in den Lauf eines Gewehrs. Wenn ich mitten im Wald wohnen würde, würde ich jedenfalls mit einer Waffe unterm Kopfkissen schlafen.

»Wirklich, ich will keine Umstände machen«, versichere ich erneut.

»Machst du nicht«, antwortet er lächelnd und hält mir die Tür auf.

Ich trete ein und sehe mich neugierig um. An das Wohnzimmer schließt sich eine geräumige Wohnküche im Landhausstil. Es ist gemütlich. Nicht bloß ein Haus, sondern ein Heim. Ich fühle mich wie ein Eindringling, ein Fremdkörper, der nicht hierher gehört. Deshalb sollte ich wohl besser wieder gehen.

»Das Bad ist da drüben«, sage ich.

»Schon okay.« Liz schüttelt den Kopf. »So dringend ist es nicht, ich will niemanden wecken.«

»Hier ist niemand.«

»Wohnst du allein?« Sie sieht sich neugierig um.

»Nein, mit meinem Dad, aber er ist nicht da.«

»Wo ist er?«, fragt sie, als würde sie erwarten, dass er gleich um die Ecke käme.

»Mit Keishas Mutter in Maryville, er leistet ihr Gesellschaft.«

»Wer ist Keisha?«

»Die Bedienung aus dem Granny Mae's.« Ich beende das Thema, indem ich in die Küche gehe und einen Blick in den Kühlschrank werfe. »Noch ein Bier?«

»Dann doch lieber erstmal ins Bad«, antwortet sie mit einem entschuldigenden Lächeln.

»Im Flur erste Tür rechts«, sage ich und nehme zwei Flaschen Miller Ice aus dem Kühlschrank.

»Veranda oder Couch?«, frage ich, als sie wieder da ist.

»Veranda!« Das kam wie aus der Pistole geschossen. Ich weiß genau, warum sie lieber raus will. Weil sie Angst hat, dass ich sie küssen werde, wenn wir auf der Couch sitzen. Für einen winzigen Moment überlege ich, es einfach zu tun. »Okay, ich hol uns eine Decke«, sage ich stattdessen mit Blick auf ihre nackten Beine in den sündhaft kurzen Shorts und drücke ihr das Bier in die Hand. Aus dem Wandschrank in meinem Zimmer nehme ich meinen alten Quilt. Die Patchwork-Decke hat Mom damals selbst genäht, für mich, in einem fernen, glücklichen Leben. Ich schüttele den Gedanken ab und kehre zurück in die Realität, in der Liz im Wohnzimmer auf mich wartet.

»Komm mit«, sagt Noah, nimmt meine Hand und zieht mich zu einer Glastür, die auf die hintere Terrasse führt. Das Grundstück liegt am Ufer des Lake in the Sky. Der Himmel über dem See ist wolkenlos, tiefschwarz und übersät mit Milliarden funkelnder Sterne.

»Wow«, flüstere ich ergriffen und starre nach oben, vollkommen verzaubert von dem Anblick. »Ich habe noch nie so viele Sterne gesehen.«

»Nicht?«, fragt Noah, nimmt einen Schluck von seinem Bier und schaut ebenfalls hoch.

»Nein, nicht, dass ich wüsste.«

»Wieso? Gibt's keinen Himmel über Ohio?«

»Doch, aber der ist nicht so dunkel. Das ist ...« Ich suche

nach den passenden Worten. »Wunderschön« ist das Einzige, das mir schließlich dazu einfällt.

»Du bist wunderschön«, murmelt Noah leise, legt seine Hand auf meine Wange und dreht mein Gesicht zu sich herum.

Seine Lippen sind warm und weich, seine Zunge schlüpft in meinen Mund. Er schmeckt nach Bier und er küsst teuflisch gut.

Noah zieht mich zu einer der Bänke auf der Terrasse und auf seinen Schoß, bevor er uns in den Quilt hüllt. Eigentlich bräuchte ich keinen. Die Luft ist immer noch mild und allein von Noahs Küssen wird mir heiß. Aber die Decke vermittelt mir ein Gefühl von Geborgenheit und Nähe. Mit ihm fühlt sich alles so vertraut an und gleichzeitig neu und fremd. Aufregend. Prickelnd. Wir knutschen wie verliebte Teenager, und ich kann mich nicht erinnern, wann ich zuletzt auf einer Veranda gesessen und mit einem Typen rumgemacht habe.

Ach ja, richtig, noch nie.

Seine Hände gleiten unter mein Top, wandern über meinen Rücken und ich seufze wohlig. Noah zieht mich enger an sich. Ich kann seine Erregung in meinem Schritt spüren. Heiß und hart drängt sie sich mir entgegen, nur getrennt durch zwei dünne Lagen Jeansstoff.

»Du machst mich verrückt«, murmelt er an meinen Lippen und schnippt mit spielerischer Leichtigkeit den Verschluss meines BHs auf. Das hat er ziemlich lange geübt, schießt mir durch den Kopf. Oder sagen wir, ziemlich oft.

Fuck Boy, flüstert mein Hirn. Was tue ich hier eigentlich? Ich kenne ihn gerade mal ein paar Stunden. So gut, wie er aussieht, hat er vermutlich bereits mit jedem Mädchen in Heavenfield geschlafen, und ich bin eigentlich keine Frau für eine Nacht. Es wäre also das Vernünftigste, mich zu verabschieden und in den Van zu verziehen. Aber ich war mein ganzes Leben lang vernünftig, und das hier ist viel zu gut, um es nicht zu tun. Niemand wird je davon erfahren, beruhige ich mich. Das ist bloß ein kleines Abenteuer. Ich habe es mir verdient, einmal in meinem Leben den Kopf auszuschalten und Spaß zu haben.

Kapitel Fünf

ABENTEUERLUST

Ich kann nicht glauben, dass das wirklich passiert, und danke Gott auf Knien, dass ich heute Morgen mein Bett frisch bezogen habe. Ihr Haar breitet sich über das Kissen wie ein goldener Fächer. Ich bin ein Glückspilz, dass diese Wahnsinnsfrau in meinem Bett liegt. Mit fliegenden Fingern ziehe ich mich aus und Liz sieht mir dabei zu. Ihr Blick wandert über meinen Körper, sie leckt sich über die Lippen. Vermutlich unbewusst, anscheinend gefällt ihr, was sie sieht. Ich knie mich auf die Matratze und hauche einen Kuss auf ihren Mund, bevor ich mich runterbeuge, um sie endlich aus diesen verdammten Hotpants zu schälen. Ungeduldig zerre ich an ihren Shorts, und sie hebt ihr Becken, um es mir leichter zu machen. Deshalb ziehe ich ihr Höschen gleich mit runter, bevor ich mich mit federleichten Küssen an der Innenseite ihres Beins hocharbeite.

»Du riechst gut«, flüstere ich an ihrem Schritt. Liz zieht scharf den Atem ein, als ich meine Zunge in ihre süße Nässe tauche. »Und du schmeckst gut«, füge ich hinzu und setze meinen Weg fort, um sie von Top und BH zu befreien. Oh, yeah, Baby! Ihre Brüste sehen noch heißer aus, als sie sich anfühlen. Sie sind perfekt und wir beide jetzt nackt.

»Wie alt bist du eigentlich?«, stößt sie hervor. Ein Hauch von Panik flattert in ihrer Stimme.

»Alt genug«, antworte ich amüsiert.

»Jetzt sag schon«, drängt sie mich.

»Fünfundzwanzig.«

Sie schnappt nach Luft. »Oh, Shit!«

»Ist das ein Problem?«

»Nein, nein.« Sie schüttelt den Kopf und lacht nervös. »Könnte schlimmer sein. Du siehst jünger aus.«

»Ich weiß, und du?«

»Zweiunddreißig.«

»Du siehst auch jünger aus«, stelle ich fest.

»Und nun?«, fragt sie zaghaft und sieht mich schüchtern an. »Ich meine, sieben Jahre ...?«

»Willst du mich verarschen?«, frage ich entgeistert zurück. »Seitdem du an der Tankstelle aufgetaucht bist, kann ich an nichts anderes mehr denken.«

»Wirklich?«

»Yes Ma'am.« Ich nicke und wende mich ab, um in der Nachttischschublade nach einem Kondom zu suchen.

»Du sollst mich nicht ...«, setzt Liz an und bricht ab, als sie das Päckchen in meiner Hand sieht. »Bestens vorbereitet«, kommentiert sie mit einem schiefen Lächeln.

»Entschuldige, aber ich wohne hier«, gebe ich zurück und zerre an der Plastikfolie.

»Gib mir das«, verlangt sie, setzt sich auf und schnappt mir das Tütchen aus den Händen. Mit spitzen Fingern befreit sie das Gummi aus der Verpackung und checkt, ob es richtig herum ist. Dann macht sie sich daran, es mir überzuziehen. Liz weiß, was sie tut. Ihre Hilfe ist süße Folter und ich gebe mich ihren geschickten Händen hin.

Okay, das genügt! Mit einer einzigen, flüssigen Bewegung ziehe ich sie an meine Brust und rolle mich mit ihr herum. Ich will, nein, ich muss ihr Gesicht dabei sehen. Jeden Ausdruck, jede winzige Regung darin auskosten, denn mir bleibt nur diese eine Nacht. Liz schaut mich an. Der Blick in ihren seeblauen Augen ist unergründlich, fast ein wenig ängstlich, und ich suche darin nach der Antwort auf die Frage, die ich nicht gestellt habe.

»Warte!« Sie legt eine Hand auf meine Brust und hält mich zurück. Oh, bitte, Baby, nicht jetzt! Es ist Viertel vor zwei und ich muss morgen früh raus. »Nur damit du's weißt«, sagt sie. »Ich bin keine Schlampe, okay?«

»Ich auch nicht«, entgegne ich achselzuckend.

»Noah, es ist mein Ernst.«

»Meiner auch.«

»Ich ... hab das noch nie gemacht, also spontanen Sex mit jemandem, den ich nicht kenne.« Oh. Das erklärt den Blick, mit dem sie mich angesehen hat, als ich sie gefragt habe, ob sie sonst noch was braucht.

»Ausgehungert«, raune ich ihr ins Ohr und weiß nicht, ob ich sie oder mich meine. Egal. Was zählt, ist jetzt. Diese eine Nacht. »Nur fürs Protokoll, ich hatte seit Weihnachten keinen Sex. Deshalb weiß ich nicht, wer von uns beiden das hier dringender braucht, okay?«

»Okay«, sagt sie mit einem schiefen Grinsen.

»Ich weiß nur, dass du morgen wieder verschwunden sein wirst. Vermutlich werden wir uns nie wieder sehen. Also betrachte es einfach als Abenteuer.«

»Abenteuer klingt gut«, flüstert sie.

Endlich öffnet sie die Beine, streckt mir ihr Becken entgegen und empfängt mich mit süßer Wärme. O Gott, fühlt sich das gut an!

»Darauf habe ich gewartet, seitdem ich dich das erste Mal gesehen habe«, murmele ich an ihrem Hals, grabe meine Nase in ihr Haar und atme den Duft tief ein. Pfirsich. Es riecht nach Pfirsichen. Süß und saftig und reif. Genau wie sie. Liz.

Noah ist kein Sprinter wie Blake, der bereits nach fünf Minuten als Erster die Ziellinie erreicht, sondern besitzt die Kondition eines Langstreckenläufers. Inzwischen kniet er vor mir und ich liege auf dem Rücken, meine Füße ruhen auf seinen Schultern, während er mich einem beständigen, ausdauernden Rhythmus vorantreibt, immer höher und höher, dem Gipfel entgegen.

»Lass dich fallen«, sagt Noah.

Ich weiß nicht, warum ich meine Hand ins Spiel bringe. Vermutlich aus reiner Routine, weil ich kurz davor bin zu kommen.

»Ja, Baby, machs dir«, flüstert er, und ich kann nicht sagen, ob es der Druck meiner Fingerspitzen ist oder der Blick, mit dem Noah mich ansieht, der mir den letzten Kick gibt und mich über die Klippe katapultiert.

»Jaaaaaaaaaa!« Meine Lust entlädt sich mit einem Schrei. Goldene Sterne explodieren vor meinen Augen, als der Orgasmus durch mich hindurch fegt und mit sich reißt. Keuchend taumele ich dem Abgrund entgegen. Jetzt wird sich zeigen, ob ich fliegen kann.

»O Gott, Liz!«, stöhnt Noah. Sein Blick ist entrückt. Kein Wunder bei der Massage, die meine Muskeln ihm gerade verpassen. Mit einem leisen Knurren umfasst er meine Knöchel und erhöht das Tempo.

Die Anstrengung ist ihm anzusehen, das Haar hängt ihm zerzaust in die Stirn, sein Atem geht stoßweise. Er breitet die Arme aus, spreizt meine Beine. Einen Moment hält er inne, seine Kiefermuskeln spannen sich, bevor er ein letztes Mal zustößt. Noah schließt die Augen, legt den Kopf in den Nacken und biegt den Rücken durch. Mit der Anmut eines Klippenspringers lässt er sich fallen, überschreitet die Grenze mit einem kehligen Stöhnen und überlässt sich seinem Gefühl. Er ist schön, wenn er kommt. Seine Gesichtszüge entspannen sich und werden weich. Ein Zittern durchläuft seinen Körper, und während Noah ihm mit geschlossenen Augen nachspürt, lasse ich meinen Blick an ihm hinabgleiten. Über seine Brust und die steinharten Bauchmuskeln. Kein Sixpack. Es sind acht Muskelstränge, die zu einem schmalen V zusammenlaufen. O mein Gott, ich habe Blake betrogen! Unsinn, ich schüttele den Gedanken ab. Ich habe mich von ihm getrennt, auch wenn er das nicht so ganz ernst nimmt.

»Das war ... heiß!«, stößt Noah zwischen zwei Atemzügen hervor, haucht einen Kuss auf meinen linken Knöchel und zieht sich mit einem Ruck aus mir zurück.

Für einen Moment empfinde ich Bedauern beim Gefühl der Leere, die er in mir hinterlässt. »Ja, sehr heiß«, pflichte ich ihm bei. Mein Gesicht glüht. Ob vom Sex oder meinem schlechten Gewissen kann ich nicht so genau sagen.

Die Luft im Zimmer ist stickig und schwer von unserem Schweiß. Noah springt auf, löscht das Licht und öffnet das Fenster. Seine Silhouette zeichnet sich vor dem dunklen Rechteck ab. »Herrlich«, sagt er. »Komm her.«

Ich rappele mich hoch. Meine Knie fühlen sich zittrig an, als ich zu ihm rübergehe und mich auf das Fensterbrett stütze. Die frische Brise von draußen streicht kühl über meine erhitzte Haut und lässt mich frösteln. Noah schlingt von hinten die Arme um meine Schultern und zieht meinen Rücken an seine Brust.

»Geht's dir gut?«, murmelt er an meinem Haar und drückt mir einen Kuss auf den Hinterkopf.

Ich horche in mich hinein. »Ja, sehr sogar. Aber ...«

»Aber?«

»Irgendwie schon komisch«, sage ich versonnen und sehe hoch zu den Sternen. »Heute Morgen wusste ich noch nicht einmal, dass es dich gibt und jetzt …«

»Jetzt was?«

»Ach nichts, schon gut.«

»Was du da vorhin mit deiner Hand gemacht hast …«

»Das hätte ich eigentlich nicht gebraucht«, sage ich schnell, denn ich will nicht, dass er glaubt, er wäre nicht gut genug gewesen. »Ich weiß nicht, warum …?«

»So meine ich das nicht«, unterbricht er mich. »Ich fand's ziemlich scharf. Also danke für deine Offenheit. Und außerdem«, er bringt seinen Mund näher an mein Ohr, »weiß ich jetzt, was ich nächstes Mal tun muss, um dich zum Schreien zu bringen.«

Die Erinnerung daran treibt mir erneut die Hitze in die Wangen, und ich bin froh, dass er im Dunkeln nicht sehen kann, wie ich rot werde. Nur gut, dass das Haus so abgelegen liegt. So laut, wie ich gekommen bin, hätten unsere Nachbarn in Columbus vermutlich die Polizei gerufen.

»Nächstes Mal?«, frage ich, um das Thema zu wechseln. Es gibt kein nächstes Mal, oder?

»Komm zurück ins Bett.«

»Du bist unersättlich«, schimpfe ich, als er zu mir unter die Decke schlüpft und sich von hinten an mich kuschelt.

»Sorry, daraus wird leider nichts«, sagt er bedauernd. »Ich muss schlafen. Wenigstens ein paar Stunden.«

»Schade«, flüstere ich in die Dunkelheit, aber Noah hört es schon nicht mehr. Sein Atem fließt tief, und der gleichmäßige Rhythmus, in dem ich seinen Brustkorb an meinen Schulterblättern spüre, übt eine beruhigende Wirkung auf mich aus. Der Arm, mit dem er mich an sich gezogen hat, liegt schwer auf meiner Schulter. Ich fühle mich geborgen, als könnte mir nichts passieren, solange er mich festhält. Hier findet mich niemand, denke ich noch, als mich der Schlaf übermannt, und drifte der Dunkelheit entgegen.

Kapitel Sechs

STADTGESPRÄCH

Vorsichtig hebe ich ihren Kopf an, um meinen tauben Arm darunter hervorzuziehen und bette ihn wieder sanft auf das Kissen. Während das Blut zurück in meine Hand strömt und meine Finger mit einem heißen Kribbeln zum Leben erwachen, schaue ich ihr beim Schlafen zu. Liz sieht aus wie ein Engel. Am liebsten würde ich liegenbleiben und mich in ihre süße Wärme hüllen. Aber es geht nicht, ich muss zur Arbeit. Widerwillig schlüpfe ich aus dem Bett und tappe auf nackten Füßen ins Bad.

Mein Hirn fühlt sich matschig an, aber die eiskalte Dusche erfüllt ihren Zweck. Während das Wasser auf mich herabprasselt und den Geruch nach Sex und Liz und Sex mit Liz fortspült, wird mir bewusst, dass ich sie wecken muss. Wir sind gestern in ihrem Wagen hergekommen. Meiner steht zwar in der Einfahrt, aber mein Autoschlüssel liegt noch in meinem Spind, weil ich den Streifenwagen zur Polizeistation zurückgebracht habe und dann die paar Schritte zum Diner zu Fuß gegangen bin. Eigentlich hatte ich vor, ihn zu holen, aber das habe ich dank Liz vollkommen vergessen.

Na großartig! Wenn sie mich fährt, sind wir heute

Abend Stadtgespräch. Während sie längst verschwunden sein wird, werde ich da sein und mir anhören, wie sich ganz Heavenfield das Maul zerreißt. Nun, vermutlich tun sie das sowieso schon. Immerhin gibt mir das die Chance, Liz vor ihrer Abreise noch mal zu sehen, statt ihr nur einen Zettel zu schreiben.

Frisch geduscht und rasiert schleiche ich in mein Zimmer. Wieso schleiche ich eigentlich? Wahrscheinlich, weil ich ihr jede Minute Schlaf gönne, die mir heute fehlt. Lautlos öffne ich den Kleiderschrank und ziehe mir ein sauberes T-Shirt über. Nach einem kurzen Schnuppertest befinde ich die Jeans von gestern für okay, die hatte ich nur einen Tag an. Dann beuge ich mich zu ihr runter, streiche die Locken aus ihrem Gesicht und hauche einen Kuss auf ihre Stirn.

Liz öffnet die Augen und blinzelt verschlafen.

»Tut mir leid«, sage ich. »Mein Autoschlüssel liegt in meinem Spind, du musst mich fahren.«

Hektisch springt sie aus dem Bett, und ich komme in den Genuss, ihren Körper bei Tageslicht zu betrachten, bevor sie sich wohl daran erinnert, dass sie nackt ist. Hastig wickelt sie sich in die Decke und sprintet los.

»Ich hol nur kurz mein Waschzeug«, ruft sie mir über die Schulter zu. »Du hättest mich eher wecken sollen«, fügt sie mit tadelndem Blick hinzu, als sie zehn Sekunden später mit ihrem Kulturbeutel vor mir steht.

»Du siehst hinreißend aus«, sage ich und meine es genau so. An den Anblick ihrer verstrubbelten Locken und der rosigen Wangen könnte ich mich gewöhnen. Genau genommen könnte ich mich an alles gewöhnen, was mit Liz zu tun hat. Ziemlich beunruhigender Gedanke, denn heute Abend wird sie wieder aus meinem Leben verschwunden sein.

»Weißt du schon, wann du abreist?«, erkundige ich mich beiläufig, als sie das Badezimmer verlässt.

»Keine Ahnung«, antwortet sie und sammelt ihre Klamotten ein, die überall verstreut liegen. »Gibt's Kaffee?«

»Leider nein.« Ich schüttele bedauernd den Kopf. »Meistens frühstücke ich bei Granny Mae's.«

»Haben die um die Zeit schon auf?«

»Bis wir da sind, schon«, antworte ich mit Blick auf die Uhr. Es ist zehn vor acht. Wenn ich nicht zu spät kommen will, müssen wir dringend los.

Um nicht darüber nachdenken zu müssen, dass ich sie niemals wiedersehen werde, schnappe ich mir meinen Geldbeutel, halte Liz die Tür auf und ziehe sie hinter mir zu.

»Willst du nicht abschließen?«, fragt Liz und sieht mich erstaunt an. »Hast du keine Angst vor Einbrechern?«

»Hier gibt's keine«, antworte ich achselzuckend. »Das ist Heavenfield und außerdem würde sowieso niemand bei uns einbrechen. Buster ist zwar nicht mehr der Jüngste«, sage ich und tätschele seinen breiten Schädel, »aber er ist immer noch der beste Wachhund, den wir haben.«

Zur Bestätigung wedelt er zweimal mit dem Schwanz und legt sich demonstrativ auf die Fußmatte.

Liz lacht, denn im Gegensatz zu ihm hat sie den Witz verstanden. »Machs gut, Buster«, sagt sie und geht rüber zum Van. Die Karre ist so alt, dass sie noch nicht mal Zentralverriegelung hat, deshalb warte ich ungeduldig, bis sie eingestiegen ist und mir die Beifahrertür von innen öffnet.

Erst jetzt, als ich durch die Windschutzscheibe zum Haus zurückblicke, fällt mir auf, wie schön es ist. Es liegt direkt an der Grenze zwischen Wald und Seeufer und duckt sich unter die mächtigen Bäume. Ihre Zweige breiten sich über das Dach, als wollten sie es beschützen. Es sieht gemütlich aus, wie ein richtiges Zuhause.

Der Motor springt erst beim dritten Versuch an.

»Ist die Karre überhaupt straßentauglich?«, frage Noah zweifelnd, als ich Dolly rückwärts aus der Einfahrt lenke.

»Na klar, wenn sie einmal in Fahrt ist, ist sie kaum zu bremsen.«

»Die Bremsen sind aber in Ordnung, oder?«

»Natürlich«, beruhige ich ihn. »Sie war neulich erst in der Werkstatt. Generalüberholt und tipptopp in Schuss.«

»Was willst du eigentlich in Memphis?«

»Keine Ahnung, ich dachte, ich sehe mir die Stadt an.« Im Prinzip hat es sich ja jetzt auch erledigt.

»Warum bleibst du nicht noch ein paar Tage?«, fragt er vielleicht eine Spur zu beiläufig. »Du könntest wandern gehen, auf dem alten Indianer-Pfad.«

»Wandern?«, frage ich entgeistert. Ich gehe joggen, okay. Aber Wandern ist doch nur was für alte Leute und Hipster.

»Ja, wieso nicht? Die Gegend ist sehr schön um diese Jahreszeit«, plappert er los. »Spätestens in zwei, drei Wochen kommt der Indian Summer. Wenn sich die Blätter der Bäume verfärben, sieht es aus, als würden die Berge in Flammen stehen.«

»Wandern ist nicht so mein Ding«, unterbreche ich seinen Redefluss.

»Ich dachte immer, ihr Camper steht auf Natur?«

»Doch, schon, aber …« Ich bin eben nicht wie andere Camper, sondern unterwegs, um fliegen zu lernen. Zumindest das mit dem Vögeln hat ja schon mal geklappt, denke ich mit einem schiefen Grinsen und biege auf den Parkplatz vorm Granny Mae's. »Erstmal brauche ich Kaffee«, sage ich entschieden.

Noah sieht mich von der Seite an. »Blinken ist nicht so dein Ding, oder?«

»Wieso denn? Hier ist kaum Verkehr.«

»Also ich kann mich nicht über zu wenig Verkehr beklagen«, sagt er und grinst breit. »Aber siehst du die Polizeistation da drüben? Die Town Marshalls können das vom Schreibtisch aus sehen, wenn du einfach so abbiegst, ohne zu blinken.«

»Was sollen sie tun? Mich verhaften?«, entgegne ich achselzuckend. »Und wie war das noch gleich?« Ich durchforste mein Hirn nach der Redewendung, die mein Großvater immer benutzt hat. »Der Fuchs jagt nicht vorm eigenen Bau.«

»Da wäre ich mir nicht so sicher«, sagt Noah. Vielleicht hat er Recht, denn ...

Ich weiß nicht, warum sie die Kurzparkzone immer so konsequent ignoriert. Doch Liz scheint sie nicht zu bemerken, sondern parkt den Van zielsicher mit zwei Reifen über den gelben Streifen der Markierung und runzelt die Stirn. »Dein Auto ist weg.«

»Wie kommst du darauf?«

Sie deutet über den Parkplatz. »Dein Pick-up steht nicht mehr da.«

Hä? Wieso ...? So langsam fällt bei mir der Groschen. Gestern Nacht stand hier der Wagen von Hank Williams. Er fährt dasselbe Modell wie ich. Bloß dass meiner zu Hause in der Einfahrt steht, doch anscheinend hält sie den für das Auto meines Dads. Warum müssen Frauen eigentlich immer so furchtbar kompliziert sein und um drei Ecken denken? Schrecklich! Doch gleichzeitig auch sehr verlockend, also entschließe ich mich, das Spiel mitzuspielen, und täusche Entsetzen vor.

»O mein Gott! Dann solltest du ihn unbedingt woanders hinstellen«, sage ich und verkneife mir ein Grinsen, als ich auf das Schild deute, unter dem wir wieder mal stehen. »Bevor du auch noch abgeschleppt wirst«, füge ich todernst hinzu. »Da drüben ist noch was frei.« Während sie brav meiner Anweisung nachkommt und den Van in eine freie Parkbox vor Jacky's Beauty Palace steuert, muss ich mich zusammenreißen, um nicht laut loszulachen.

Liz dreht den Zündschlüssel rum. Der Motor erstirbt mit einem letzten Blubbern der acht Zylinder und sie sieht mich an. Schlagartig werde ich ernst.

»Das letzte Nacht …«, beginne ich.

»Ja?« Ihre Augen sind riesig, und ich drohe darin zu ertrinken.

»Das war schön.« Schön? Was rede ich denn da? Das war der Wahnsinn, das war heiß, das war …

»Ein Abenteuer«, sagt sie und lächelt verschwörerisch.

»An das ich mich mein ganzes Leben lang erinnern werde.«

»Ich mich auch«, sagt sie. »Aber warum fühlt es sich so an, als würdest du mir goodbye sagen?«

»Weil ich zur Arbeit muss«, stoße ich hervor. »Und weil du nach dem Frühstück nicht mehr da sein wirst. Es sei denn …«

»Was?«

»Um zehn hab ich Pause. Wenn du es nicht eilig hast, könnten wir zusammen frühstücken und uns noch mal sehen, bevor du fährst.« Bitte, sag ja, flehe ich stumm.

Sie wirft einen Blick auf die Uhr, als müsste sie darüber nachdenken. »Abgemacht«, sagt sie schließlich und strahlt mich an.

Der Stein, der mir vom Herzen fällt, ist größer als der Clingman's Dome. »Dann bis später.« Schnell beuge ich mich zu ihr rüber und küsse sie, bevor sie es sich noch anders überlegt. »Lauf nicht weg«, sage ich, als ich aus dem Wagen steige.

»Keine Sorge.« Sie hebt drei Finger zum Schwur. »Was willst du essen? Dann bestelle ich schon mal was.«

»Nicht nötig. Granny weiß, was ich esse.«

»Und das wäre?«

»Frag Keisha«, antworte ich grinsend. So gern ich noch mit ihr reden würde, ich muss wirklich los. Während ich den Parkplatz überquere, mache ich einen kleinen Freudensprung und hinter mir erklingt das bezauberndste Geräusch, das ich jemals gehört habe. Liz lacht. Sie hat mir nachgesehen und ich habe einen Aufschub von mindestens zwei Stunden bekommen. Ich bin ein echter Glückspilz!

»Guten Morgen!« Keisha empfängt mich mit einem breiten Lächeln, als ich das Diner betrete, und zwinkert mir verschwörerisch zu. »Na, gut geschlafen?«

»Ja, bestens«, antworte ich und räkele mich. »Es war herrlich ruhig da draußen.«

»Ruhig, so so.« Keisha hebt eine Augenbraue. Zum Glück bin ich der einzige Gast zu der frühen Uhrzeit. Der Rest von Heavenfield scheint noch zu schlafen oder anderen Dingen nachzugehen.

»Essen dauert noch ein Weilchen«, bestätigt Granny Mae meine Theorie. »Der Herd muss erst aufheizen. Aber der Kaffee ist schon fertig.«

»Mit viel Milch und Zucker bitte«, sage ich und nehme dankbar den dampfenden Becher entgegen, den sie mir über den Tresen schiebt.

»Vorsicht, heiß«, mahnt Granny, und ich puste auf die Oberfläche, bevor ich daran nippe.

»Kochend heiß«, stelle ich fest. »Und stark. Genau, wie ich es mag.«

»Heiß und stark also«, bemerkt Keisha und die beiden tauschen einen vielsagenden Blick. »Bist du neu in der Stadt?«

»Nein, nur auf der Durchreise.«

»Wohin geht die Reise denn?«

Die Menschen hier sind ganz schön neugierig, wie mir scheint. Noah hat mir auch schon Löcher in den Bauch gefragt. »Memphis.«

»Schade«, sagt Keisha und lächelt bedauernd. »Ich dachte, du wärst wegen ihm hier.«

»Wegen Noah?«

»Er ist ein feiner Kerl«, sagt sie und klingt ein bisschen wehmütig.

Hatten die beiden was miteinander? Ich studiere ihr Gesicht auf mögliche Anzeichen, kann aber keine entdecken. »Ja, er ist nett«, antworte ich beiläufig. Mir fällt ein, was er gestern Nacht über seinen Dad gesagt hat. »Er hat mir erzählt, sein Dad sei mit deiner Mutter unterwegs.«

Keisha sieht mich bestürzt an. »Das hat er gesagt?«

»Nicht genau so«, antworte ich und krame in meiner Erinnerung nach dem Wortlaut. »Ich glaube, er sagte, er leiste ihr Gesellschaft.«

»Stimmt«, sagt Keisha und sieht auf einmal viel älter aus. Granny Mae legt ihr die Hand auf die Schulter und drückt sie.

»Hab ich was Falsches gesagt? Ich wollte nicht …«

»Nein, schon gut, alles okay.« Keisha wischt sich mit der Hand durchs Gesicht. »Meine Mom hatte einen leichten Schlaganfall, morgens, hier im Diner. Noahs Vater hat es bemerkt und wollte sie ins Krankenhaus bringen. Kurz vor

Maryville hat ein LKW-Fahrer seinen Wagen übersehen …«

»O Gott, sind sie …?« Ich kann den Satz nicht vollenden.

»Nein.« Keisha schüttelt den Kopf. »Unsere Eltern sind in einem Pflegeheim. Noahs Dad liegt im Wachkoma, aber für ihn besteht noch Hoffnung. Bei meiner Mom hingegen …« Ihre Stimme versagt und sie schluckt schwer. »Sie hatte drei weitere Schlaganfälle, seit sie da liegt. Die Ärzte sagen, dass sie nie wieder gesund werden wird. Nur die Maschinen halten sie am Leben. Man hat uns geraten, sie abschalten zu lassen. Aber ich kann nicht, verstehst du?« Keisha ringt die Hände und sieht mich mit einem verzweifelten Blick an. »Sie ist doch meine Mom«, schluchzt sie und bricht in Tränen aus.

Shit! Ich bin so eine Idiotin. »Das tut mir so unfassbar leid«, sage ich, greife über die Theke nach ihrer Hand und drücke sie.

»Danke«, sagt Keisha und fischt ein Taschentuch aus ihrer Schürze. »Es geht schon wieder. Sorry, dass ich dich mit unseren Problemen belaste.«

»Mir tut es leid«, sage ich und drücke noch mal ihre Hand. »Hätte ich gewusst, was er damit meint, hätte ich nie davon angefangen.«

»Schon okay«, sagt Keisha und schnieft. »Noah ist wirklich ein feiner Kerl. Ich wüsste nicht, was wir ohne ihn täten. Als er von dem Unfall gehört hat, hat er sofort seinen Job gekündigt und ist hergekommen, um sich um seinen Vater zu kümmern. Ist nicht leicht für ihn.«

»Das kann ich mir vorstellen«, murmele ich bedrückt.

»Deshalb hatte ich gehofft, dass er endlich mal jemanden kennengelernt hätte.«

»Ein Jammer, dass du nur auf der Durchreise bist«,

pflichtet Granny ihr bei. »So glücklich wie gestern haben wir ihn lange nicht gesehen.«

»Vielleicht bleibe ich noch ein paar Tage«, sage ich mit einer vagen Geste. Heavenfield ist ein hübsches Städtchen. »Ist ne schöne Gegend.« Außerdem ziemlich verschlafen und abgelegen. Eigentlich perfekt, um ein paar Tage abzuschalten und mir darüber klarzuwerden, was ich will.

»Jetzt spuck's endlich aus!« Ryan trommelt mit dem Kuli auf der Platte seines Schreibtischs, setzt seinen besten Verhörblick auf und sieht mich aus stahlblauen Augen an. »Wer ist sie?«

Seitdem ich vorhin zur Tür reingekommen bin, löchern er und Greg mich mit Fragen. Bisher habe ich keine beantwortet, sondern konsequent geschwiegen und mir beim Umziehen Zeit gelassen. Gemütlich schlendere ich rüber zur Kaffeemaschine und schenke mir einen Becher Kaffee ein.

»Wer hat den gekocht?« Misstrauisch beäuge ich den öligen Schimmer auf der pechschwarzen Brühe.

»Greg«, antwortet Ryan ungeduldig. »Lenk nicht ab.«

Ich will die Erinnerungen an die vergangene Nacht noch ein wenig für mich behalten. Eigentlich will ich sie mit niemandem teilen. Aber in einer Stadt wie Heavenfield ist das wohl unmöglich.

Seufzend gebe ich mich geschlagen. »Sie heißt Liz.«

»Und weiter?«

»Keine Ahnung. Einfach nur Liz.« Im Grunde weiß ich nichts über sie. Nur, dass sie die schönste Frau ist, die je in mein Leben gestolpert ist, und unfassbar gut ... »Sie kommt aus Ohio«, schiebe ich nach, als würde das irgendwas erklären.

»Was macht sie hier?«

»Musste mal tanken«, sage ich und nippe vorsichtig an meinem Kaffee.

»Moment mal, soll das etwa heißen …?«

Ich nicke. »Sorry, Alter. Wenn du dich um den Streifenwagen gekümmert hättest …«

»Hätte ich sie vielleicht abgeschleppt?«, keucht Ryan entsetzt.

»Ja, vielleicht«, entgegne ich grinsend. »Kommt drauf an, ob du es noch drauf hast. Mit Stacia lief es ja neulich nicht so gut.«

»Halt die Klappe, okay?« Ryan verzieht den Mund zu einer unwilligen Grimasse, dabei weiß er genau, dass ich ihn nur aufziehe. Seit der ersten Klasse ist er mein bester Freund. Er hatte keinen Vater, ich bin ohne Mutter aufgewachsen, da war es nur logisch, dass wir uns verbünden. Eine klassische Win-win-Situation. Er hat in meinem Dad eine männliche Bezugsperson gefunden und ich kam dadurch in den fragwürdigen Genuss der Kochkünste seiner Mutter. Ryans Mom Sue war mal Stripperin und Kochen gehört eindeutig nicht zu ihren Stärken. Aber sie hat ein Herz aus Gold und war definitiv die beste Ratgeberin, die sich ein Pubertierender wünschen konnte, wenn es um Mädchen und Dates ging.

Greg sieht mich staunend an. »Du hast sie einfach so flachgelegt?« In seiner Stimme schwingt eine Mischung aus Ehrfurcht und Respekt. Er ist nicht die hellste Kerze auf der Torte und hat locker dreißig Kilo zu viel auf den Rippen. Deshalb ist er mit seinen fünfunddreißig Jahren auch noch Single.

»Nein, hab ich nicht«, streite ich alles ab. »Jetzt kommt mal wieder runter, Jungs. Sie brauchte nur einen Parkplatz für ihren Van, das ist alles.«

»Du hättest es versuchen sollen«, sagt Greg enttäuscht. »An deiner Stelle hätte ich mich an sie rangemacht.«

»Was meinst du, was ich getan habe?« Resigniert hebe ich die Schultern und freue mich diebisch, dass sie mir die Nummer so bereitwillig abkaufen.

»Also ist sie noch zu haben?« Greg wittert offenbar eine Chance.

»Da musst du dich ranhalten«, entgegne ich mit einem demonstrativen Blick auf die Uhr. »Nach dem Frühstück will sie los.«

Er runzelt die Stirn, und ich kann ihm ansehen, dass er gerade tatsächlich darüber nachdenkt, ins Diner zu rennen und Liz anzubaggern. Ich sag's ja, es passiert nicht oft, dass sich eine hübsche Frau in die Gegend verirrt.

»Nachdem sie mit *mir* gefrühstückt hat«, präzisiere ich und kann mir ein triumphierendes Grinsen nicht verkneifen.

Kapitel Sieben

WILLKOMMEN IM ZOO

»Darf ich mal mein Telefon aufladen?«, frage ich.

Keisha nickt und deutet auf eine der Sitznischen. »Da drüben an der Wand unterm Tisch.«

Als ich das iPhone an das Ladegerät anschließe, tut sich erstmal nichts. Der Akku ist tot. Also lege ich es neben mir auf den Tisch und warte. Am liebsten würde ich es ausgeschaltet lassen, aber ich kann nicht ewig so weitermachen. Linda und Serena drehen vermutlich schon durch. Damit, dass ich so schnell Erfolg vermelden kann, hatte ich allerdings nicht gerechnet.

Nach fünf Minuten zeigt das Aufblinken des Apfelsymbols, dass der Akku genug Saft hat, um das Handy einzuschalten. Meine Hände zittern, als ich meinen PIN-Code eingebe, deshalb vertippe ich mich beim ersten Mal. Die Mitteilungszentrale meldet 76 entgangene Anrufe, 41 hinterlassene Sprachmitteilungen auf der Mailbox sowie 123 neue Nachrichten bei WhatsApp. Die meisten stammen von den Mädels. Wow! Weiter komme ich nicht, denn das Telefon in meiner Hand vibriert und Dads Nummer erscheint auf dem Display. Er muss eine Rückrufbitte eingerichtet haben, die mein Handy anwählt, sobald ich wieder erreichbar bin. Am liebsten würde ich ihn wegdrücken, aber das kann ich nicht machen. Deshalb atme ich einmal tief durch, bevor ich rangehe.

»Elizabeth, endlich!«, ertönt seine Stimme, und ich presse das Handy an mein Ohr, damit niemand mithören kann.

»Hi, Dad!«, sage ich fröhlich, doch mir schlägt das Herz bis zum Hals.

»Ich stehe bei euch vorm Haus«, sagt er. »Euer Hausmädchen meint, du seist verreist.« Seine Stimme klingt alarmiert. »Wo steckst du?«

»Ich bin ein paar Tage in die Berge gefahren«, antworte ich mit Blick aus dem Fenster. »Ein bisschen abschalten.«

»Komisch, Blake hat mir gar nichts davon erzählt.«

»Er weiß es auch nicht, es war eine spontane Idee. Wann hast du denn mit ihm gesprochen?«

»Gestern Morgen. Er hat mich informiert, wie es mit der Umstrukturierung läuft.«

»Hat er sonst noch was gesagt?«

»Nein, wieso?«

»Ach, schon gut.« Dann hat Blake meinem Vater offenbar nicht erzählt, dass ich die Verlobung gelöst habe. Ist vielleicht auch besser so. Die Ärzte sagen, es sei nicht gut für sein Herz, wenn Dad sich aufregt. »Tut mir leid, dass ich dir nicht Bescheid gegeben habe, dass ich wegfahre.«

»Dann erhol dich gut, mein Schatz.«

»Das werde ich«, gebe ich zurück. Es fühlt sich schrecklich an, ihn anzulügen. »Bye, Dad«, sage ich und lege schnell auf, bevor ich mich noch weiter reinreite. Mein schlechtes Gewissen bringt mich um.

Als Nächstes öffne ich WhatsApp. Der Chat explodiert beinah und ich scrolle mich durch.

Linda: Was soll das heißen? Mission Abenteuer läuft?!

Serena: Na was wohl?

Linda: Lizzie? Antworte doch! Warum sagst du nichts? Ich sterbe vor Aufregung!

So geht das seitenlang weiter.

Mission erfüllt!, tippe ich und kann mir ein zufriedenes Grinsen nicht verkneifen.

Nicht mal fünf Sekunden später erscheinen zwei blaue Häkchen hinter der Nachricht.

Linda. Waaaaaas?

Serena: Yesss! Dahinter ein Muskel- und ein Tiger-Emoji, unser Code für starke Leistung.

Serena: Und, wie war's?

Heiß, antworte ich.

Serena: Wie heiß?

So heiß, dass sich die Farbe von den Wänden schält.

Linda: Mit wem?

Er heißt Noah.

Serena: Komm schon, Lizzie, jetzt lass dir nicht alles aus der Nase ziehen. Wir wollen alle schmutzigen Details. Wie ist er?

Süß, schreibe ich. *Und witzig und sexy und gut im Bett und ... jung.*

Linda: Wie alt ist er denn?

Ich: 25.

Linda: Nicht dein Ernst!

Serena: Yessss!!! Dahinter ein kleines lila Teufelchen.

Ich muss Schluss machen, hämmere ich in das Nachrichtenfeld. *Noah und ich treffen uns gleich zum Frühstück.*

Serena: Whoooo, sogar mit Frühstück! Zwinker-Smiley.

Linda: Bau bloß keinen Mist, Lizzie!

Ich: Keine Sorge, ich habe die Verlobung mit Blake gelöst. Alles unter Kontrolle.

Linda: Du hast die Verlobung gelöst????? Bist du vollkommen verrückt geworden?

Serena: Lucinda bringt dich um!

Ich: Sieht so aus. Lucinda Knobbs ist meine Wedding-Planerin. Die teuerste von ganz Columbus, um genau zu sein. Sie arbeitet seit dreieinhalb Monaten mit Feuereifer daran, die Feier zu organisieren. Damit an meinem großen Tag alles perfekt ist, wie sie immer betont. Im Geiste mache ich mir eine Notiz, sie darüber zu informieren, dass die Hochzeit abgesagt ist. *Sie wird nicht gerade begeistert sein,* füge ich hinzu.

Serena: Viel Spaß dabei, es ihr zu erklären!

Ich: Danke! Augenroll-Emoji. *Aber erstmal brauche ich was zu essen, auf nüchternen Magen ertrage ich das nicht.*

Dann schalte ich mein Telefon wieder aus und versenke es auf dem Grund meiner Handtasche. Falls Dad noch mal anruft, brauche ich wenigstens nicht lügen, auch wenn ich langsam Übung darin bekomme. Immerhin wissen die Mädels jetzt Bescheid und geben hoffentlich Ruhe. Um Lucinda kümmere ich mich später.

Langsam füllt sich das Diner und jeder, aber auch wirklich jeder, der reinkommt, mustert mich neugierig. Nacheinander werde ich vom Postboten, einem Trupp Holzfäller und zwei aufgetakelten Tussis in Augenschein genommen, die vermutlich in dem Beautysalon arbeiten, vor dem mein Van parkt. Sie tuscheln aufgeregt, als sie mich sehen, und verziehen sich in eine der Sitznischen, von wo aus sie mich beobachten. Anscheinend hat es sich in Heavenfield schon herumgesprochen, wo ich die letzte Nacht verbracht habe. Ich fühle mich beinahe wie ein Tier im Zoo und überlege, mir ein Schild mit der Aufschrift *Bitte nicht füttern* umzuhängen.

Wie aufs Stichwort erscheint Keisha und deutet auf die Karte vor mir. »In einer Viertelstunde steppt hier der Bär. Weißt du schon, was du nimmst?«

»Das Gleiche wie Noah«, antworte ich.

»Sicher?«

»Ja, ich lasse mich überraschen. Also zweimal, was auch immer er isst.« Seit gestern steckt mein Leben voller Überraschungen. Wenn ich drüber nachdenke, waren die meisten davon ziemlich gut. Letzte Nacht, zum Beispiel ... »Außerdem habe ich einen Bärenhunger«, füge ich hinzu und mein Magen knurrt vernehmlich.

»Dagegen haben wir hier bei Granny Mae's ein Spezialrezept«, sagt Keisha augenzwinkernd, steckt den Notizblock zurück in die Tasche ihrer Schürze und verzieht sich hinter die Theke, um Granny die Bestellungen durchzugeben.

Kurz vor zehn öffnet sich die Eingangstür und ein bulliger Polizist betritt das Diner, dichtgefolgt von einem blonden Hünen mit Bürstenschnitt. Sie sehen zu mir rüber, kommen direkt auf mich zu und behalten mich dabei fest im Blick. Unbehaglich ducke ich mich in die Sitznische und schaue aus dem Fenster, doch die beiden Polizisten bleiben genau neben meinem Tisch stehen. Shit!

»Ist das Ihr Van da draußen?«, verlangt der Bullige zu wissen.

»Hören Sie, wenn es wegen des Blinkers ist«, setze ich an. »Das tut mir leid, ich hab's einfach vergessen, als ich abgebogen bin.«

»Es geht nicht um den Blinker«, sagt er und mir rutscht das Herz in die Hose. Der Wagen ist nicht auf meinen Namen zugelassen, wenn er das jetzt überprüft ...

»Er stand nur ganz kurz in der Abschleppzone«, beeile ich mich zu sagen. »Als ich es bemerkt habe, habe ich ihn sofort woanders geparkt. Wird nicht wieder vorkommen.«

»Das hoffe ich doch«, sagt er und sieht mich streng an.

»Okay, Ladys, das reicht. Ich glaube, sie hat's kapiert«, ruft Noah, drängelt sich an den beiden vorbei und strahlt mich an. »Hi!«

Mir steht vor Verblüffung der Mund offen. Mein Blick

gleitet über die schwarze Polizeiuniform und bleibt an dem Namensschild auf seiner Brust hängen.

»Officer Noah Reynolds?«, bringe ich mühsam hervor. Meine Gedanken überschlagen sich. »Ich dachte, du bist Automechaniker.«

»Nur aushilfsweise«, sagt er mit einem schiefen Grinsen und an seine beiden Kollegen gewandt: »Los, verzieht euch, Jungs.«

»Auf keinen Fall, Reynolds, vergiss es«, sagt der größere der beiden und zwängt seinen Körper auf die gegenüberliegende Bank. »Ryan Cooper«, sagt er und streckt mir die Hand entgegen.

»Liz«, sage ich und schüttele sie irritiert. Das gleiche Ritual wiederholt sich mit dem Bulligen, der sich als Greg Miller vorstellt, während sich Noah neben mich setzt.

»Hi«, sagte er noch einmal, gefolgt von einem leiseren »Sorry!«. Unauffällig nickt er in Richtung seiner beiden Kollegen.

Bevor ich irgendetwas sagen kann, erscheint Keisha. »Viermal Granny Mae's Spezial«, verkündet sie und stellt mir eine Platte mit Frühstück unter die Nase.

»Was ist das?«, ächze ich und starre auf den riesigen Berg Essen.

»Zwei Spiegeleier, eine Portion Rührei, gebackene Bohnen, Speck, Bratkartoffeln, French Toast, Waffeln, Pancakes und ein Donut«, zählt sie im Uhrzeigersinn auf.

»Das sehe ich selbst, aber wer soll das alles essen?«, frage ich leicht überfordert. Davon würde eine ganze Footballmannschaft satt werden. Eigentlich hätte ich in knapp viereinhalb Wochen in mein Brautkleid passen sollen. Ein Traum in Weiß und sündhaft teuer. Wenn ich das esse, könnte es eng werden, im wahrsten Sinne des Wortes. Aber das Thema hat sich ja zum Glück erledigt. Ein weiterer Punkt wandert auf meine geistige Liste: im Brautmodengeschäft anrufen und das Kleid abbestellen. Wenn es dazu zu spät ist und sie sagen, dass ich es bezahlen muss, weil es geändert wurde, ist es halt so.

»Milchshakes kommen gleich«, sagt Keisha und zischt wieder los.

Während ich mich durch eine Scheibe French Toast und die Pfannkuchen arbeite, schaufeln sich die Männer die komplette Portion rein. Dabei baggert dieser Greg mich in einer Tour an.

»Was meinst du, Liz, vielleicht könnten wir heut Abend zusammen ausgehen«, sagt er und zwinkert mir unmissverständlich zu. Anscheinend hat Noah mit letzter Nacht geprahlt. Anders kann ich mir dieses spätpubertäre Verhalten nicht erklären, das gerade um mich herum abgeht.

»Nein, tut mir leid«, gebe ich verärgert zurück. »Daraus wird nichts, ich reise gleich ab.«

»Du willst wirklich schon fahren?«, fragt Noah und guckt mich an wie ein misshandelter Welpe.

»Ja, ich muss jetzt los«, antworte ich kühl und suche Blickkontakt mit Keisha. »Zahlen, bitte!«

Sie wirft mir einen irritierten Blick über den Rand ihrer Hipster-Brille zu, erscheint aber kurz darauf mit der Rechnung an unserem Tisch. »Macht fünfzehn achtzig.«

»Hier«, sage ich und drücke ihr einen Zwanzigdollarschein in die Hand. »Stimmt so. Wenn du mich dann bitte rauslassen würdest?«, sage ich an Noah gewandt. Er steht auf und ich schiebe mich an ihm vorbei.

»Warte, ich bringe dich zum Auto.«

»Nicht nötig«, entgegne ich und bin schon auf dem Weg zur Tür.

Auf dem Parkplatz hole ich sie ein und fasse sie an der Schulter. »Was ist los?«

Liz wirbelt zu mir herum. »Das fragst du noch?« Ihre Augen blitzen verärgert auf.

»Hab ich was Falsches gesagt?«

»Nun, offensichtlich hast du vor deinen Kollegen mit deinem Aufriss geprahlt.«

»Hab ich nicht.«

»Ach ja?« Sie funkelt mich wütend an. »Warum behandeln sie mich dann wie eine MILF?«

Ich verkneife mir ein Grinsen. »So viel älter bist du ja nun wirklich nicht, dass ich dich als Mom I'd like to ... na, du weißt schon, bezeichnen würde.«

»Und warum tun die beiden dann so?«

»Weil sie Idioten sind«, antworte ich heftig. »Bitte Liz, du musst mir glauben. Ich habe ihnen gar nichts erzählt, das ist ja das Problem. Greg denkt, du hättest mich abblitzen lassen. Deshalb versucht er, bei dir zu landen.«

»Wirklich?«

»Ich schwöre es«, sage ich und hebe drei Finger. »Das, was letzte Nacht zwischen uns passiert ist, geht nur dich und mich was an«, füge ich leiser hinzu.

»Warum? Weil es dir peinlich ist?«

»So ein Quatsch! Das war die schönste Nacht meines Lebens. Ich habe bloß keine Lust, das mit ganz Heavenfield zu diskutieren, okay?«

»Okay«, murmelt sie kleinlaut. »Das war blöd, tut mir leid. Ich glaub, ich bin den ganzen Dating-Krempel und Sex mit fremden Männern einfach nicht gewohnt.«

»Find ich gut«, stelle ich fest und lächele schief. Liz gähnt. Genau wie ich hat sie nicht mehr als zwei Stunden geschlafen. Sie muss hundemüde sein.

»So lasse ich dich auf keinen Fall fahren«, sage ich

streng und bemühe mich um meinen besten Polizistentonfall. »Du gehörst ins Bett.«

»Das ist doch ein billiger Trick.«

Ich schüttele den Kopf. »Nein, das ist eine polizeiliche Anordnung. Du bist müde. Wenn du jetzt fährst, baust du am Ende noch einen Unfall.«

»Was, wenn ich mich weigere?«, fragt sie und klimpert unschuldig mit den Wimpern.

»Dann sehe ich mich leider gezwungen, Sie zu verhaften, Ma'am.« Spielerisch umfasse ich ihre Handgelenke.

»Du sollst mich nicht …«

Ich unterbreche sie mit einem Kuss. Das funktioniert bei Liz am besten, wie ich festgestellt habe. Hinter mir ertönt ein Johlen, als Greg und Ryan das Granny Mae's verlassen. Als Antwort zeige ich ihnen den Mittelfinger und füge, einem plötzlichen Impuls folgend, hinzu: »Ihr kommt ohne mich klar, oder?«

Ryan brummt etwas Unverständliches und ich werte es einfach mal als Ja. Außerdem habe ich einen Haufen Überstunden angesammelt, falls was mit Dad sein sollte.

»Okay«, sage ich zu Liz. »Sieht so aus, als hätte ich den Rest des Tages frei.«

»Und was fangen wir damit an?«

»Wir verschlafen ihn«, antworte ich zwinkernd, wobei mir durchaus noch was anderes einfallen würde. Aber erstmal müssen wir einkaufen, um meinen leeren Kühlschrank aufzufüllen. Wobei ich nicht glaube, dass sie nach Granny Mae's Spezial-Frühstück noch besonders hungrig ist.

Kapitel Acht

EIN TAG IM PARADIES

»Keisha hat mir erzählt, was mit euren Eltern passiert ist«, sagt sie leise, als wir bei mir in der Küche stehen und die Einkäufe verstauen.

Es trifft mich vollkommen unvorbereitet. Ich zucke zusammen und lasse fast die Milch fallen. Im letzten Moment bekomme ich den Henkel der Plastikflasche zu fassen, doch meine Hand zittert, als ich sie in den Kühlschrank stelle.

»Es war schlimm«, bringe ich mühsam hervor. »Aber ich habe mich damit arrangiert.« Zumindest dachte ich das.

»Wer hält das Haus in Schuss?«

»Ich«, antworte ich und ringe immer noch um Fassung.

»Ganz schön viel Arbeit, oder?«

»Wenn man alles sofort wieder saubermacht und wegräumt, ist es halb so wild«, sage ich. »Außerdem drängt sich Mrs. Jenkins alle zwei Wochen auf und wischt mal feucht durch. Aber ich würde es auch allein schaffen.« Trotzdem bin ich ihr dankbar. Manchmal wird mir wirklich alles zu viel. Die Besuche im Pflegeheim, der ganze Formularkram, die Rechnungen. Ich schüttele den Kopf, um die

Gedanken zu vertreiben. Ich will jetzt nicht an diesen ganzen Mist denken, an diesen riesigen Haufen Scheiße, in den sich mein Leben verwandelt hat.

»Was ist mit deiner Mom?«

»Noch beschisseneres Thema.« Wobei, im Vergleich zu Dads Unfall geht's eigentlich, stelle ich fest. »Sie hat uns verlassen, als ich fünf war. Ist mit einem Künstler durchgebrannt und lebt jetzt in Utah. Wir haben nie wieder was von ihr gehört.« Natürlich weiß ich, wo sie wohnt. Ich hab sie über den Polizeicomputer im Melderegister aufgespürt. Aber ich finde, wenn, dann sollte sie es sein, die sich meldet. Sie war es ja auch, die gegangen ist und uns im Stich gelassen hat. Und dass sie einen Sohn hat, war ihr offensichtlich bis heute scheißegal. Also warum sollte ich ihr hinterherrennen, wenn sie den Kontakt nicht will? Nein, das verbietet mir mein Stolz.

»Tut mir leid.« Liz legt die Hand auf meinen Arm.

»Mach das nicht, bitte«, sage ich gequält. »Schau mich nicht so an. Ich brauche kein Mitleid von dir.« Das ist mein erster freier Nachmittag seit Monaten und den will ich genießen, mit ihr. »Lass uns nicht über Probleme reden«, sage ich und sehe sie beschwörend an. »Sondern die Zeit genießen, die wir miteinander haben. Egal, wie lang sie dauert.«

»Egal, wie lange sie dauert«, wiederhole ich Noahs Worte und blicke ihm fest in die Augen. Es ist verrückt, noch hier zu sein. Aber es fühlt sich aufregend an, verboten gut.

»Komm«, sagt er und nimmt meine Hand. Im Vorbeigehen sammelt er die Decke auf, die er letzte Nacht beim Reingehen aufs Sofa geworfen hat, und zieht mich zur hinteren Terrassentür. Buster trottet hinterher und folgt uns nach draußen. Noah führt mich runter zum Bootshaus und lässt den Quilt auf den Steg fallen. Das Wasser des Sees ist kristallklar, ich kann die Steine auf dem Grund sehen. Es muss sich um einen Seitenarm des Lake in the Sky handeln, denn als ich meinen Blick über das Ufer gleiten lasse, sehe ich nichts vom Ort, nur Bäume und Wald.

»Wunderschön«, sage ich. »Ein richtiges Paradies.«

»Bis auf einen winzigen Unterschied.«

»Welchen?«

»Adam und Eva hatten nichts an.« Mit einem breiten Grinsen zieht er sein Shirt über den Kopf. »Los komm, wir gehen schwimmen.«

»Nackt?«, frage ich, obwohl das offensichtlich ist, denn Noah ist bereits dabei, seine Hose auszuziehen.

»Natürlich nackt«, antwortet er und sein Grinsen wird noch eine Spur breiter.

»Was, wenn uns jemand sieht?«

»Wer soll uns denn sehen? Mr. Perkins wohnt eine Viertelmeile in die Richtung.« Noah zeigt mit dem Daumen hinter sich. »Vermutlich unterrichtet er gerade Mathematik an der Highschool. Heut Morgen ist er vor uns her gefahren, der rote Camry, erinnerst du dich? Und die alte Mrs. Hibbot«, fügt er hinzu und deutet in die andere Richtung. »Die ist verwitwet, hört schlecht und geht nur einmal die Woche vor die Tür, nämlich sonntags zur Kirche.«

Das überzeugt mich noch nicht. »Wie viele Einwohner hat Heavenfield?«

»Zweitausendfünfhundertsechsundzwanzig, wieso?«

»Und du weißt von allen, was sie gerade machen?«

»Na ja, zumindest fast«, antwortet er achselzuckend. »Ein paar Leute arbeiten außerhalb in Maryville oder

Louisville, und bei Miss Higgins weiß man nie, was sie anstellt.« Zur Verdeutlichung wedelt er mit der Hand vor seiner Stirn hin und her.

»Gruselig.« Ich schaudere.

»Was, dass Miss Higgins nicht ganz dicht ist?«

»Nein, dass hier jeder jeden kennt.«

»Na und? Selbst wenn uns jemand sieht«, lenkt er das Gespräch geschickt auf das eigentliche Thema zurück. »Was sollte er tun? Die Polizei rufen? Die ist schon da.«

Bestechende Logik. »Haha, sehr witzig.«

»Meine Kollegen denken sich sowieso schon ihren Teil.« Er grinst schief. »Also, was ist? Kommst du jetzt mit, Mrs. Robinson?«

Mrs. Robinson? In meinem Kopf überschlagen sich die Gedanken, woher ...? Langsam sickert die Erkenntnis durch, dass Noah einen Witz gemacht hat. Ich schlage nach seinem Arm, aber er dreht sich um und sprintet los. Dabei fällt mein Blick auf sein nacktes Hinterteil und ich bemerke eine Narbe auf seiner rechten Pobacke. Die einzige Stelle, die an ihm nicht perfekt ist. Irgendwie beruhigend, dass selbst einer, der aussieht wie Superman, einen klitzekleinen Makel hat.

»Mrs. Robinson?« Liz schlägt nach meinem Arm, doch ich renne los und flüchte mit einem Kopfsprung ins Wasser.

»Nur, um das klarzustellen«, ruft sie mir vom Steg aus zu, »du hast mich verführt, nicht umgekehrt.«

»Bist du dir da so sicher?«, rufe ich zurück. »Das sind verdammt kurze Shorts, Ma'am!«

»Nenn mich nicht ...!« Sie unterbricht sich. »Du bist ein Schuft, Noah Reynolds!«

»Und du bist die heißeste MILF, die ich kenne.«

»Ich bin keine … Wenn ich dich erwische, kannst du was erleben!«

Nicht nur dann, denke ich. Seit Liz da ist, erlebe ich permanent etwas, mit dem ich nicht gerechnet hätte. Sie ist aufregend. Vielleicht ist es das, was mich so zu ihr hinzieht, dieses Unvorhersehbare, Ungewisse.

»Dafür musst du erstmal reinkommen.« Sicherheitshalber schwimme ich ein Stück weg vom Steg Richtung Ufer.

Liz sieht sich um und vergewissert sich, dass uns wirklich keiner beobachtet.

»Hier ist niemand«, versichere ich. »Und keine falsche Schüchternheit. Ich habe Sie schon nackt gesehen, Mrs. Robinson.«

»Du … Ach!« Liz hebt die Arme in einer hilflosen Geste, lässt sie fallen und greift nach dem Saum ihres Tops. Sie zieht es aus, zögert einen Moment, legt den Kopf schief und lächelt. Dann wirbelt sie es an ihrem Finger durch die Luft wie eine Stripperin, bevor sie es hinter sich wirft.

»Whooo-hooo!«, schreie ich und sie dreht sich um und wackelt mit dem Hintern.

Dann beugt sie sich vor und streckt mir lasziv den Po entgegen, während sie ihre Shorts runterzieht.

»Oh ja, Baby, weg damit«, murmele ich. Gott, ich liebe diesen Arsch. Unter meinem Applaus und Anfeuerungsrufen fallen auch BH und Höschen. Fuck, sie ist so sexy. Diese Mischung aus Unschuld und Vamp macht mich total scharf.

Es ist Freitagmittag und ich stehe nackt auf einem Bootssteg irgendwo im Osten Tennessees, weil ich gerade für einen

Polizisten gestrippt habe. Das ist mit Abstand das Verrückteste, was ich je getan habe, aber es fühlt sich großartig an.

»Kommst du jetzt, oder muss ich dich holen?«

»Ist es kalt?«

»Wenn man einmal drin ist, geht's.«

Also Augen zu und durch! Ich mache es genau wie er, nehme zwei Schritte Anlauf und springe.

O shit, ist das kalt! Einen Moment glaube ich, eine Herzattacke zu bekommen, dann durchbreche ich prustend die Wasseroberfläche und schnappe nach Luft. Das Blut rauscht in meinen Ohren und erinnert mich daran, dass ich noch lebe.

Mit ein paar kräftigen Schwimmzügen erreiche ich ihn. »Kannst du da stehen?« Noah nickt und zieht mich an sich. Seine Haut ist kälter als meine, weil er schon länger drin ist. »Wie hältst du das aus?«, will ich wissen und schmiege mich bibbernd an ihn.

»Vom Zusehen ist mir warm geworden«, antwortet er und beugt sich vor. »Das war verdammt heiß, Mrs. Robinson«, raunt er an meinem Ohr und hat keine Ahnung, wie richtig er damit liegt.

»Mrs. Robinson vielleicht«, sage ich, lasse meine Hand an seinem Bauch hinuntergleiten, bis sie ihr Ziel gefunden hat, und schließe meine Finger um seine empfindlichsten Körperteile. »Aber. Ich. Bin. Keine. MILF!« Denn das würde voraussetzen, dass ich Kinder habe. Habe ich aber nicht. Drei Jahre lang haben wir versucht, ein Baby zu machen, aber es klappte nicht. Es liegt an mir. Dr. Sanders sagt, ich würde mir zu viel Druck machen. Dabei bin nicht ich es, die Druck macht.

»Ich will doch noch meinen Enkel erleben, bevor ich sterbe«, sagt Dads Stimme in meinem Kopf.

Noah zieht zischend die Luft ein. »Nein, okay, keine MILF, bist du nicht«, stößt er hervor.

»Verstanden?«

»Ja, Ma'am!« Er nickt und wird bleich, als er seinen Fehler erkennt, weil ich noch fester zudrücke. »Das liegt nur an meinem Job«, keucht er. »Berufskrankheit, ich sag das ständig, hier gibt's nur alte Leute.«

»Hast du mich gerade alt genannt?« Ich sehe ihn prüfend an und er schüttelt den Kopf.

»Du bist ganz schön frech«, sage ich und lockere meinen Griff ein wenig. »Ich weiß, warum du das tust.«

Seine Augen blitzen auf. »Ach ja, warum?«

»Weil du mich küssen willst.«

»Stimmt«, entgegnet er. »Hat bisher doch auch bestens funktioniert, oder?« Mit einem schelmischen Grinsen beugt er sich zu mir runter und verschließt meine Lippen mit einem Kuss. Hungrig und fordernd. Deshalb lasse ich meine Hand ein Stück höher wandern, was Noah mit einem Seufzen quittiert. Er ist steinhart, seine Erregung pulsiert unter meinen Fingerspitzen.

»Ich will noch ganz andere Dinge mit dir anstellen, Mrs. Robinson«, murmelt er an meinen Lippen.

»Verrätst du mir, welche?«

Sein Atem kitzelt in meinem Ohr, als er sie mir zuflüstert. Die Schamlosigkeit seiner Worte treibt meinen Puls in die Höhe. Seine Hände wandern über meinen Körper und hinterlassen glühende Spuren auf meinem Rücken. Ich verschränke die Arme hinter seinem Nacken und schlinge die Beine um seine Hüften. Unsere Haut ist kalt. Doch von der Stelle, an der unsere Körper sich berühren, ihrem Zentrum, strahlt eine ungeheure Hitze.

»Wir sollten das besser lassen«, murmelt Noah. »Heute bin ich nicht auf alles vorbereitet.«

»Ich weiß«, sage ich und gehe im Kopf die Tage meines Zyklus durch. »Schon okay.«

»Sicher?«, presst er zwischen zusammengebissenen Zähnen hervor.

»Absolut sicher.« Am Montag hätte ich einen Termin bei Dr. Sanders, um meinen Eisprung einzuleiten. Den werde ich wohl absagen müssen.

»O Gott, Liz!«, stöhnt Noah, als ich mein Becken senke.

Zentimeter um Zentimeter nehme ich ihn in mir auf, bis er mich vollkommen ausfüllt. Er legt die Hände unter meinen Po, hebt mich an und lässt mich wieder sinken. Das Wasser umspielt meinen Körper. Kleine Wellen plätschern sanft gegen meine Haut, folgen dem Takt unserer Bewegungen. Ich treibe, schwerelos und frei, bis die Hitze in meiner Mitte explodiert. Der Orgasmus flutet meinen Körper wie eine mächtige Woge und droht mich fortzureißen. Zitternd klammere ich mich an ihn und kralle meine Fingernägel in seine Schulterblätter. Kurz darauf spüre ich, wie die Woge auch ihn erfasst, als er in mir kommt.

»Du bist der Wahnsinn«, keucht er und drückt mich fest an sich.

Stimmt, das alles hier ist Wahnsinn, absolut verrückt. Ob vom Sex oder der Wassertemperatur kann ich nicht sagen, aber ich zittere immer noch am ganzen Körper, als Noah mich nach draußen trägt.

»Geht's?«, frage ich, und als Liz nickt, stelle ich sie auf ihre eigenen Füße. Während ich die Decke auf dem Steg ausbreite, klappert sie mit den Zähnen, deshalb ziehe ich sie sofort wieder in meine Arme, um sie zu wärmen.

Wir lassen uns von der Sonne trocknen wie Eidechsen auf einer Mauer. Während die Kälte langsam aus unseren Körpern weicht, liegen wir einfach nur da, eingehüllt in die Geräusche des Waldes. Irgendwo klopft ein Specht, um uns zirpen die Grillen und Buster geht seiner Lieblingsbeschäftigung nach. Auf der Jagd nach Mäusen buddelt er die halbe Wiese um, während wir knutschen und dösen. Dann machen wir's noch mal, langsam und sinnlich. Der Sex mit Liz ist anders als mit den Frauen, mit denen ich bisher geschlafen habe. Er ist ... intensiv. Anders kann ich es nicht beschreiben, ich habe keine Worte dafür. Es ist der Wahnsinn, sie so zu spüren, Haut an Haut. Pur. Nackt.

Die Zeit scheint stillzustehen an diesem Nachmittag. Es gibt kein Gestern und kein Morgen. Mit Liz gibt es nur ein Jetzt.

Der Himmel über dem See wechselt seine Farbe von einem tiefen, leuchtenden Blau zu Hellblau und verblasst, als die Dämmerung hereinbricht, zu einem zarten Perlgrau. Wehmütig lege ich den Quilt um unsere Schultern und wir schlendern hoch zum Haus, Arm in Arm. Liz schiebt ihre Hand in die Gesäßtasche meiner Jeans, und es fühlt sich an, als gehörte sie dorthin. O Shit, stelle ich betroffen fest, ich glaub, ich liebe sie jetzt schon. Vollkommen verrückt, wir kennen uns seit gestern. Aber ich weiß, dass es so ist, ich fühle es einfach.

Als wir die Terrasse betreten, ist es fast schon dunkel.

»Hast du Hunger?«, fragt Noah und zeigt auf den Grill.

»Nein«, sage ich und schüttele den Kopf. »Nach dem Frühstück brauche ich die nächsten drei Tage nichts mehr zu essen.«

»Die Steaks halten sich im Kühlschrank noch eine Weile«, sagt er und bringt die Decke in den Wirtschaftsraum, wo er sie ordentlich zum Trocknen über den Wäscheständer hängt. »Los, ab mit dir ins Bett!« Er schiebt mich ins Bad wie ein kleines Mädchen. Während ich mir die Zähne putze und erfolglos gegen meine verhedderten Locken kämpfe, füttert er Buster und stellt ihm einen Napf mit frischem Wasser hin.

»Schlaf gut, Alter«, höre ich ihn noch sagen, als ich ins Bett krabbele und weiß, er meint den Hund. Meine Augen fallen zu, sobald mein Kopf das Kissen berührt.

Kapitel Neun

HIPPIELEBEN

Als ich sie das nächste Mal öffne, ist es bereits heller Tag. Gähnend rekele ich mich und blinzele gegen die Sonnenstrahlen, die zum Fenster hereinfallen.

»Gut geschlafen?«

»Wie ein Stein«, antworte ich.

»Was möchtest du heute tun?«

Mir fällt ein, dass Samstag ist. »Musst du arbeiten?«, frage ich.

»Nein.« Er schüttelt den Kopf und lächelt. »Ich hab das ganze Wochenende frei.«

»Gut«, sage ich. »Dann das Gleiche wie gestern.«

Ein breites Lächeln gleitet über sein Gesicht. »Klingt nach einem guten Plan.«

Das Wetter spielt mit und wir verbringen den Tag mit den grundlegendsten menschlichen Bedürfnissen. Schlafen, Essen, Sex. Wir haben Frühstückssex, Wassersex und langsamen, trägen Sommersex in der Sonne auf dem Steg. Zwischendurch schlafen wir oder schwimmen, Noah grillt Steaks und ich mache Salat. Das Wochenende gerinnt zu einer Abfolge immer gleicher Tage, und es fühlt sich so an, als lebte ich wirklich das verrückte Hippieleben, zu dem ich

Hals über Kopf aufgebrochen bin. Es ist schön mit ihm und er stellt keine Fragen. Er ist der perfekte Mann für das perfekte Abenteuer und ich genieße jede einzelne Sekunde davon.

Nur einmal wird mein Glück getrübt, als Noah den blauen Fleck entdeckt. Wir liegen auf dem Steg, ich auf dem Bauch, er neben mir, auf den Ellenbogen gestützt. Seine Hand streicht sanft über meinen Rücken.

»Was ist das?«, fragt er und ich zucke ertappt zusammen, als er die Stelle über meiner linken Niere berührt.

»Nichts«, sage ich. »Ich habe mich beim Beladen des Vans gestoßen.«

Ein alarmierter Ausdruck tritt in sein Gesicht. »Hat dir jemand wehgetan?«

»Nein«, antworte ich schnell. »Ich habe mich gestoßen, wirklich.« An der Ecke des Schreibtischs in Blakes Arbeitszimmer, als ich nach dem Schlüssel des Vans gesucht habe. Ich habe ein Geräusch gehört und mich geduckt, weil ich Angst hatte, entdeckt zu werden. Aber es war nur Rosalia, unser Hausmädchen. Beim Hochkommen habe ich nicht mehr dran gedacht und bin mit dem Rücken dagegen gestoßen, genau in der Nierengegend.

»Wenn dir jemand wehtut, wird er dafür büßen«, sagt Noah grimmig und ich glaube es ihm aufs Wort.

»Ich weiß«, sage ich leise. Wenn es so gewesen wäre, dürfte er Blake von mir aus beide Arme brechen. Ist es aber nicht. Ich hatte den blauen Fleck schon ganz vergessen, bis Noah mich daran erinnert hat.

Verarschen kann ich mich auch alleine! In meinem Job als Polizist sehe ich öfter Fälle häuslicher Gewalt. Sowas passiert selbst in einer Kleinstadt wie Heavenfield.

»Du hast gesagt, wir reden nicht über Probleme«, sagt Liz, rollt sich auf die Seite und sieht mich herausfordernd an. »Das war der Deal.«

»Stimmt«, gebe ich widerwillig zu. Ich habe keine Ahnung, vor wem oder was sie davon läuft. Aber wenn Liz nicht darüber sprechen will, werde ich ihren Wunsch respektieren. Wir kennen uns gerade mal drei Tage, manche Dinge brauchen eben ihre Zeit. Vermutlich hätte ich ihr auch nicht von meinem Vater erzählt, wenn Keisha es nicht ausgeplaudert hätte.

Liz legt den Kopf auf den angewinkelten Arm und sieht zu mir hoch. »Vergiss es«, sagt sie, streckt die Hand nach mir aus und streicht mir das Haar aus der Stirn. »Denk nicht darüber nach. Es ist nur ein blauer Fleck, mehr nicht.«

Wenn Liz soweit ist, wird sie es mir sagen und bis dahin ist sie bei mir in Sicherheit. Denn eines steht fest: Wer auch immer das getan hat, hält sich besser von ihr fern. Sollte der Kerl es wagen, hier aufzukreuzen, bekommt er ein echtes Problem mit mir. Und sollte er sie anfassen, nur ein einziges Mal, dann gnade ihm Gott!

Am Sonntagabend lässt Liz mich wissen, dass es sicherer sei, ab jetzt wieder Kondome zu benutzen. Zum Beweis streckt sie mir ihr iPhone hin, das neueste Modell. Ein Kalender leuchtet mir vom Display entgegen, mit kleinen Symbolen wie Blümchen, Herzchen und rosa Tropfen. Anscheinend irgendeine App, mit der Frauen ihren Zyklus beobachten. Keine Ahnung, ob meine bisherigen Freundinnen auch sowas hatten. Wenn, dann haben sie mich nicht daran teilhaben lassen. Was mich verwundert, ist die Tatsache, dass Liz überhaupt ein Telefon besitzt. Ich sehe es gerade zum ersten Mal. Im Gegensatz zu anderen Frauen, die ständig am Handy hängen, weil sie Nachrichten checken oder irgendwas liken und kommentieren, herrscht bei Liz absolute Funkstille. Entweder hat sie ihre Handysucht verdammt gut im Griff oder sie ignoriert es absichtlich. Weil sie Angst vor jemandem hat, flüstert mein Hirn. Oder weil sie einfach keine Lust dazu hatte, du Idiot! Ich hab meins ja auch das ganze Wochenende nicht angerührt.

»Gibst du mir deine Nummer?«, frage ich lässig.

»Mein Telefon ist sowieso die meiste Zeit aus«, entgegnet Liz achselzuckend.

Siehst du, sagt mein Hirn. Sie hat Angst vor jemandem. Vermutlich vor ihrem Ex. »Okay, ich gebe dir meine«, sage ich deshalb. »Dann kannst du anrufen, wenn irgendwas sein sollte.«

»Was sollte denn sein?«, fragt sie und schaltet das Handy aus.

»Vielleicht fällt dir ja noch was ein, was ich vom Einkaufen mitbringen soll, wenn ich morgen von der Arbeit zurückkomme«, sage ich nach einem Blick in die Nachttischschublade. »Bisher stehen nur Kondome auf der Liste.«

»Reicht doch«, sagt sie, krabbelt zu mir unter die Decke und kuschelt sich an meine Brust.

Ich rücke ein Stück von ihr ab, damit ich ihr in die Augen sehen kann. »Nur damit du's weißt, Liz. Du bist hier in Sicherheit, okay?«

Sie schluckt und senkt den Blick. »Ich weiß.«

»Es ist mein Ernst, Liz.«

»Danke, Noah«, flüstert sie an meiner Brust. »Aber ich brauche keine Hilfe.«

»Bleib, so lange du willst«, sage ich. Von mir aus für immer, füge ich gedanklich hinzu.

»Dann halt mich fest.«

»Zu Befehl, Ma'am«, antworte ich und schließe sie in meine Arme. Nichts einfacher als das.

Woher weiß man, wann man zu weit geht, frage ich mich, während ich an seiner Brust liege und seinem Herzschlag lausche. Bleib, so lange du willst. Seine Worte hallen in meinem Kopf. Meint Noah das ernst oder hat er es nur so dahin gesagt? Ich traue mich nicht nachzufragen. Denn das würde bedeuten, dass wir darüber reden, was das mit uns ist. Vor allem müsste ich ihm die Wahrheit sagen, über mich. Wer ich bin und warum ich hier bin. Vor zwei Stunden ist die Maschine, mit der Blake aus Singapur zurückgekommen ist, am Flughafen von Los Angeles gelandet. Vermutlich ist er jetzt bereits wieder in der Luft, auf dem Weg nach Columbus. Wenn er nach Hause kommt, wird er feststellen, dass ich nicht da bin. Stattdessen wird er einen Brief finden, den ich ihm hinterlassen habe. Darin steht noch mal, dass ich die Verlobung löse und den Van genommen habe, weil ich eine Auszeit brauche, um mir über meine Gefühle klar zu werden. Doch die waren nie unklarer als in diesem Moment. Bisher habe ich mir eingeredet, das zwischen mir und Noah sei nur Sex. Aber ich spüre, dass da mehr sein könnte. Oder bilde ich mir das nur ein? Das geht alles viel zu schnell, ich bin da in etwas hineingeschlittert, über das ich langsam die Kontrolle verliere und das ist nicht gut. Gar nicht gut.

Kapitel Zehn

REALITÄTSCHECK

Das Wochenende erscheint mir rückblickend wie ein einziger durchgängiger Traum. Doch das Geräusch des Weckers bringt mich unsanft zurück in die Realität. Es ist Montag und ich muss zur Arbeit, auch wenn ich am liebsten liegenbleiben würde. Die Angst, Liz könnte verschwunden sein, wenn ich zurückkomme, schnürt mir die Luft ab. Um klarzukommen, zwinge ich mich aufzustehen und mich an meine Routinen zu halten.

»Guten Morgen«, sagt sie plötzlich hinter mir, als ich in meine Laufschuhe schlüpfe. »Warum hast du mich nicht geweckt?«

»Du hast den Wecker nicht gehört«, sage ich entschuldigend.

»Warte, ich komme mit«, sagt Liz und zischt los. »Gib mir fünf Minuten.«

Kurz darauf steht sie im Joggingoutfit vor mir und sieht in den engen Klamotten zum Anbeißen aus. »Gut, wir können.«

Ich schlage meine übliche Strecke ein und wir laufen schweigend nebeneinander her. Sie ist gut in Form und kann locker mithalten, deshalb ziehe ich das Tempo etwas an und sprinte ihr davon.

»Läufst du oft?«, frage ich, als sie mich eingeholt hat.

»Fünf Mal die Woche.«

»Respekt«, gebe ich zurück und pfeife leise durch die Zähne. Es ist das erste persönliche Detail, das ich von ihr erfahre.

»Ach, nichts Wildes«, sagt Liz und winkt ab. »Nur drei Meilen.«

»Trotzdem, nicht schlecht.« Dann wollen wir mal sehen, was die Lady so drauf hat. »Wer als Erster zu Hause ist, darf zuerst unter die Dusche«, sage ich und sprinte los.

»Und was ist mit dem Verlierer?«, ruft Liz mir nach.

»Der kriegt leider nur kaltes Wasser«, gebe ich über die Schulter zurück. Ein Scherz, aber er zeigt Wirkung, ihre Schritte kommen näher. Trotzdem, sie hat keine Chance gegen mich.

»Na, auch schon da?«, begrüße ich sie, als sie keuchend neben mir zum Stehen kommt, und halte ihr die Haustür auf.

»Beim nächsten Mal mache ich dich fertig«, stößt sie japsend hervor.

»Vergiss es. Aber weil ich ein guter Gewinner bin, darfst du mir den Rücken einseifen.«

Liz verdreht die Augen. »Du bist ein Schuft, Noah Reynolds.«

»Was denn?«, gebe ich unschuldig zurück. »Ich wollte nur ein paar Minuten länger mit dir rausschlagen und mein Plan ist voll aufgegangen«, füge ich hinzu und ziehe sie mit mir ins Bad.

Mit fliegenden Händen befreien wir uns aus unseren verschwitzten Sportsachen und gehen zusammen duschen. Am Ende muss ich mich doch beeilen, wenn ich nicht zu spät zur Arbeit kommen will.

»Sehen wir uns zum Frühstück im Granny Mae's?«

»Um zehn?«, fragt Liz und ich nicke. »Alles klar, dann bis später«, sagt sie und drückt mir zum Abschied einen Kuss auf die Lippen. Das nenn ich Frühsport nach meinem Geschmack, denke ich, als ich ins Auto steige. So könnte von mir aus jeder Montag beginnen.

Ich winke ihm zu, als er aus der Einfahrt biegt, und sehe ihm nach, bis sein Pick-up hinter der nächsten Kurve verschwunden ist. Zurück im Haus schnappe ich mir mein Telefon. Als Erstes rufe ich in der Praxis von Dr. Sanders an und sage meinen Termin ab. »Mir ist etwas dazwischen gekommen.«

»Hat es geklappt?«, will die Sprechstundenhilfe wissen und klingt ganz aufgeregt.

»Nein«, antworte ich. »Ich bin bloß verreist und nicht in der Stadt.«

»Sollen wir direkt einen neuen Termin machen? Wann sind Sie denn zurück?«

»Ich weiß es noch nicht«, antworte ich ausweichend. »Ich melde mich, wenn ich wieder da bin«, sage ich und lege schnell auf, bevor sie weitere Fragen stellen kann.

Als Nächstes wähle ich Blakes Nummer.

»Elizabeth! Wo bist du?«, erklingt kurz darauf seine Stimme an meinem Ohr. Sie schwankt zwischen Erleichterung und Besorgnis.

»Ich habe den Van genommen und bin ein paar Tage weggefahren«, wiederhole ich die Ausrede, die ich schon meinem Vater gegenüber benutzt habe. »Um mir darüber klarzuwerden, was ich will.«

»Woher kommt das so plötzlich?«, fragt Blake. »Wir

sind doch das perfekte Team. Ich verstehe nicht, wieso du auf einmal daran zweifelst.«

»Weil ...« Ich unterbreche mich. Weil ich an mein zukünftiges Leben mit dir gedacht habe und mich gefragt habe, ob das schon alles gewesen ist? »Warum hast du eigentlich Dad nichts davon erzählt?«

»Aus demselben Grund wie du.«

»Und der wäre?«

»Du weißt genau, dass er sich nicht aufregen soll.«

»Ach ja?«, gebe ich zurück. »Und es ging dir dabei nicht bloß um dich?«

»Okay, Elizabeth, was soll das jetzt?«, fragt Blake gereizt.

»Immerhin steht für dich eine ganze Menge auf dem Spiel. Dein Job, die Firma, das Haus.«

»Glaubst du wirklich, ich würde dich nur deshalb heiraten wollen?«, fragt Blake mit bestürztem Ton. »Dass es mir nur ums Geld geht?«

»Sondern?«

»Um dich, natürlich«, sagt Blake und seine Stimme klingt beschwörend. »Ich liebe dich.«

Ich dich aber nicht, flüstert die leise Stimme in meinem Kopf.

»Komm nach Hause, Elizabeth«, sagt Blake eindringlich. »Lass uns darüber reden.«

»Nein. Ich brauche Abstand und muss mir über meine Gefühle klarwerden.« Nach diesen Worten drücke ich das Gespräch einfach weg. Mein Herz klopft bis zum Hals. Das ist doch alles vollkommen verrückt, aber genau so verrückt wäre es gewesen, mein altes Leben weiterlaufen zu lassen wie bisher. Trotzdem, ich brauche einen Rat, was ich jetzt tun soll. Ich muss mit jemandem darüber reden, der mich und meine Situation kennt. Und niemand kennt mich besser als Linda, also wähle ich ihre Nummer.

»Großer Gott, Lizzie«, erklingt kurz darauf ihre Stimme an meinem Ohr. »Was machst du denn für Sachen?«, fragt sie völlig entgeistert.

»Ich wollte auch mal ein Abenteuer erleben.« Dass ich eigentlich auf dem Weg nach Memphis war, mit der absurden Idee im Kopf, irgendwie ihres nachzuspielen, verschweige ich lieber.

»Himmel, Lizzie! So war das doch gar nicht gemeint.«

»War es doch«, entgegne ich. »Außerdem mache ich das für mich. Ich konnte nicht einfach so weitermachen, ohne Gewissheit zu haben, ob das Leben nicht noch mehr für mich bereithält.«

»Prima, wenn du das jetzt abgehakt hast, ist ja alles gut«, sagt Linda und atmet erleichtert auf. »Dann kannst du Blake ja jetzt heiraten.«

»Wie kommst du darauf? Ich habe die Verlobung doch nicht nur auf Eis gelegt, sondern gelöst. Seitdem ich Noah getroffen habe, bin ich mir absolut sicher, dass ich Blake auf keinen Fall heiraten will.«

»Und, wie ist er so, dieser Noah?«

»Er ist toll. Süß und witzig und unheimlich sexy.«

»Das ist doch nichts Ernstes, oder?«

»Woher soll ich das wissen? Wir kennen uns ja erst seit Donnerstag.«

»Wenn ich es nicht besser wüsste, würde ich sagen, du hast dich verliebt.«

»Was, wenn es so wäre?«, frage ich vorsichtig.

»Dann würde ich sagen, du bist verrückt«, schiebt Linda nach, und ich kann hören, dass sie lächelt.

»Okay«, sage ich mit einem schiefen Grinsen. »Ich weiß nicht, was das zwischen uns ist. Es tut mir einfach gut.«

»Das ist ...« Im Hintergrund erklingt ein dumpfes Geräusch, gefolgt von einem ohrenbetäubenden Brüllen. »O nein, Wesley!« Lindas Jüngster lernt gerade laufen.

»Hör zu, Süße«, sagt Linda gehetzt. »Ich muss Schluss machen. Shhh, Wesley-Schatz, alles gut, lass mich mal sehen. Melde dich.«

»Mache ich. Und Linda?«

»Ja?«

»Sag Blake bitte nichts davon, dass ich jemanden kennengelernt habe.«

»Was denkst du denn? Natürlich nicht!«

»Du bist ein Schatz.« Ich schmatze einen fetten Knutscher ins Mikrofon.

»Autsch«, sagt Linda. »Jetzt bin ich taub.«

Ich lache. »Hab dich lieb.«

»Ich dich auch«, sagt Linda. »Pass auf dich auf, Lizzie«, fügt sie ernst hinzu.

»Mach ich, versprochen«, sage ich, obwohl ich mir da gar nicht so sicher bin, und lege schnell auf.

»Na, wie war dein Wochenende?«, begrüßt Ryan mich mit einem breiten Grinsen, als ich die Polizeiwache betrete.

»Gut«, entgegne ich und grinse zurück.

»Du warst nicht in der Kirche.«

»Hatte Besseres zu tun.« Ich bin kein sehr gläubiger Mensch, aber in Heavenfield gehört es zum guten Ton, sonntags zum Gottesdienst zu gehen. Besonders, falls man, so wie ich, eine öffentliche Position bekleidet. Auch wenn ich den Job als Officer bei der Town Police nur übergangsweise ausübe, solange Dad ... Bei dem Gedanken an ihn überkommt mich ein schlechtes Gewissen, weil ich ihn seit letzter Woche nicht besucht habe.

»Das kann ich mir denken.« Ryans Grinsen wird noch eine Spur breiter. »Mrs. Jenkins hat dich vermisst. Sie hat sich nach dir erkundigt, und ich habe ihr gesagt, sie solle sich keine Sorgen machen, du seist in den besten Händen. Stimmt doch, oder?«

»Absolut«, pflichte ich ihm bei und mache mir im Kopf eine Notiz, dass ich Mrs. Jenkins anrufen muss, um ihr zu sagen, dass sie diese Woche nicht kommen soll. Manchmal taucht sie zu den absurdesten Uhrzeiten auf, schnappt sich Eimer und Mopp und bringt das Haus auf Hochglanz. Ich hab ihr schon tausendmal gesagt, dass das nicht nötig ist, aber sie besteht darauf. Nicht auszudenken, was passiert, wenn sie rein platzt, während Liz und ich gerade ... Ich verdränge die Bilder in meinem Hirn und sammele mich.

»Und, gibt's was Neues?«, erkundige ich mich.

»George Simmons' Auto wurde geklaut.«

»Wann?«

»In der Nacht von Samstag auf Sonntag.«

»Und wo?«

»Auf dem Parkplatz vorm Büro des Campingplatzes an den Abrams Falls«, antwortet Ryan.

»Hätte er nicht einfach woandershin fahren können?« Ein Campingplatz weiter und er wäre außerhalb unseres Zuständigkeitsbereiches gewesen. Der endet an der Stadtgrenze von Heavenfield. Für alles darüber hinaus ist das Sheriff Department des Countys in Maryville zuständig oder die Parkranger. »Und ich frage jetzt nicht, was Mr. Simmons mitten in der Nacht dort getrieben hat.«

»Was wohl?«, antwortet Ryan achselzuckend. »Er hat Campern beim Vögeln zugesehen.« George Simmons ist ein notorischer Spanner. Wir haben ihn schon zweimal erwischt, als er um irgendwelche Wohnwagen geschlichen ist, aber wir konnten ihm nichts nachweisen. »Als er zurück zum Parkplatz kam, hat er bemerkt, dass sein Auto nicht mehr da war. Er hat sich nicht getraut, auf dem Campingplatz um Hilfe zu bitten und ist zu Fuß zurück nach

Heavenfield gelaufen. Hat sich aus Angst vor Bären fast in die Hose geschissen, sagt Charly.«

»Geschieht ihm recht«, gebe ich ungerührt zurück. Dann ist er wenigstens eine Weile aus dem Verkehr gezogen, statt Touristen zu belästigen.

»Na, immer noch hier?«, begrüßt mich Keisha, als ich das Granny Mae's betrete.

»Ja, ist ne schöne Gegend«, antworte ich mit einem schiefen Grinsen und setze mich auf einen der Barhocker.

»Stark und heiß«, sagt Keisha.

Wir wissen beide, dass sie nicht den Becher Kaffee meint, den sie mir über die Theke schiebt. Während Granny das Frühstück vorbereitet, plaudere ich ein wenig mit Keisha. Als sich das Diner füllt, verziehe ich mich mit der Speisekarte in eine Sitznische.

»Eins weiter«, ruft Keisha und zwinkert mir zu. »Ist ihr Stammplatz, die Jungs sitzen immer da.«

Also gehe ich zur nächsten und vertiefe mich in die Karte. Diesmal werde ich mich nicht wieder von so einer Monsterportion überrumpeln lassen und entscheide mich stattdessen für French Toast mit karamellisierten Bananen und Schokosauce.

»Gute Wahl«, sagt Keisha und verschwindet hinter der Theke, während ich auf *die Jungs* warte. Um kurz nach zehn betreten sie das Diner und mein Herz schlägt schneller, als *mein* Junge vor mir steht. Noah sieht verdammt heiß aus in seiner Uniform. Trotzdem denke ich sie mir kurz weg, denn ich weiß, dass sein Körper darunter noch viel heißer ist. Mir wird warm.

»Hi, Babe«, sagt er, strahlt mich an, setzt sich zu mir auf die Bank und küsst mich.

»Hi«, antworte ich.

»Seid ihr jetzt zusammen?«, will Ryan wissen.

Nein, sagt mein Kopf. Doch, flüstert mein Herz.

Statt einer Antwort zuckt Noah mit den Schultern, während ich versuche, die neugierigen Blicke seiner Kollegen zu ignorieren. Keisha erlöst uns, indem sie das Frühstück bringt, und ich konzentriere mich auf mein Essen. Noahs Kollegen erzählen vom Wochenende, sie reden über Football-Ergebnisse, typischer Männerkram eben. Was, wenn das hier alles normal wäre? Ein stinknormaler Montag in einem ganz gewöhnlichen Leben.

»Wirst du noch da sein, wenn ich nach Hause komme?«, fragt Noah leise, als er zurück zum Dienst muss, und erinnert mich daran, dass nichts von dem hier normal ist, sondern vollkommen verrückt.

»Wenn du mir einen Gefallen tust, schon.«

»Was auch immer du willst, schöne Frau.«

»Dann lass die Uniform an«, flüstere ich ihm zu.

Seine Augen blitzen auf. »Zu Befehl«, sagt er und grinst. Beim Rausgehen dreht er sich noch mal zu mir um und formt mit seinen Lippen die Worte »Böses Mädchen«.

Ich klimpere unschuldig mit den Wimpern und werfe ihm eine Kusshand zu. Er tut, als würde er den Kuss fangen, sieht sich verstohlen um und legt die Hand auf seinen Schritt.

»Böser Junge«, antworte ich lautlos und sein schmutziges Grinsen lässt mein Herz drei Takte schneller schlagen.

Kapitel Elf

FERIENLAUNE

Ich zahle mein Frühstück und verlasse das Diner. In Heavenfield herrscht reges Treiben. Alle Bewohner gehen irgendeiner Beschäftigung nach, reparieren Autos, stellen die Post zu, drehen Locken auf Wickler. Nur ich habe an diesem Montagvormittag nichts zu tun. Also folge ich der kleinen Uferpromenade bis zum Yachthafen. Die Vögel zwitschern, die Boote dümpeln träge in der Spätsommersonne, deren Strahlen sich golden auf den Wellen des Sees brechen, und es fühlt sich nach Urlaub an. Stimmt, denke ich, ich bin einfach ein Gast und mache hier Ferien von meinem Leben. Heavenfield ist genau der richtige Ort dafür, so ruhig und friedlich. Ein hübsches Städtchen, in dem man ein paar Tage bleibt, bevor der Sommer vorbeigezogen ist und sich mit den Vögeln auf den Weg nach Süden macht.

In Urlaubsstimmung gehe ich zurück zu meinem Auto und beschließe, noch schnell was einzukaufen und für Noah zu kochen. Ich will ihm nicht auf der Tasche liegen und mich irgendwie erkenntlich zeigen. Im Supermarkt lasse ich mich von der Auslage inspirieren und suche die

Zutaten für mein weltberühmtes Thai-Curry zusammen. Okay, Blake hat immer daran herum gemeckert. Es ist schwierig, seinen hohen Ansprüchen gerecht zu werden.

Beim Bezahlen stelle ich fest, dass ich wohl etwas übertrieben habe. Mein Bargeldvorrat neigt sich langsam dem Ende entgegen, doch meine innere Stimme verrät mir, dass es geschickter sei, meine Kreditkarte nicht zu benutzen. Anhand der Daten auf dem Kontoauszug könnte Blake herausfinden, wo ich bin, und das will ich nicht. Langsam werde ich wirklich paranoid, aber es ist besser, erstmal auf Tauchstation zu bleiben.

Meine Ferienstimmung ist jedenfalls verflogen. Unbehaglich husche ich zu meinem Van und verstaue die Einkäufe, dann springe ich rein und fahre los. Erst, als ich in Noahs Einfahrt biege, atme ich auf. Buster empfängt mich mit wildem Gebell. Hoffentlich erinnert er sich noch an mich. Bisher war immer Noah dabei, wenn wir ins Haus gegangen sind.

»Ist gut, Buster«, sage ich und strecke meine Hand nach ihm aus, um ihn zu besänftigen. Mein Herz klopft wie wild, als er an meinen Fingern schnüffelt. Dann wedelt er zur Begrüßung zweimal mit dem Schwanz und lässt mich Gott sei Dank vorbei.

Der Tag zieht sich wie Kaugummi. Während ich an meinem Schreibtisch sitze und versuche, mich auf die Arbeit zu konzentrieren, male ich mir in den schillerndsten Farben aus, was ich mit Liz anstellen werde, wenn ich nach Hause komme. Dabei mache ich mir nicht die geringsten Sorgen, dass der Abend nicht hält, was ich mir davon verspreche. Bisher hat der Sex mit Liz meine kühnsten Erwartungen übertroffen.

Gegen vier halte ich es nicht mehr aus. »Okay, Jungs, bis morgen!«, rufe ich Greg und Ryan zu und besorge noch schnell eine Packung Kondome, bevor ich mich auf den Weg nach Maryville mache.

Ein aufreizendes Lächeln gleitet über Sheilas kaffeebraunes Gesicht, als ich eine halbe Stunde später das St. Mary's Nursing Home betrete.

»Wo hast du gesteckt, Sweetheart?«, fragt sie und kommt mit wiegenden Hüften auf mich zu. »Wir haben dich schon vermisst«, gurrt sie. »Warst du krank?«

»Nein, alles in Ordnung«, gebe ich zurück. »Ich hatte bloß viel zu tun.«

»Mein armes Häschen, komm zu Mama.« Sie zieht mich an ihre ausladende Brust, was ziemlich ulkig ist. Sheila ist sechsundfünfzig, wiegt schätzungsweise um die hundert Kilo und geht mir bis zum Kinn, weshalb ich ihre weichen Brüste irgendwo in Höhe meines Bauchnabels spüre.

Lachend befreie ich mich aus ihren Armen. »Und, was habt ihr angestellt, während ich nicht da war?«

»Wir haben's so richtig krachen lassen, stimmt's John?«, fragt sie fröhlich, auch wenn sie weiß, dass sie darauf keine Antwort erhalten wird. Sie ist der einzige Funke von Normalität an diesem sonst so schrecklichen Ort, und dafür liebe ich sie.

»Wie geht's ihm?«, frage ich und senke die Stimme, obwohl ich weiß, dass ich nicht flüstern muss.

»Gut«, sagt sie. »Also unverändert, aber sonst ganz gut, nicht wahr, John?«

Mein Vater liegt im Bett und schaut blicklos durch uns hindurch. So geht das jetzt seit sechs Monaten. Die Ärzte sagen, wenn sich der Zustand nicht innerhalb des ersten Jahres bessert, wird er vermutlich dauerhaft so bleiben.

»Dann lass ich euch mal allein«, sagt Sheila und schließt leise die Tür hinter sich.

Ich ziehe mir einen Besucherstuhl ran und setze mich zu ihm. »Hi, Dad«, sage ich und berühre seine Hand. Keine Reaktion. »Ich hab ein Mädchen kennengelernt«, sage ich. »Ihr Name ist Liz und ich glaube, sie würde dir gefallen. Liz ist toll, die schönste Frau, die ich je gesehen habe. Sie ist süß und witzig, und wenn sie schläft, sieht sie aus wie ein Engel.« Die Worte sprudeln nur so hervor. Sein Blick ruckt zu mir rüber und für einen winzigen Moment habe ich das Gefühl, er würde mich ansehen. Also spreche ich einfach, ich rede und rede, um irgendwie die Wand der Stille zu durchbrechen, die uns seit sechs Monaten voneinander trennt.

Da ich nicht nur rumsitzen, sondern mich irgendwie nützlich machen will, habe ich unsere Laufsachen gewaschen. Während sie nun auf der Wäscheleine trocknen, die ich auf der Veranda entdeckt habe, bereite ich das Abendessen vor. Um mich in dem fremden Haus nicht ganz so seltsam zu fühlen, schalte ich das Radio auf dem Küchentresen ein und Countrymusik flutet den Raum. Ich kann mir nicht vorstellen, dass Noah auf sowas steht. Wahrscheinlich eher die Frau, die manchmal zum Putzen kommt. Wobei Countrymusik in den Südstaaten weit verbreitet ist. Dementsprechend lange dauert es, bis ich einen Sender gefunden habe, der normale Musik spielt. Ich drehe sie voll auf und schnippele Gemüse zu den Klängen von Rihanna und Ariana Grande. Dann wasche ich das Huhn und teile es in mundgerechte Stücke, die ich portionsweise anbrate, bevor ich sie dick mit Currypulver bestäube. Sein Duft füllt das Haus, als es sich langsam erhitzt, und bevor es anbrennt, gebe ich das Gemüse hinzu und lösche das Ganze mit Kokosmilch ab. Jetzt darf es einkochen, damit sich die Zutaten zu einer cremigen Sauce verbinden. Ich widme mich derweil dem Reis.

Im Radio läuft inzwischen »Shallow« aus dem Soundtrack zu dem Film »A Star Is Born«. O mein Gott, ich liebe dieses Lied! Bradley Cooper und Lady Gaga sterben vor Liebe zueinander und ich sterbe mit. Auf einmal verstehe ich, wovon sie singen. Auch ich sehne mich nach mehr, einer tieferen Bindung. Inzwischen sind Noah und ich so weit in diese Affäre hineingeschlittert, dass ich nicht weiß, wie wir wieder auftauchen können, ohne einen von uns zu verletzen. Gleich kommt der Refrain, und ich schaue mich vorsichtshalber noch mal um, bevor ich einstimme und aus voller Kehle losschreie. Es ist wie ein Reflex, dagegen kann man nichts tun. Bloß dass Lady Gaga die Einzige ist, bei der sich das cool anhört. Vermutlich klinge ich wie ein Papagei, dem man die Schwanzfedern ausreißt, wie mir Busters Geheul von draußen bestätigt. Singen gehört eindeutig nicht zu meinen Stärken. Deshalb sollte ich das wohl besser lassen. Bevor noch jemand die Polizei ruft, denke ich mit einem vorfreudigen Grinsen. Kurz vor acht, Noah sollte bald da sein. Ein aufgeregtes Kribbeln rinnt durch meinen Körper.

Als ich aus dem Auto steige, kommt mir Buster schwanzwedelnd entgegen. Auf der Wäscheleine hängen unsere Sportsachen und ein paar andere Klamotten von Liz. Der Anblick ihrer Höschen hebt meine Laune. Beim Öffnen der Haustür steigt mir ein verführerischer Duft in die Nase. Liz hat für mich gekocht. Sie trägt ein luftiges Sommerkleidchen und steht mit dem Rücken zu mir am Herd. Aus dem

Radio schallt mir Bad Guy von Billie Ellish entgegen. Liz schwingt die Hüften und geht voll mit, während sie in einem Topf rührt.

Billie singt, sie sei ein böses Mädchen, das mit meinem Dad ins Bett steigen würde. Glaub nicht, bei dem läuft nicht so viel, ha ha. Wann bin ich eigentlich so zynisch geworden? Verdammt, Noah! In meiner Küche steht eine Wahnsinnsfrau und tanzt, während sie mir was zu Essen macht. Komm klar, rufe ich mich zur Vernunft, lehne mich an die Esstheke und sehe ihr einen Moment dabei zu.

Okay, Showtime. Dann wollen wir doch mal schauen, ob Liz ein braves oder ein böses Mädchen ist.

»Wer sind Sie und was machen Sie in meiner Küche?«, frage ich mit erhobener Stimme.

Liz zuckt zusammen und wirbelt zu mir herum. Ihr Blick gleitet über die Handschellen und das Päckchen Kondome. Ich hebe vielsagend eine Augenbraue und deponiere beides auf dem Tresen. Dazu später mehr. Erstmal ...

»Umdrehen!«, verlange ich. »Hände auf die Arbeitsplatte, wo ich sie sehen kann.« Sie kommt meiner Aufforderung nach und spreizt automatisch die Beine.

»Braves Mädchen«, flüstere ich an ihrem Ohr und füge lauter hinzu. »Ich werde Sie jetzt auf Waffen durchsuchen.«

Meine Hände schließen sich über dem dünnen Stoff ihres Flatterkleidchens um ihre Brüste. Sie trägt keinen BH, stelle ich fest. Das macht definitiv mehr Spaß, als irgendwelche besoffenen Typen abzutasten. Mit den flachen Händen streiche ich über ihre Flanken und Hüften, an den Außenseiten ihrer Beine nach unten und an den Innenseiten wieder hinauf. Meine Fingerkuppen streifen feuchte Wärme durch den Stoff ihres Höschens.

»Schon wieder so bereit, Mrs. Robinson?«, murmele ich, schiebe den Slip beiseite und versenke zwei meiner Finger darin. Liz biegt sich ins Hohlkreuz und streckt mir stöhnend den Hintern entgegen. Ich bewege meine Hand einmal vor und zurück, bevor ich sie ein Stück höher wandern lasse, zu ihrem entzückenden Po. Uh, eng. Liz zieht scharf die Luft ein. Das ist die Rache für meine Eier, Baby!

»Machst du das mit allen Verdächtigen?«, stößt sie zwischen zusammengebissenen Zähnen hervor.

»Nur bei denen, die darum betteln«, antworte ich, ziehe meinen Finger wieder raus und stecke ihn in den Mund. Hmm. »Ich schätze, Sie sind sauber«, verkünde ich dann.

»Und du bist ein schmutziger Junge, Noah Reynolds.« Ihre Augen funkeln, als sie sich zu mir umdreht.

»Yes, Ma'am. Sie haben das Recht zu schweigen«, belehre ich Liz, bevor sie protestieren kann. »Alles was Sie sagen, kann und wird gegen Sie verwendet werden.«

»Was wird mir denn zur Last gelegt?«

»Diebstahl.«

»Ich habe nichts gestohlen«, sagt Liz empört. »Noch nie!«

»Doch, Sie waren gerade dabei, mein Herz zu stehlen, und ich habe Sie auf frischer Tat ertappt.«

»Oh«, murmelt sie und senkt den Blick.

»Sie bekennen sich also schuldig?«

»Vielleicht«, antwortet sie mit einem kleinen Lächeln. »Bin ich jetzt verhaftet?«

»Bis auf Weiteres muss ich Sie in Gewahrsam nehmen.« Ich umfasse ihre Handgelenke und ziehe sie an mich. »Aber Sie könnten versuchen, mich mit einer Portion von dem, was auch immer hier so gut riecht, zu bestechen«, füge ich mit Blick Richtung Herd hinzu.

»Hunger?«, fragt Liz.

»Ja, auf dich«, sage ich und verschließe ihre Lippen mit

einem Kuss. »Aber vorher könnte ich eine kleine Stärkung vertragen.«

Ungeduldig sehe ich Noah zu, wie er eine riesige Portion Curry-Huhn mit Reis verdrückt. »Schmeckt's?«

»Nach viel mehr«, sagt er und bei dem Blick, den er mir zuwirft, weiß ich nicht, ob er das Essen oder mich meint. Ein heißes Kribbeln rinnt durch meinen Körper.

»Nachschlag?«

Er schüttelt den Kopf. »Dessert«, sagt er und schiebt den Teller von sich. Die Hausfrau in mir möchte aufstehen und ihn in die Spüle bringen, aber das Glitzern in Noahs Augen hält mich davon ab. Pfeif auf das dreckige Geschirr!

»Wo waren wir?« Noah tippt sich mit dem Zeigefinger an die Lippen, als müsste er darüber nachdenken. »Ach ja, richtig, Sie sind verhaftet und ich wollte Sie in Gewahrsam nehmen. Sie wissen, was das heißt?«

»Nein, Sir. Ich bin noch nie mit dem Gesetz in Konflikt geraten.«

»Ehrlich nicht?« Noah sieht mich prüfend an und ich schüttle den Kopf. »Ach, komm schon, Liz, nicht mal ein winziges Bisschen?«, hakt er nach. »Keine Partys, auf denen du nichts zu suchen hattest? Kein gefälschter Studentenausweis, um an Alkohol zu kommen?«

»Nein, ich war immer ein braves Mädchen.« Bis zu dem Tag, an dem ich mir den Van geschnappt habe und abgehauen bin.

»Irgendwie glaube ich dir das nicht«, sagt er grinsend. »Aber gut, dann ...« Sein Blick wird hart. »Ausziehen!«, verlangt er. Von einer Sekunde auf die andere hat er auf den professionellen Cop umgeschaltet und das ist ...

verdammt sexy! Mein Herz schlägt schneller, als ich vom Barhocker rutsche und mein Kleid über den Kopf ziehe.

»Alles.« Sein barscher Tonfall duldet keine Widerrede. »Hände nach vorn«, verlangt er dann, als ich nackt vor ihm stehe, und ich befolge seine Anweisung. Das ratschende Geräusch, mit dem sich die Handschellen um meine Handgelenke schließen, ist unmissverständlich. Das ist kein Spielzeug, sondern gehärteter Stahl, fingerdick und ich bin ihm …

»Ausgeliefert«, stellt Noah fest, als könnte er meine Gedanken lesen, und grinst zufrieden.

Ihr Anblick bringt mich um den Verstand. Liz, nackt und in Handschellen, das ist so verdammt heiß! Ich könnte jetzt alles mit ihr tun. Der Gedanke lässt mich steinhart werden, aber … Es ist einfach zu reizvoll.

Mit einer Hand greife ich einen Stuhl und drehe ihn rum, sodass er zum Raum zeigt. »Hinsetzen!«, befehle ich, schnappe mir auch einen, nehme ihr gegenüber Platz und sehe ihr in die Augen. Wer bist du, Liz? Also gut, dann wollen wir mal.

»Wie heißen Sie?«

»Liz«, sagt sie und sieht mich fest an.

»Nennen Sie Ihren vollen Namen.«

»Elizabeth Jane.«

»Jane?«, frage ich amüsiert. »Und weiter?«

»Robinson«, sagt sie und grinst spitzbübisch.

»Ihren echten Namen«, beharre ich.

Ihr Grinsen wird noch eine Spur breiter. »Robinson.«

O nein, Baby, so haben wir nicht gewettet! »Zwing mich nicht, es aus dir raus zu kitzeln«, drohe ich ihr und beuge mich vor.

»Bitte nicht.« Sie kreischt auf, als meine Finger ihre Flanken berühren. Dachte ich's mir doch, sie ist kitzelig. Kichernd und giggelnd windet sie sich auf dem Stuhl, während ich mich auf die Suche nach den Stellen mache, an denen sie am empfindlichsten ist. Methodisch arbeite ich mich durch: Flanken, Bauch, Achseln, Rücken, und sie kann sich nicht dagegen wehren.

»Hör auf!«, japst sie hilflos und schnappt nach Luft. »Ich kann es dir beweisen.«

»Ach ja, und wie?«

»Dafür musst du mich losmachen«, sagt sie und streckt mir die gefesselten Hände entgegen.

»Ganz billiger Trick, Lady.«

»Dann lass mich aufstehen«, fleht sie.

»Warum?«

»Ich will meine Handtasche holen. Sie steht da drüben auf der Couch.«

»Bleib sitzen«, sage ich und bringe sie ihr. »Und jetzt?«

»Das Portmonee«, sagt Liz, und ich nehme es aus der Tasche und öffne es. »Vorderes Fach, mein Führerschein.«

Ich ziehe ihn hervor und blicke in das Gesicht einer wesentlich jüngeren Liz. Elizabeth Jane Robinson, geboren am 16.07.1987, Familienstand ledig. Ausgestellt von der Zulassungsstelle in Columbus/Ohio. Er ist echt, da besteht kein Zweifel. »Columbus, also.«

»Yes, Sir.« Liz nickt. »Kleinste Großstadt Amerikas.«

Hätte nicht gedacht, dass sie ein Mädchen aus der Stadt ist. Sie sieht nicht aus wie eins.

»Glaubst du mir jetzt?«, fragt sie mit einem unschuldigen Lächeln.

»Ich glaube Ihnen alles«, sage ich und schiebe den Führerschein zurück hinter die durchsichtige Plastikfolie des Fachs. »*Miss* Robinson.«

Liz senkt den Blick, und als sie ihn wieder hebt, bleibt

er für einen Moment am Schritt meiner Uniformhose hängen. Der Stoff ist zum Zerreißen gespannt, ich bin so scharf auf sie, dass es fast wehtut. Sie leckt sich über die Lippen und sieht zu mir auf. Ihre Augen funkeln. Achtlos lasse ich die Handtasche fallen und öffne den Reißverschluss meiner Hose.

Kapitel Zwölf

GEHEN ODER BLEIBEN?

»Lass los!«, verlangt Noah und ich klammere mich noch ein bisschen fester an seinen Arm und grabe meine Finger in den schwarzen Stoff seines Hemdes.

»Ich will nicht«, protestiere ich matt.

Er lächelt. »Sie sind unersättlich, Miss Robinson.«

»Gleichfalls.«

»Komm schon«, bettelt er, beugt sich zu mir runter und gibt mir einen Kuss auf die Nasenspitze. »Ich muss jetzt wirklich los. Sehen wir uns zum Frühstück?«

»Ich weiß noch nicht«, sage ich und wiege den Kopf hin und her.

»Okay, dann vielleicht bis später.« Er streicht mir lächelnd durchs Haar. »Schlaf noch ein bisschen. War ne anstrengende Nacht für dich«, fügt er mit einem anzüglichen Grinsen hinzu und lässt mich mit meinen Erinnerungen daran allein.

Er hat nicht ganz Unrecht. Nachdem er mich ans Bett gefesselt hat, hat er sich Zeit gelassen, um jeden Millimeter meines Körpers zu erforschen. Viel Zeit. Mit einem seligen Lächeln auf den Lippen drehe ich mich rum und döse noch mal ein.

Ich sitze auf der Wache und starre auf den Bildschirm meines Computers, doch in Gedanken bin ich woanders. Vor meinem geistigen Auge räkelt sich Liz. Ihre Hände sind an den Bettpfosten gefesselt, ihr Körper bebt unter meinen Berührungen. Sie zerrt an den Handschellen und …

»Erde an Noah«, reißt mich Ryan aus meinen Tagträumen.

Ertappt schrecke ich hoch. »Huh?«

»Ich hab dich gefragt, ob es schon was Neues gibt im Fall des gestohlenen Wagens von George Simmons.«

»Ach so, ja, Moment«, sage ich abwesend. Während ich meine E-Mails nach der Antwort des Sheriffbüros des Blount County durchsuche, wandern meine Gedanken wieder zu Liz. Ihre rosafarbenen Lippen teilen sich zu einem verführerischen Lächeln, sie öffnet den Mund und …

»Mein Gott, was hat sie mit dir gemacht?«, unterbricht Ryan mich erneut. »Hat sie dir das Hirn rausgevögelt, oder was?«

»Sowas in der Art.«

»Scheiße, Alter, dich hat's ganz schön erwischt.«

»Kann man so sagen«, gestehe ich mit einem schiefen Grinsen.

Ryan sieht mich alarmiert an. »Das *hast* du ihr aber nicht gesagt, oder etwa doch?«

»Nicht so direkt.«

»Sondern?«

»Dass sie mein Herz gestohlen hat«, nuschele ich und Ryan fällt die Kinnlade runter.

»Nicht dein Ernst! Bist du jetzt unter die Romantiker gegangen?«

Ich überdenke kurz die Situation und komme zu dem Schluss, dass sie nichts, aber auch gar nichts Romantisches hatte. Na gut, vielleicht ein bisschen, aber in erster Linie war das einfach nur ... Wow! »Du hast ja keine Ahnung, Mann.«

»Okay, lass mich mal ran«, sagt Ryan und rollt seinen Stuhl neben meinen. »Mit dir ist heute sowieso nichts anzufangen«, fügt er mit einem genervten Blick hinzu und beginnt, die E-Mails zu durchforsten, während ich wieder in meinen Tagträumen versinke.

Da die gemeinsame Joggingrunde heute Morgen ausgefallen ist, beschließe ich, allein zu laufen, um meinen Kopf frei zu kriegen. Während ich durch den Wald trabe, denke ich darüber nach, was Noah gestern gesagt hat. Ich sei im Begriff, sein Herz zu stehlen. Er beginnt, Gefühle für mich zu entwickeln, und das ist nicht gut. Gar nicht gut. Der Sex mit ihm ist heiß, keine Frage. Noah ist süß und witzig, ich bin gern in seiner Nähe und genieße jede einzelne Sekunde mit ihm. Aber wohin soll das führen? Er ist fünfundzwanzig, Herrgott!

Das mit uns hätte niemals eine Zukunft. Wie sollte das gehen?

»Hi, Dad, vergiss das mit dem Nachfolger für die Firma«, murmele ich vor mich hin. »Ich bin jetzt mit einem fünfundzwanzigjährigen Cop zusammen.« So in etwa? Nein, das würde ihm das Herz brechen, im wahrsten Sinne des Wortes. Die Firma ist sein Lebenswerk, und außerdem *mein* Erbe. Ich kann nicht einfach irgendjemanden heiraten, der beruflich etwas komplett anderes macht. Ein Tierarzt, ein Grafiker oder eben ein Polizist kommen nicht in Frage. Das würde nicht funktionieren. Wenn, dann müsste ich alles aufgeben, mein gesamtes Leben. Wie kann ich auch nur einen Moment darüber nachdenken, das zu tun?

Wofür? Für eine heiße Affäre, ein kleines Abenteuer? Die Gedanken wirbeln in meinem Kopf, während meine Füße wie von selbst den Weg zurück zu Noahs Haus finden. Es ist nicht seins, stellt die leise Stimme in meinem Kopf nüchtern fest. Er wohnt hier eigentlich mit seinem Vater, um den er sich kümmern muss. Woher nehme ich mir eigentlich das Recht, einfach so in sein Leben zu platzen? Noah hat genug Probleme, auch ohne mich.

»Scheiße, Lizzie«, murmele ich, als ich unter die Dusche gehe. Ich sollte meine Sachen packen und verschwinden, bevor es für uns beide kompliziert wird. Mit jedem Tag, den ich bleibe, wird es schwerer. Aber ich kann nicht. Ich will nicht gehen.

»Aha, da haben wir's doch.« Ryan zeigt triumphierend auf den Bildschirm. »Sie haben einen Verdächtigen gefasst. Einen gewissen Mike Groburn aus Townsend. Er war schon öfter in Autodiebstähle verwickelt, anscheinend hat ihn jemand verpfiffen. Aber von Georges Pick-up fehlt jede Spur.«

»Gut.« Dann sitzt Simmons zu Hause fest, statt irgendwelche Leute zu beobachten. Zum Beispiel Miss Robinson und mich, wenn wir ... Ach Shit! Mit mir ist heut wirklich nichts anzufangen. Ich kann einfach nicht aufhören, an sie zu denken. Stattdessen bin ich kurz davor, kleine Herzchen auf meinen Notizblock zu kritzeln.

»Glaubst du, es war ein Fehler, es ihr zu sagen?«, greife ich das Thema von vorhin wieder auf.

»Wie hat sie denn darauf reagiert?«

»Keine Ahnung, sie ...« Liz hat weggeschaut. »Hat nichts gesagt.«

»Oh«, sagt Ryan.

»Das meinte sie auch.«

»Wundert dich das, wenn du sie damit überfällst?«

»Ich hab sie nicht …« Na gut, vielleicht schon ein bisschen. »Es hat sich einfach so ergeben.«

»Was hast du denn erwartet? Ich meine, ihr kennt euch erst ein paar Tage und … Wie alt ist sie noch gleich?«

»Zweiunddreißig, aber was hat das damit zu tun? Ihr Alter spielt für mich keine Rolle.«

»Für dich nicht, aber für sie vielleicht. Stell dir vor, du machst mit einem jüngeren Typen rum. Aber nach ein paar Tagen kommt der Toy Boy um die Ecke und faselt was von Liebe. Ziemlich uncool, oder?«

»Ich bin nicht ihr Toy Boy«, fahre ich auf.

»Sicher?«

Lass die Uniform an, sagt Liz in meinem Kopf.

»Nein«, gebe ich zu. Ich bin mir nicht sicher, aber … »Zwischen uns ist mehr. Das spüre ich einfach.«

»Mag sein«, sagt Ryan. »Wenn du mich fragst, solltest du trotzdem einen Gang runterschalten, falls du noch ein bisschen Spaß mit der Lady haben willst.«

Er hat Recht. Liz ist ein Freigeist. Wenn ich sie dränge, ist sie schneller wieder weg, als ich gucken kann. Deshalb sollte ich unbedingt klarstellen, dass ich das so nicht gemeint habe.

Während des Frühstücks im Granny Mae's sind wir beide befangen. Es ist, als ob Noahs Geständnis plötzlich zwischen uns stünde. Du bist im Begriff, mein Herz zu stehlen. Nur ein harmloser Satz in einer spielerischen Situation, und doch spüre ich sein Gewicht, das nun auf uns lastet. Das ist kein Spiel mehr, sondern Ernst.

»Wir müssen reden«, sage ich leise, als seine Pause vorbei ist.

Er nickt. »Heute Abend?«

»Lass nur«, wehre ich ab, als er das Frühstück bezahlen will. »Ich mach das schon.«

Er schluckt und sieht mich mit einem seltsamen Blick an. »Dann bis später.«

Keine Ahnung, was ich ihm sagen soll. Darüber muss ich mir im Laufe des Tages wohl noch klar werden. Mit einem Grummeln in der Magengrube gebe ich Keisha meine Kreditkarte, aus purer Gewohnheit. Als mir klarwird, dass ich Blake damit einen Hinweis geben könnte, wo ich mich aufhalte, würde ich Keisha am liebsten sagen, sie solle mir die Karte zurückgeben. Doch sie zieht sie bereits durch den Scanner, schüttelt den Kopf, wiederholt die Prozedur und reicht sie mir zurück.

»Die funktioniert nicht.«

»Was?«, entgegne ich verblüfft. Ich verstaue die Amex wieder im Portmonee und zücke meine Visa Card. »Dann versuch es hiermit.«

Das Spiel mit dem Lesegerät wiederholt sich ohne Ergebnis. »Tut mir leid, die geht auch nicht.«

»Das kann nicht sein.« Hektisch krame ich nach Bargeld, aber das habe ich gestern beim Einkaufen fast aufgebraucht. Mir fehlen zwölf Dollar. »Das ist mir echt unangenehm«, stammele ich, als ich Keisha das Geld in die Hand drücke. »Gibt es hier eine Bank?«

Keisha schüttelt den Kopf. »Nein, nur in Maryville. Die Filiale in Heavenfield wurde vor zwei Jahren geschlossen. Aber es gibt einen Automaten, drüben im Supermarkt.«

»Ich bin gleich wieder da«, versichere ich, aber Keisha winkt lächelnd ab.

»Den Rest schreibe ich an.«

»Aber das geht doch nicht.«

»Klar geht das«, sagt Keisha und zwinkert mir zu. »Wir sind hier auf dem Land, da vertraut man einander. Und du wirst schon nicht weglaufen.«

»Natürlich nicht«, beeile ich mich, zu sagen. Wie peinlich. Noch nie war eine meiner Karten gesperrt.

Meine Finger zittern, als ich im Eingangsbereich des Supermarkts stehe, meine Kreditkarte in den Schlitz schiebe und die Geheimzahl eintippe. Auf dem Display erscheint das Symbol einer Eieruhr.

»Komm schon, bitte«, flüstere ich eindringlich und fixiere den Bildschirm.

Karte ungültig. Bitte kontaktieren Sie Ihr Kreditinstitut.

Das kann nicht sein! Nacheinander probiere ich beide Kreditkarten, keine funktioniert. Dafür gibt es nur eine Erklärung: Blake hat sie sperren lassen.

Wutentbrannt zücke ich mein Handy.

»Hast du meine Karten sperren lassen?«, fauche ich, als er rangeht.

»Hallo, Elisabeth«, entgegnet er gelassen.

»Was soll das?«

»Du reagierst nicht auf meine Anrufe und Nachrichten, du verrätst mir nicht, wo du bist«, sagt Blake. »Aber ich wusste, dass du dich meldest, sobald dir das Geld ausgeht.«

»Wer gibt dir das Recht, über mein Konto zu verfügen?«, fahre ich ihn an.

»Dein Vater, als er mich zum Geschäftsführer gemacht hat. Das ist ein Firmenkonto, wenn ich dich daran erinnern darf.«

»Und ich bin seine Tochter, er ist *mein* Vater, falls du das vergessen haben solltest.«

»Natürlich nicht«, erwidert Blake. »Ich bin schließlich

der Blöde, der arbeiten geht, damit du Daddys Geld ausgeben kannst.« Er klingt echt sauer.

Ganz Unrecht hat er damit nicht. Seitdem Dad Blake die Geschäftsleitung übertragen hat, habe ich nach und nach Stunden reduziert und seit vier Monaten arbeite ich überhaupt nicht mehr. Ich habe mich wirklich nicht darum gerissen, im Gegenteil.

»Sieh es ein, Elizabeth. Du brauchst mich. Und jetzt lass den Quatsch und komm nach Hause.«

»Du solltest dich lieber um mich bemühen, statt mir zu drohen.« Wütend lege ich wieder auf und stapfe zum Van. Der Blick auf die Tankanzeige erinnert mich daran, dass ich pleite bin. Der Punkt geht eindeutig an Blake.

»Shit!«, schreie ich und schlage frustriert auf das Lenkrad. Der Tank ist schon wieder halb leer, diese verdammte Karre säuft wie ein Loch. Dabei bin ich gar nicht viel rumgefahren, seit ich hier bin.

Tja, sorry, Blake, denke ich mit einem grimmigen Lächeln. Selbst wenn ich wollte, ich käme gar nicht bis Columbus. Außerdem muss ich das mit Noah klären. Es wäre unfair, einfach so zu verschwinden. Das hat er nicht verdient. Nur deshalb fahre ich zurück zu seinem Haus, rede ich mir ein. Um einen sauberen Schlussstrich zu ziehen. Bevor ich mir über die Zukunft Gedanken mache, egal mit wem, muss ich erstmal mein Leben in den Griff kriegen.

Kapitel Dreizehn

DUMMHEITEN

Ein breites Lächeln gleitet über Noahs Gesicht, als er nach Hause kommt und mich auf der Veranda sitzen sieht.

»Hey«, sagt er, beugt sich zu mir runter und küsst mich. »Wie war dein Tag?«

»Gut«, lüge ich und kann ihm kaum in die Augen schauen.

Er setzt sich zu mir auf die Bank. »Was hast du gemacht?«

»Ich habe nachgedacht«, antworte ich wahrheitsgemäß. »Das mit uns …«

»Wenn es wegen gestern ist«, unterbricht er mich. »Wegen dem, was ich gesagt habe. Tut mir leid, es ist mir nur so rausgerutscht.«

»Ist es nicht«, sage ich. »Und das wissen wir beide.«

»Wäre das denn so schlimm?«, fragt er leise und sieht mich von der Seite an.

»Hör zu, Noah«, beginne ich. »Ich mag dich.«

»Aber?«

»Spätestens in ein paar Tagen werde ich wieder verschwunden sein.« Ich komme mir so mies dabei vor, denn ich habe heute mindestens zwanzig Mal drüber nachgedacht, einfach abzuhauen.

»Das weiß ich, Liz, das war der Deal. Egal, wie lange es dauert, erinnerst du dich?« Er sieht mich eindringlich an.

»Ich will dich nicht verletzen.«

»Du verletzt mich nicht«, sagt er. »Im Gegenteil, du tust mir gut.«

»Du mir auch«, bekenne ich.

»Dann lass es uns genießen«, sagt er.

»Ich kann nicht.«

»Warum nicht?«

»Weil ...« Ich dir das Herz brechen werde, denke ich. »Ich will dich nicht ausnutzen«, sage ich stattdessen. Es wäre egoistisch, mit ihm zu schlafen, nur weil ich scharf auf ihn bin, obwohl ich weiß, dass das mit uns keine Zukunft hat.

»Aber ich steh drauf, wenn du mich benutzt.« Mit einem anzüglichen Grinsen zieht er mich auf seinen Schoß.

»Noah, bitte«, protestiere ich. »Es ist mein Ernst.«

»Meiner auch.« Seine Hände wandern über meinen Rücken, meinen Po. Er presst mich an sich und lässt mich spüren, wie hart er ist. »Los, benutz mich«, flüstert er rau und seine Augen funkeln.

»Ich will das nicht.«

»Du lügst«, sagt er und seine Finger finden den Weg unter den Saum meines Kleides. »Sag, dass du das nicht willst, und ich hör sofort damit auf.«

Er hat Recht, es ist gelogen. Es gibt nichts, was ich gerade mehr will als ihn. Auch wenn es egoistisch ist, aber der Sex mit ihm ist viel zu gut, um es nicht zu wollen. In einem Aufwallen wilder Lust dränge ich mich ihm entgegen. Ich kann ihm einfach nicht widerstehen.

Liz ist feucht. Sie ist immer feucht, sobald ich sie berühre. Sie kann mir nicht erzählen, dass sie es nicht genauso will. Ihre Küsse sind leidenschaftlich und wild, sie zerrt an meinem Shirt. Ich öffne die Hose und schiebe ihren Slip zur Seite, ziehe sie auf mich.

Ihre Augen werden weit. »Noah, nicht«, keucht sie.

»Scheiß drauf«, sage ich, umfasse ihre Taille und drücke sie runter.

O Gott, ist das gut! Heiß und nass. Liz stöhnt und bewegt ihr Becken. Ist mir scheißegal, ob sie mich nur benutzt. Solange es sich so anfühlt, bin ich gern ihr Spielzeug.

»Gib's mir, Liz«, flüstere ich und lehne mich zurück, überlasse mich ihrem Rhythmus. Ich weiß, dass man mit Sex keine Probleme lösen kann. Aber der Takt ihrer Hüften lässt mich die ganze Scheiße mit Dad vergessen, und mein verschissenes Leben ist egal, solange sie mich reitet. Also benutz mich, Baby und fick mir das Hirn raus, damit ich nicht mehr daran denken muss, wie schrecklich alles ist.

»Das war scheiße«, murmele ich an seinen Lippen.

»Nein, war es nicht«, keucht er und küsst mich. »Das war verdammt scharf, Miss Robinson.« Noah zieht mich an seine Brust.

Ich kann sein Herz hören, es klopft genauso wild wie meins. Er hält mich einfach nur fest, während sich unsere Atmung langsam normalisiert und sein Penis in mir erschlafft.

»Wir müssen vorsichtiger sein.« Nur weil es nicht einfach ist, schwanger zu werden, heißt das nicht, dass es gar nicht klappen kann. Dr. Sanders sagt immer, ich solle mich entspannen. In meiner derzeitigen Gefühlslage brauche ich mir darüber wohl keine Gedanken machen, in meinem Kopf herrscht das reinste Chaos.

»Beim nächsten Mal.« Noah küsst meinen Scheitel.

»Nimm das nicht so leicht.« Ich rücke ein Stück von ihm ab und sehe ihn an. »Du bist fünfundzwanzig. Willst du dir das Leben mit einem Baby versauen?« Wow, ich höre mich an, als wär ich seine Mutter.

»Ich bin erwachsen, Liz.«

»Klingt gerade aber anders.«

»Du hast Recht«, sagt er. »Wir sollten besser aufpassen.«

»Und was ist das?«, kommentiere ich das Gefühl zunehmender Fülle in meinem Innern.

»Ich kann nichts dafür«, sagt Noah und lächelt entschuldigend. »Du fühlst dich so gut an, ohne.«

»Das ist dumm und unvernünftig«, protestiere ich schwach.

»Wenn, dann ist es jetzt sowieso zu spät.« Er legt seine Hände unter meinen Po und hebt ihn etwas an, bevor er zustößt.

»Bestechende Logik, Mr. Reynolds«, sage ich, spanne die Oberschenkel an, schlinge die Arme um seinen Nacken und stütze mich hinter seinem Kopf an der Rückenlehne der Bank ab. »Nur leider vollkommen verrückt.«

»Verrückt nach dir, Miss Robinson«, sagt er und bewegt sich in mir auf und ab. Hmm, gut. »Ich krieg einfach nicht genug von dir.« Auf und ab, auf und ab.

Das muss ein Ende haben, denke ich. Wenn wir so weitermachen, steuern wir geradewegs auf eine Katastrophe zu. Aber ich will es auch nicht lassen. Es ist einfach zu gut, und ich kann nicht genug davon bekommen.

Liz hat Recht. Es war dumm und unvernünftig, es ohne Kondom zu machen. Ich weiß selbst nicht, was es ist, das mich treibt, ungeschützten Sex mit ihr zu haben. Natürlich bin ich zu jung, um Vater zu werden. Selbst wenn mein Dad auch nicht viel älter war, als ich es jetzt bin. Aber auf eine gewisse Art und Weise bedeutet es Verbindlichkeit. Denn ich wäre bereit, die Konsequenzen zu tragen, wenn das bedeuten würde, dass sie hierbleibt, bei mir. Vielleicht weigere ich mich einfach, vernünftig zu sein, weil das hieße, zuzugeben, dass das hier alles nicht echt ist. Nur ein Traum in der Hitze einer Sommernacht, und je länger ich ihn träume, umso schlimmer wird er. Die Angst hat sich hineingeschlichen. Angst, Liz wieder zu verlieren und dass ich sie irgendwann nicht mehr halten kann, nur durch Sex. Angst davor, dass da nicht mehr zwischen uns ist als körperliche Anziehung, und dass sie geht, wenn diese Anziehungskraft abgeflaut ist.

»Versprichst du mir was?«

»Was?«

»Versprich mir, nicht einfach zu verschwinden, ohne was zu sagen«, sage ich leise und spreche damit meine größte Angst laut aus.

Sie weicht meinem Blick aus, dreht den Kopf und sieht rüber zum Wald. »Okay«, flüstert sie schließlich und blickt mir in die Augen.

Trotzdem werde ich das Gefühl nicht los, dass das knapp war. Irgendwas ist heute passiert, das verrät mir mein Instinkt. Aber ich kann es nicht greifen, es ist mehr eine Ahnung. Doch ich bin mir sicher, dass ich sie um ein Haar verloren hätte.

Kapitel Vierzehn

SUPERMAN

Ich werde damit klarkommen, denke ich und betrachte ihr verschlafenes Gesicht. »Guten Morgen, Prinzessin.« Irgendwie werde ich damit fertig werden, mit dieser Angst, dass jeder Tag der Letzte sein könnte.

Liz streckt sich und gähnt. »Wie spät ist es?«

»Kurz vor acht. Ich muss los.« Ich beuge mich zu ihr runter und küsse sie. »Sehen wir uns zum Frühstück?«

Sie senkt den Blick. »Das kann ich mir nicht leisten.«

»Sie sind eingeladen, schöne Frau.«

»Ich will dir nicht auf der Tasche liegen«, sagt sie und schaut mich durchdringend an. »Aber ich dachte mir ...«

»Was?«

»Meinst du, ich könnte Keisha um einen Job bitten?«

Mein Herz macht einen Hüpfer. »Na klar.«

»Also, nur aushilfsweise für ein paar Tage.«

»Logisch«, versichere ich und muss mich beherrschen, nicht im Kreis zu grinsen. »Frag sie einfach. Ich bin mir sicher, sie kann Hilfe gebrauchen.«

»Okay, dann bis später, Superman«, sagt Liz und küsst mich noch mal. »Geh ein paar Verbrecher fangen.«

»Wird gemacht, Miss Lane«, entgegne ich und strecke die rechte Faust nach vorn. Liz lacht, und ich fühle mich wie Mr. fucking Superman höchstpersönlich, als ich zur Tür raus schwebe, um zur Arbeit zu fahren.

»Noah hat Recht«, sagt Keisha und sieht mich nachdenklich an. »Wir könnten wirklich Hilfe gebrauchen. Wir hatten eine Aushilfe, aber die ist ausgefallen.« Sie deutet mit einer Handbewegung einen Babybauch an. »Aber wir können dir nicht viel zahlen.«

»Das macht nichts«, antworte ich. »Hauptsache, ich hab einen Job und liege Noah nicht auf der Tasche.«

»Acht Dollar die Stunde, Trinkgeld gehört dir?«, fragt Keisha und streckt mir die Hand entgegen.

»Abgemacht«, antworte ich und schlage ein. »Wann soll ich anfangen?«

»Sofort, wenn du willst.« Sie grinst mich an.

»Alles klar«, sage ich und grinse zurück. »Hast du noch so eine Schürze?«

»Dann willkommen im Team von Granny Mae's.«

»Wer gehört noch dazu?«, frage ich.

»Granny, du und ich«, antwortet Keisha achselzuckend und drückt mir eine Schürze in die Hand. »Komm mit, ich zeig dir den Herd.«

»Warum heißt der Laden eigentlich Granny Mae's?«, frage ich, nachdem sie mir sämtliche Funktionen erklärt hat.

»Weil er meiner Großmutter gehört hat«, antwortet Granny. »Sie war die erste Schwarze in Heavenfield. War nicht leicht für sie, aber die Leute sind trotzdem gekommen. Ihr Essen war einfach zu gut.«

»Kann ich verstehen«, gebe ich zurück und lasse mich in die Geheimnisse der Kaffeemaschine einweihen.

Noah und die Jungs kommen um zehn. Fröhlich zwinkere ich ihm zu, und er strahlt mich an, als ich ihm die Platte mit Spezial-Frühstück vor die Nase setze. »Hi, Babe.«

»Haben wir ne neue Bedienung?«, will Ryan wissen.

»Sieht so aus«, sagt Noah. »Aber lass gefälligst die Finger von ihr. Das ist mein Mädchen.«

Jetzt grinse ich wirklich im Kreis. Mein Mädchen arbeitet drüben im Diner und hat Frühstück für mich gemacht. Nach der Schicht muss ich direkt zu Dad fahren und es ihm erzählen.

»Können wir dann mal wieder zu den wichtigen Dingen kommen?«, fragt Greg und verdreht die Augen.

»Und das wäre?« Was könnte wichtiger sein als die Tatsache, dass Liz bleibt?

»Zum Beispiel, was mit George Simmons' Truck ist.«

»Warum interessiert dich das, ob der Wichser sein Auto zurückbekommt?«

»Weil das unser Job ist, falls ich dich erinnern darf. Und außerdem ist er einer von uns«, sagt Greg mit einer ausschweifenden Geste, die sich wohl auf Heavenfield bezieht.

»Von mir aus kann er zu Hause hocken, bis er schwarz ist und ihm vom Wichsen die Finger abfallen«, entgegne ich ungerührt. »Dann belästigt er wenigstens keine Camper.«

»Auch wieder wahr«, pflichtet Ryan mir bei.

»Ich mach nur meine Arbeit«, knurrt Greg und tippt auf seiner Tastatur herum. »Und wenn mir einer die Karre klaut, hoffe ich, dass ihr euren Job gut macht.«

»Das ist was komplett anderes.« Ist mir sowieso egal,

von einem Penner wie George Simmons lasse ich mir nicht den Tag versauen.

»Scheiße, Noah«, sagt Greg nach einer Weile und deutet auf den Bildschirm. »Das solltest du dir ansehen.«

»Was ist?«, frage ich und rolle mit meinem Schreibtischstuhl zu ihm rüber.

»Die Karre ist geklaut.«

»Ja, weiß ich doch.«

»Nein, nicht die. Ihre Karre. Schwarzer Dodge Ram Wagon, neunundsiebziger Baujahr. Das ist doch ihr Kennzeichen?«

Ich sehe aus dem Fenster und vergleiche das Nummernschild des Vans mit den Angaben in der Datenbank. Sie stimmen überein. Fuck!

»Wo willst du hin?«, fragt Greg, als ich aufspringe, aber ich höre ihn wie durch Watte.

»Zu Liz«, sage ich und schüttele den Kopf, um klar denken zu können. »Ich muss mit ihr reden, ihr bleibt hier!«

Ich wische gerade die Tische ab, als Noah über den Main Square gelaufen kommt. Lächelnd richte ich mich auf und trockne meine Hände an der Schürze, als er in das Diner stürmt. Die Tür fliegt krachend gegen die Wand und mein Lächeln erstirbt, als ich seinen Blick sehe.

»Kannst du mir das erklären?«, brüllt er. Seine Nasenflügel beben vor Wut.

»Was?«, frage ich völlig perplex.

»Der Van«, sagt er und senkt die Stimme. »Er ist als gestohlen gemeldet.«

»Verdammt«, murmele ich. »Es ist nicht so, wie du denkst«, sage ich schnell und lege Noah die Hand auf den Arm. »Ich habe ihn nicht geklaut, er gehört meinem Ex.

Blake weiß, dass ich damit unterwegs bin. Es geht überhaupt nicht um den Scheiß-Van, es geht um mich, verstehst du? Er will mich zurückholen.« Jetzt ist er eindeutig zu weit gegangen. Wenn Blake glaubt, das würde mich zum Einlenken bringen, irrt er sich gewaltig.

»Wann hast du ihn verlassen?«, unterbricht Noah meine Gedanken.

»Letzten Donnerstag«, gestehe ich kleinlaut.

»Du hast gesagt, du wärst schon eine Weile unterwegs.«

»Tut mir leid, das war gelogen. Aber was hätte ich denn sagen sollen? Wir haben uns versprochen, nicht über Probleme zu reden«, flehe ich und sehe ihn eindringlich an. »Es tut mir leid. Du musst mir glauben, ich habe den Van nicht geklaut und ich werde das mit Blake regeln, versprochen.«

Noah sieht mich an, in seinem Gesicht arbeitet es. »Also schön«, sagt er und schüttelt den Kopf. »Ich hab mir schon sowas gedacht.«

»Und jetzt?«

Er streckt die Hand aus. »Gib mir die Schlüssel.«

»Aber ...«

»Kein Aber«, sagt er bestimmt. »Ich kümmere mich darum.«

Also schön ... Seufzend gebe ich ihm die Autoschlüssel. »Was hast du vor?«

»Wirst du schon sehen. Ich hab eine Idee.« Er küsst mich auf die Stirn, dreht sich um und verlässt das Diner.

Ich bin immer noch völlig perplex. Gestohlen gemeldet. So ein Bullshit! Aber das ist nun mal seine Art des Kampfs. Blake ist ein Siegertyp. Ihm geht es nur ums Gewinnen und dafür ist ihm jedes Mittel recht.

Ich wusste es! Von Anfang an hab ich geahnt, dass Liz auf der Flucht ist.

»Warum hast du sie nicht mitgebracht?«, fragt Greg völlig entgeistert, als ich die Wache betrete.

»Komm runter«, sage ich. »Der Van gehört ihrem Ex. Er ist gewalttätig und sie ist abgehauen«, fasse ich die Lage zusammen. »Ich glaube, er schlägt sie. Liz hatte ein Hämatom, als sie aufgetaucht ist. Genau hier«, sage ich und lege die Hand auf meine Niere.

»Und was machen wir jetzt?«, fragt Greg.

»Nichts«, antworte ich.

»Wie, nichts?« Er sieht mich an, als ob ich den Verstand verloren hätte.

»Ja, nichts«, sage ich. »Oder hast du einen schwarzen Van gesehen?«

»Bist du jetzt komplett verrückt geworden? Sie fährt die ganze Zeit hier rum.« Greg deutet mit der Handfläche nach oben Richtung Fenster. »Jeder hier hat einen schwarzen Van gesehen.«

»Stimmt«, bestätige ich. »Aber die da draußen wissen nicht, was wir wissen, weil sie nicht gelesen haben, was in der Datenbank steht. Und wenn wir drei die Schnauze halten.« Ich blicke in die Runde. »Dann hat hier niemand einen schwarzen Van gesehen, verstanden?«

»Das können wir echt nicht bringen«, sagt Greg. »Ich bin dein Vorgesetzter, und wenn das rauskommt, sind wir alle unsere Jobs los.«

»Es kommt aber nicht raus«, gebe ich zurück und sehe ihn beschwörend an. »Wir haben die Meldung nicht gesehen, weil wir heute nicht in die Datenbank geguckt haben, richtig?«

Greg nickt langsam und Ryan grinst. »Ich definitiv nicht.«

»Liz ist jetzt eine von uns«, sage ich und stoße Greg in

die Rippen. »Und den Rest regeln wir schon.« Ray schuldet mir sowieso noch einen Gefallen.

Meine Schicht ist schon eine Stunde vorbei, als Noah und Ryan im Diner auftauchen.

»Was ist mit dem Wagen?«, zische ich, aber Noah schüttelt bloß den Kopf.

»Nicht hier«, antwortet er und sieht sich verstohlen um.

Ryan zwinkert mir zu. »Mach dir keine Sorgen, Liz, wir haben alles im Griff.«

Da bin ich mir nicht so sicher. Mir ist nicht wohl bei dem Gedanken, was sie mit dem Van angestellt haben könnten. Hoffentlich haben sie ihn nicht im See versenkt oder sowas.

»Was habt ihr damit gemacht?«, versuche ich einen neuen Vorstoß, als wir in Noahs Pick-Up zu ihm fahren.

»Du wirst schon sehen«, antwortet er und lächelt. »Keine Angst, Liz, dein Exfreund findet dich hier nicht.«

»Das hoffe ich.« Blake bringt mich um, wenn seinem Spielzeug was passiert ist. Der Spritefleck auf dem Fahrersitz ist schon schlimm genug. Man bemerkt ihn zwar nicht auf den ersten Blick, aber die Stelle klebt.

»Warum hast du ihn verlassen?«, will Noah wissen.

»Weil ich mir nicht vorstellen konnte, mein Leben weiter an der Seite eines Mannes zu verbringen, der mich behandelt, als wäre ich eins seiner Geschäfte. Deshalb hab ich mir den Van geschnappt und bin losgefahren. Ich wollte einfach nur weg und brauchte Abstand, um den Kopf frei zu kriegen.«

Noah löst eine Hand vom Lenkrad, fasst nach meiner und drückt sie. »Zum Glück hast du dich verfahren«, sagt er mit einem Lächeln, von dem mir ganz warm ums Herz wird.

Schon verrückt, denke ich. Wenn ich nicht hätte tanken müssen, wäre ich nie in Heavenfield gelandet. Insofern kann ich der alten Karre dankbar sein, dass sie so viel Sprit schluckt.

Als ich den Van am nächsten Tag sehe, hat er sich ein bisschen verändert.

»Pink?«, frage ich und starre ihn an. Okay, Blake wird mich umbringen, so viel steht fest.

Noah grinst. »Jetzt sieht er endlich aus wie Dolly Dodge.«

»Ihr habt ihn umlackiert?«, ächze ich. Keine Ahnung, wie das in einer Nacht vonstatten ging.

»Ist bloß Folie. Falls sie dir nicht gefällt, kannst du sie wieder abziehen.«

Puh, Gott sei Dank! »Ist die Farbe nicht zu auffällig?«

»Genau das ist der Trick«, sagt Noah und zwinkert mir zu. »Wenn du etwas unauffällig verschwinden lassen willst, mach es so auffällig, dass niemand mehr darüber nachdenkt, was er sieht.«

»Wo hast du das denn gelernt? Bei David Copperfield?«

»Nein, beim FBI. Aber manchmal arbeiten wir mit den gleichen Tricks.«

»FBI? Du bist wirklich so ne Art Superman, oder?«

Noah zuckt mit den Schultern und grinst. »Es gibt so einiges, das du noch nicht über mich weißt.« Er nickt mit dem Kinn Richtung Schiebetür.

Ich öffne sie und starre ins Innere. Es verfügt jetzt über eine Bettkonstruktion. »Ist nur provisorisch«, sagt er. »Wenn du ihn richtig ausbauen willst, braucht er eine Isolierung.«

»Das … kann ich nicht annehmen«, stammele ich.

»Doch, du musst«, sagt er. »Sieh es einfach als meine Art zu sagen, dass du frei bist und jederzeit wieder gehen kannst.« Er nimmt mein Gesicht zwischen seine Hände und blickt mir tief in die Augen. »Aber wenn du gehst«, fügt er hinzu. »Dann schläft mein Mädchen nicht auf dem Boden der Ladefläche.«

»Dein Mädchen?«, frage ich. Statt einer Antwort legt Noah den Kopf schief und lächelt. »Ich weiß nicht, was ich sagen soll«, bringe ich mühsam hervor. Das ging jetzt alles ein bisschen zu schnell.

»Och, ich wüsste, wie du mir danken könntest.« Er wirft einen Seitenblick zur Liegefläche. »Das Bett ist noch Jungfrau.«

»Du bist so bescheuert, Noah Reynolds«, sage ich und muss lachen. »Denkst du eigentlich irgendwann auch mal an was anderes als daran, mich flachzulegen?«

»Nicht wirklich, Miss Robinson«, sagt er und küsst mich, bis mir die Luft wegbleibt. »Ich bin verrückt nach dir, kapier's endlich.«

»Und ich muss arbeiten, schon vergessen?«

»Es ist Freitagabend«, protestiert er mit sehnsüchtigem Blick zum Bett.

»Das kann warten«, sage ich und lache. »Im Diner spielt ne Band. Gods and Devils oder so ähnlich.«

»Die Sinners and Saints«, korrigiert Noah. »Die sind gut.«

»Keisha meinte, dass die Hölle los sein wird. Also los, komm schon, fahr *dein Mädchen* zur Arbeit«, sage ich. Bin ich das? Aktuell schon irgendwie und es fühlt sich gut an.

»Du darfst selbst fahren.« Noah hält mir die Schlüssel hin und grinst. »Dann habe ich heute mal Ausgang und Heavenfield kann sich an die neue Farbe von Dolly Dodge gewöhnen.«

»Da haben die Heavenfielder und ich was gemeinsam«, gebe ich zurück. Wobei mir das Barbie-Pink von Minute zu Minute besser gefällt. Auffällig unauffällig. Tja, sorry, Blake, denke ich mit einem zufriedenen Grinsen. Wenn du dich mit Superman anlegen willst, musst du schon eher aufstehen. Der Punkt geht eindeutig an Noah.

Kapitel Fünfzehn

SINNERS AND SAINTS

Das Granny Mae's platzt aus allen Nähten. Ich hocke mit den Jungs in unserer üblichen Sitzecke und nippe an meinem Bier, doch eigentlich gucke ich Liz beim Arbeiten zu. Keisha hatte Recht, es ist wirklich viel los. Kein Wunder, die Sinners and Saints haben es echt drauf. Wie es scheint, hat sich halb Heavenfield versammelt, um ihnen zuzuhören. Die Frauen schmeißen derweil den Laden. Keisha zapft Bier, Granny brät Burger und Liz schleppt Tabletts zu den Tischen und serviert. Ein strahlendes Lächeln liegt auf ihren Lippen, sie plaudert mit den Gästen und schäkert mit Ryan und Greg, wenn sie zu uns an den Tisch kommt. Sie sieht verdammt glücklich aus und das macht mich glücklich.

Ich halte sie im Vorbeigehen auf und stehle mir einen Kuss. »Hey, läuft's gut?«

»Alles bestens«, sagt sie und guckt in die Runde. »Und bei euch? Wollt ihr noch eins.«

Ryan zieht sein Bier leer und drückt ihr das Glas in die Hand. »Eins geht noch, schätze ich.«

»Kommt sofort, Großer.« Sie zwinkert ihm zu und zischt los.

Ryan sieht ihr nach. »Du hast echt ein Scheißglück mit der Frau«, sagt er. »Weißt du das eigentlich, Noah?«

»Ja, ich weiß«, antworte ich und lächele.

»Wenn sie nicht abgehauen wäre, wärt ihr euch nie begegnet«, schaltet Greg sich ein. »Kannst froh sein, dass sie die Karre geklaut hat.«

»Halt die Klappe«, zische ich. Er hat eindeutig zu viel getrunken und das lockert bei Greg immer die Zunge. »Oder willst du, dass das hier jeder mitbekommt?«

»Ich sag's ja nur«, brummt er. »Uns hört sowieso keiner, die Musik ist zu laut.«

Greg ist und bleibt ein Idiot, auch wenn er mein Vorgesetzter ist. Außerdem wäre er das nicht, wenn Dad nicht den Unfall gehabt hätte. Ich wünschte, er wäre da, und wir könnten zusammen ein Bier trinken, so wie früher. Vater und Sohn. Andererseits, wenn er den Unfall nicht gehabt hätte, säße ich jetzt nicht hier, sondern vermutlich nach einem Einsatz in irgendeinem Motel an der Westküste.

Schon verrückt, denke ich versonnen. Mag sein, dass ich zu viel getrunken habe. Vielleicht liegt es daran, dass ich plötzlich so sentimental bin. Aber irgendwie erscheint es mir, als hätte das Schicksal Liz und mich in Heavenfield zusammengeführt.

Der Laden brummt und die Band gibt alles. Die winzige Tanzfläche droht zu platzen. Ich halte das leere Tablett wie ein Schutzschild vor meinen Bauch und laufe seitwärts, um mich durchzudrängeln. Noah kommt mir entgegen, anscheinend auf dem Weg zum Klo, und verstellt mir den Weg.

»Hallo, schöne Frau.« Seine Augen glänzen. Er ist ein bisschen betrunken, aber süß betrunken. Er sieht aus wie ein College-Boy, der einen lustigen Abend mit seinen Freunden verbringt.

»Hey, Superman«, sage ich und wuschele ihm durchs Haar.

Die Band stimmt die nächste Nummer an und die ersten Takte von Kryptonite von 3 Doors Down erklingen. »O mein Gott, ich liebe diesen Song!« Als der rauskam, war ich dreizehn und total in Brad Arnold verknallt, den Sänger der Band.

»Das ist eines der Lieblingslieder meines Dads. Er und Mom haben das oft gehört«, sagt Noah, und mir fällt wieder mal auf, wie scheißjung er ist. Während ich für Rockmusiker geschwärmt habe, war er sechs und hat vermutlich mit seiner Actionfigur aus Plastik gespielt.

Der kleine Junge von damals hat jedenfalls große Ähnlichkeit mit Superman. Wenn ich mich so umschaue, würde ich sagen, er hat sich zum bestaussehenden Mann Heavenfields gemausert. Ich stelle das Tablett auf die Theke, fasse Noahs Hand und ziehe ihn auf die Tanzfläche. »Komm, lass uns tanzen.«

Wenn Liz tanzt, ist sie frei. Ihre Bewegungen folgen keiner festen Choreographie. Es ist, als würde die Musik durch sie hindurchströmen und in ihrem Körper Ausdruck finden. Sie ist so süß, wie sie beim Headbanging den Kopf im Takt schüttelt und ihr Pferdeschwanz wippt. Oder die Art, wie sie die Teufelsfaust in die Luft streckt, während sie den Refrain lauthals mit grölt. Jedes Mal, wenn sie sich beim Singen zurücklehnt, rutscht ihr Top hoch und gibt den Blick auf ihren flachen Bauch frei. Am liebsten würde ich den schmalen Streifen zarter Haut küssen und ihm mit meiner Zunge folgen, bevor ich sie aus diesen Hotpants schäle. Im Geiste setze ich es auf meine To-Do-Liste für später, wenn wir den Van einweihen.

Sie ist so gottverdammt sexy in dem engen Top und den kurzen Shorts. Ich wette, jeder Kerl hier im Diner hat ihr heute schon auf den Arsch geguckt. Besitzergreifend lege ich meine Hände darauf und ziehe sie an mich.

»Du bist mein Kryptonit«, flüstere ich ihr ins Ohr. »Du machst mich schwach.«

»Fühlt sich nicht so an, als würdest du schwach werden«, gibt sie mit einem wissenden, kleinen Lächeln zurück und reibt ihr Becken an meinem Schritt.

Fuck, sie ist so heiß. Ernsthaft, wie soll man da an etwas anderes denken, als sie flachzulegen? Ich kann es jedenfalls nicht, ich bin Wachs in den Händen dieser Frau.

»Komm schon, Superman«, sage ich und schleife Noah vor die Tür. »Keisha will endlich dichtmachen.«

»Schlaft gut, ihr Turteltäubchen«, sagt Keisha und zwinkert mir zu.

»Bis Montag!«, rufe ich, obwohl ich mir nicht sicher bin, dann immer noch hier zu sein.

Noahs Arm liegt schwer auf meiner Schulter. Er ist ganz schön betrunken. Während wir über den Parkplatz zum Van schwanken, kämpfe ich darum, nicht das Gleichgewicht zu verlieren.

»Du bist die Beste, Lois«, nuschelt er, als ich ihn auf den Beifahrersitz schiebe und anschnalle.

»Ich weiß«, antworte ich, schließe die Tür und gehe um den Wagen herum.

»Ernsthaft, Liz«, sagt Noah, nachdem ich eingestiegen bin und wir nach Hause fahren. »Du bist das Beste, was je in meinem Leben passiert ist.«

»Das sagst du nur, weil du getrunken hast.«

»Nein, ohne Witz. Mein ganzes Leben war komplett im Arsch, bis du aufgetaucht bist. Diese ganze Scheiße mit meinem Dad ...«

Oh, Mist! »Ich will nicht alles durcheinanderbringen.«

»Du bringst nichts durcheinander«, sagt Noah und sieht mich treuherzig von der Seite an. »Du bist mein Engel, Liz.«

»Ich bin kein Engel, Noah«, widerspreche ich ihm. Er weiß nicht, was er da redet.

»Doch«, beharrt er. »Dich hat der Himmel geschickt.«

Mag sein, dass es ihm so vorkommt, weil ich so plötzlich in sein Leben geplatzt bin, denke ich, als ich Noah helfe sich auszuziehen, und ihn ins Bett verfrachte. Aber so gut, wie Noah denkt, bin ich nicht. Wenn er wüsste, dass ich eigentlich nur auf ein kleines Abenteuer aus war, würde er mich wohl mit anderen Augen betrachten. Innerhalb von Sekunden ist er eingeschlafen und schnarcht, während ich neben ihm liege und nicht zur Ruhe komme. Leise stehe ich auf und schleiche auf Zehenspitzen raus. Im Wohnzimmer schnappe ich mir mein Handy und eine Decke und verziehe mich damit auf die Terrasse.

Blake hat geschrieben: *Ruf mich sofort an!!!*

O Gott! Dad ist etwas passiert, ist mein erster Gedanke. Aber dann hätte Amanda, Dads Frau, sich gemeldet.

Warum?, tippe ich. Sofort erscheint der blaue Haken. Blake ist noch wach. Wie zur Bestätigung vibriert das Telefon in meiner Hand. Das Geräusch des Klingeltons schallt durch die Stille der Nacht. Schnell nehme ich das Gespräch an, bevor Noah davon aufwacht.

»Was willst du?«

»Mit dir reden«, sagt Blake. Seine Stimme klingt dunkel, als ob er getrunken hätte.

»Worüber?« Warum er den Van gestohlen gemeldet hat,

würde mich zum Beispiel interessieren. Ich hole tief Luft und setze zu einer Frage an, besinne mich aber eines Besseren. Ich will nicht, dass Noah Ärger bekommt, weil er mir geholfen hat.

»Über uns«, sagt Blake.

»Es gibt kein uns mehr«, stelle ich klar. »Hör zu Blake«, füge ich sanfter hinzu. »Es tut mir leid, aber ich habe jemanden kennengelernt.« Jetzt ist es raus.

»Wen?«

»Das tut nichts zur Sache und es geht dich nichts an.«

Blake zieht scharf die Luft ein. »Du bist fremdgegangen? Wie lange läuft das schon mit dir und diesem Kerl?«

»Es war erst, nachdem ich die Verlobung gelöst habe.«

»Das macht es nicht besser«, entgegnet Blake kalt. »Aber gut, deine Entscheidung«, fährt er fort. »Dann musst du mit den Konsequenzen leben.«

»Welche Konsequenzen?«

»Denkst du, ich mache den Scheiß mit?«, zischt Blake. »Bestimmt nicht! Wenn du dich von mir trennst, kündige ich! Dann könnt ihr, du und dein Vater, zusehen, wie ihr mit der Firma allein zurechtkommt!«

»Aber das kannst du doch nicht ...«, stammele ich.

»Du wirst schon sehen«, sagt Blake. »Entweder, du kommst zurück und heiratest mich«, er macht eine kunstvolle Pause, »oder ich reiche am Montag meine offizielle Kündigung ein. Also, entscheide dich, Elizabeth. Ich gebe dir zwei Tage.«

Mit diesen Worten legt er einfach auf, ich höre ein Klicken und das Freizeichens tutet in mein Ohr. Betroffen lasse ich das Handy sinken. Wenn Blake seine Drohung wahr macht und kündigt, steht die RMG ohne Geschäftsführer da. Dad würde mir das nie verzeihen.

Kapitel Sechzehn

HAPPY LITTLE CAMPER

Noah ist am Samstag früh auf den Beinen, obwohl er ziemlich verkatert aussieht.

»Du bist schon wach?«, frage ich, blinzele verschlafen in die Strahlen der Morgensonne, die zum Fenster hereinfallen, und werfe einen Blick auf den Wecker. Es ist kurz nach sieben.

»Ja, ich wollte schnell zu meinem Dad, bevor …«

»Bevor?«

»Hast du Lust, mit mir in die Berge zu fahren?«

»Wir beide mit Dolly Dodge?«

»Und Buster, wenn's recht ist.«

»Klar, aber … du brauchst nicht extra hin- und herfahren, ich kann mitkommen.«

»Das würdest du machen?«, fragt Noah und sieht mich aus großen Augen an.

»Natürlich«, antworte ich. »Du hast schon so viel für mich getan, da ist es das Mindeste.«

Während er ein paar Sachen zusammenpackt, verziehe ich mich ins Bad, um mich fertig zu machen.

»Wir können unterwegs noch was einkaufen«, sagt

Noah, als ich wieder raus komme, und holt eine große Kühlbox aus dem Wandschrank. Sie wandert zusammen mit zwei Quilts, Kopfkissen, Campingstühlen, Gaskocher und einer Gaslampe in den Van. »Und wir sollten das hier mitnehmen«, fügt er mit Blick auf das Jagdgewehr im Wandschrank hinzu. »Es gibt viele Bären dort oben, und man weiß nie, ob man einem begegnet.«

»Sicher ist sicher«, gebe ich zurück, aber ein wenig mulmig ist mir schon. Ich mag Waffen nicht, sie bereiten mir ein unbehagliches Gefühl. Bei dem Gedanken, keine Waffe dabei zu haben, weil ich keine brauchen werde, würde ich mich jedenfalls besser fühlen.

Noah kontrolliert dreimal, ob es gesichert ist, bevor er das Gewehr im Kofferraum verstaut. Dann klopft er einladend auf die Matratze und Buster springt in den Wagen und rollt sich auf der Liegefläche zusammen.

»Wir wären startklar«, sagt Noah und schließt die Schiebetür.

»Dann auf ins Abenteuer«, sage ich und starte den Motor. Für mich wird es definitiv eins werden. Ist mein erstes Mal, ich war noch nie campen. Bisher habe ich meine Ferien immer in irgendwelchen Luxushotels verbracht. Also schauen wir mal, ob ich auch für die Wildnis geboren bin.

»Du musst nicht mitkommen«, sage ich, als wir am St. Mary's angekommen sind. »Wenn es dir lieber ist, kannst du auch im Auto warten.«

Liz schüttelt den Kopf. »Schon gut. Es sei denn, du willst es nicht«, fügt sie schnell hinzu.

»Ist bloß kein schöner Anblick«, warne ich sie vor, als

wir das Heim betreten. Auf den Fluren herrscht der übliche Samstagstrubel von Angehörigen und Besuchern. Nur im dritten Stock ist es totenstill, wie immer.

»Hier liegen die Härtefälle«, erkläre ich Liz. »Komapatienten, Wachkoma, Hirnschäden. Also alle die, die gar nichts mehr können. Bist du sicher, dass du mit reinkommen willst?«, frage ich noch einmal. Liz nickt und ich wappne mich und öffne die Tür.

Dad liegt im Bett, wie immer. Sheila sitzt auf der Bettkante und ist gerade dabei, ihn zu rasieren.

»Noah, Schätzchen! Wen bringst du da mit?«, fragt sie und legt den Einwegrasierer in eine Nierenschale auf dem Beistelltisch. »Du wirst mir doch nicht etwa untreu werden?«

»Darf ich vorstellen? Liz«, sage ich und die beiden schütteln sich die Hand.

»Hi, ich bin Sheila und war bislang die einzige Frau in Noahs Leben«, witzelt sie. »Aber sieht so aus, als ob ich ihn jetzt teilen müsste.«

»Kein Problem«, sagt Liz und grinst. »Letzte Nacht hat er für zwei geschnarcht.«

»Ich schnarche nicht«, protestiere ich. »Nur, wenn ich getrunken habe.«

»Du warst betrunken«, stellt Liz nüchtern fest und verdreht die Augen. »Er war voll wie ne Badewanne«, fügt sie an Sheila gewandt hinzu.

»Na super, ich sehe schon, ihr beiden versteht euch ja prächtig, wenn ihr euch schon gegen mich verbrüdert.«

»Das heißt *verschwistert*, Schätzchen, wir sind Frauen.«

»Und was für welche«, sage ich kopfschüttelnd. Aber insgeheim bin ich froh, dass Sheila da ist. Ihre Anwesenheit macht diese ganze kranke Situation etwas erträglicher.

Der Mann in dem riesigen weißen Pflegebett sieht aus wie eine ältere Version Noahs. Eine wesentlich ältere und schwächere Version, um genau zu sein. Seine Wangen sind eingefallen und seine Haut wirkt durchscheinend wie Papier. Trotzdem sehen sie sich wahnsinnig ähnlich.

»Früher war er immer mein Superman«, sagt Noah leise. »Ich hab gedacht, er wäre stark und unverwundbar.«

»Wie alt ist er?«, frage ich genauso leise zurück.

»Zweiundfünfzig«, sagt Noah. Der Mann auf dem Bett sieht aus wie ein alter Mann kurz vor dem Tod. »Du musst nicht flüstern. Ich weiß nicht, ob er uns hört, aber die Ärzte sagen, es sei gut, mit ihm zu sprechen.« Er geht um das Bett herum und nimmt seine Hand. »Hi, Dad«, sagt er sanft. »Das ist Liz.«

Ich räuspere mich verlegen. »Hi, Mr. Reynolds.« Die Augen seines Vaters blicken durch mich hindurch.

»Ich hab dir von ihr erzählt«, sagt Noah zu ihm und sieht zu mir rüber. Ein scheues Lächeln gleitet über sein Gesicht, als wollte er meine Reaktion auf das Geständnis abwarten.

Ich spüre, dass ich rot werde. »Was hast du gesagt?«

»Ach, war nur ein Gespräch unter Männern«, sagt Noah übertrieben fröhlich, aber in seinen Augen liegt ein tiefer Schmerz. Ich kann nachvollziehen, wie schwer das alles für ihn sein muss. Als Dad den Herzinfarkt hatte, bin ich fast umgekommen vor Sorge und habe tagelang im Krankenhaus an seinem Bett gesessen. Aber das hier ist noch viel schlimmer. Diese Stille im Raum ist unheimlich, sie scheint aus den Wänden zu sickern und uns einzuhüllen.

»Ist das immer so?«, frage ich betreten.

»Seit dem Unfall.«

»Und die Ärzte können nichts dagegen tun?«

»Nein, nur warten.« Noah schüttelt betrübt den Kopf.

Es muss schrecklich sein, nicht zu wissen, ob der eigene Vater jemals wieder aufwacht. Beim Gedanken, dass es mein Dad wäre, wird mir ganz schlecht. Wenn er wüsste, dass ich die Verlobung mit Blake gelöst habe und der mit Kündigung droht ... Unvorstellbar! Nein, er darf es niemals erfahren, das würde ihn umbringen. Gleichzeitig bedeutet das, dass ich zu Blake zurückgehen müsste, um es zu verhindern.

Noah wischt sich mit der Hand übers Gesicht und springt auf. »Lass uns gehen.«

»Aber wir sind doch gerade erst gekommen«, protestiere ich, obwohl ich nichts lieber möchte, als das Zimmer verlassen. »Ich will nicht, dass du ihn meinetwegen vernachlässigst.«

»Mache ich nicht.« Noah schüttelt den Kopf. »Ich war letzte Woche zweimal hier.«

»Wann?« Davon habe ich nichts mitbekommen.

»Montag und Mittwoch, wie immer.«

Shit! »Das wusste ich nicht«, sage ich leise. Weil ich so sehr auf mich selbst fokussiert war, dass ich Noahs Probleme dabei übersehen habe.

»Schon gut«, sagt Noah. »Er wird hier gut versorgt und bei Sheila ist er in den besten Händen.«

»Sie ist toll.«

»Ja, das ist sie.«

»Wartest du kurz hier?«, frage ich, als wir auf dem Flur stehen. »Ich will noch schnell nach Keishas Mutter sehen.«

Liz nimmt meine Hand und drückt sie, wohl um mir zu zeigen, dass sie mitkommt und an meiner Seite ist. Das bedeutet mir wahnsinnig viel. Ich lächele sie dankbar an und führe sie den Gang hinunter zum Zimmer, in dem Talulah liegt.

Wir werfen einen kurzen Blick hinein. Sie sieht noch schlechter aus als am Mittwoch. Ihr Teint ist fahlgrau. »Wie geht es ihr«, frage ich halblaut Sheila, die gerade vorbeikommt.

»Nicht gut«, antwortet sie betrübt. »Sie wird nicht mehr lange durchhalten.«

Eigentlich darf mir Sheila keine Auskunft geben, aber jeder hier kennt die Geschichte des Unfalls. Keisha ist seitdem sowas wie eine Schwester für mich.

»Hoffentlich ist es bald vorbei«, entgegne ich leise. »Mein Dad hat noch Glück im Unglück«, setze ich zur Erklärung für Liz hinzu. »Als Polizist im öffentlichen Dienst hat er eine Krankenversicherung. Aber Keishas Mom hat keine. Keisha und Granny verzweifeln langsam, weil sie nicht mehr wissen, wie sie die Rechnungen bezahlen sollen. Die Ärzte haben ihnen schon vor Wochen geraten, die Maschinen abstellen zu lassen, aber sie bringen es nicht übers Herz.«

»Ich weiß«, flüstert Liz. »Keisha hat es mir erzählt. Sie ist in Tränen ausgebrochen und war total fertig. Das ist alles so schrecklich.«

Genug, das reicht! »Komm«, sage ich und nehme Liz an der Hand. »Lass uns in die Berge fahren.« Hinaus in die Wildnis, wo das Leben pulsiert.

Noah ist still und in sich gekehrt, als wir das Pflegeheim verlassen. Beim Blick auf die Uhr im Van stelle ich fest, dass es erst kurz vor neun ist. Die Zeit scheint in den Krankenzimmern viel langsamer zu vergehen. Während der Fahrt zum Supermarkt brütet Noah über seinen Gedanken, aber das samstägliche Chaos bei Wal-Mart scheint ihn zurück in die Normalität zu bringen. Wir steuern unseren Einkaufswagen zwischen Frauen mit Lockenwicklern und kreischenden Kleinkindern hindurch und kaufen Dinge, die man auf einem Gaskocher zubereiten kann. Kaffee, Tütensuppe, Instant-Nudeln, eben klassisches Campingfutter.

»Wir brauchen noch Marshmallows«, sagt Noah. »Die können wir heut Abend am Lagerfeuer grillen.«

»Wir machen ein Lagerfeuer?«

»Was dachtest du denn?«, fragt er zurück und grinst. »Das gehört schließlich dazu. Oh, und warte eine Sekunde.« Er dreht sich um und verschwindet den Gang hinunter. Nach zwei Minuten taucht er wieder auf und legt eine Lichterkette, Klebehaken und einen Aufkleber in den Einkaufswagen.

»Happy Little Camper?«, frage ich.

»Für die Stoßstange«, erklärt Noah und wir machen uns auf den Weg zur Kasse.

Auf dem Parkplatz vor Wal-Mart bringen wir gemeinsam die Lichterkette an und kleben den Sticker auf die Heckklappe, weil er mir da besser gefällt.

»Perfekt«, sagt Noah, streckt den Daumen hoch und grinst. »Jetzt ist es ein richtiger Camper-Van.«

Eigentlich führen die Hauptzufahrtsstraßen über Gatlinburg oder Cherokee in den Nationalpark, aber die sind was für Touristen. Als Einheimischer und Kind der Smoky Mountains kenne ich sämtliche Schleichwege in den Bergen. Deshalb lotse ich Liz über Townsend die Rich

Mountain Road hinauf bis zum Rabbit Creek. Jetzt haben wir zwei Optionen. »Campingplatz oder Wildnis?«

»Ist es innerhalb des Parks nicht verboten, wild zu campen?«

»Eigentlich schon«, bekenne ich achselzuckend.

»Dann Wildnis«, antwortet Liz spontan.

»Gute Wahl.«

»Für einen Polizisten hältst du dich an erstaunlich wenig Gesetze und Regeln«, bemerkt sie mit einem amüsierten Seitenblick. »Nackt baden, wild campen, Autos verschwinden lassen«, zählt sie auf.

»Ich sag's ja, Kryptonit«, entgegne ich grinsend. »Du machst mich schwach und bringst mich dazu, verrückte Dinge zu tun. Bieg da vorne ab.« Ich deute auf den Waldweg, der von der Straße abzweigt.

»Sicher?«, fragt Liz und äugt misstrauisch durch die Windschutzscheibe.

»Das ist eine ehemalige Forststraße, die Parkranger benutzen sie hin und wieder.«

»Ist das nicht zu abgelegen«, fragt Liz ängstlich. Der Weg windet sich steil den Hang hoch.

»Nur noch ein Stückchen weiter, dann sind wir da«, sage ich. »Keine Sorge«, füge ich hinzu. »Ich kenne mich aus. Als Kind war ich oft mit meinem Dad zum Jagen hier oben. Okay, stopp.« Ich wedele mit der Hand, damit sie nicht an der Abzweigung vorbeifährt. »Da müssen wir rückwärts runter, sonst kommen wir morgen nicht wieder raus.«

»Rückwärts?« Liz wird blass. »Ich habe keine Übung und kenne den Van noch nicht gut genug.«

»Dann fahre ich. Lass uns Plätze tauschen.«

Den Rest der Strecke bugsiere ich den Wagen den schmalen Waldweg hinab, bis es nicht mehr weitergeht.

»Sie haben Ihr Ziel erreicht«, verkünde ich in meiner besten Navi-Imitation und bringe Liz damit zum Lachen.

Ich steige aus dem Van. Noah hat ihn am Ende des Weges eingeparkt. Das Heck ragt auf eine kleine Lichtung hinaus. Wir sind mitten im Wald, ganz allein. Die einzigen Geräusche sind das Zwitschern der Vögel und das Flüstern des Windes in den Baumkronen hoch über unseren Köpfen.

Noah öffnet die Schiebetür und lässt den Hund raus. Buster steuert zielstrebig den erstbesten Baum an, hebt sein Bein am Stamm und erleichtert sich. Ich könnte auch mal, aber leider sind wir irgendwo in der Wildnis und das nächste Klo ist meilenweit entfernt. Das habe ich nicht bedacht, als ich zugestimmt habe, mit ihm in die Berge zu fahren. Fürs Erste werde ich wohl aushalten müssen.

»Und jetzt?«, frage ich, um die Lage zu sondieren.

»Gehen wir wandern«, sagt Noah. »Alte Goldmine, Wasserfall oder Indianerfriedhof?«, stellt er zur Wahl.

»Du hast mich zu einem Indianerfriedhof geschleppt?«, frage ich entgeistert und verdränge die Bilder, die in meinem Kopf aufsteigen.

»Wieso nicht?« Er grinst breit und sieht mich herausfordernd an. »Hast du etwa Angst?«

»Nein«, sage ich. »Bloß vielleicht ein bisschen zu oft Stephen King gelesen.«

Noah nimmt das Jagdgewehr aus dem Fach unter der Liegefläche und schultert es. »Okay, dann halt zum Wasserfall.« Er zwinkert mir zu und drückt mir einen Rucksack in die Hand. »Hier, du kannst auch was nehmen.«

»Und was trägst du?«

»Das Gewehr und die Verantwortung«, antwortet er lachend. »Komm, Buster, wir gehen schon mal vor.«

»Warte!«, rufe ich, weil ich noch mit dem Rucksack kämpfe. Das blöde Ding wiegt bestimmt zehn Kilo. Was hat er heut Morgen eingepackt? Marschgepäck für drei Tage?

Ächzend hieve ich ihn mir auf den Rücken und werfe einen letzten Blick auf den Aufkleber auf dem Heck. Happy Little Camper. Ich verdrehe die Augen und eile Buster und Noah nach, die schon hinter der Wegbiegung verschwunden sind.

Kapitel Siebzehn

DER GRUND DEINER SEELE

Wir wandern Hand in Hand und folgen dem ausgewiesenen Pfad. Buster läuft ein Stück voraus, verschwindet knackend im Unterholz am Wegesrand und bellt. Liz zuckt zusammen und schaut ängstlich in die Richtung, aus der das wütende Bellen kommt, aber ich kenne diese Art von Kläffen. Er hat ein Eichhörnchen aufgescheucht.

»Lass den armen Kerl in Ruhe«, schimpfe ich, und Liz legt den Kopf in den Nacken und sieht ihm nach. Wieselflink windet es sich am Stamm einer mächtigen Buche empor, wo es sich auf einem Ast niederlässt, um uns aus sicherer Höhe zu beobachten.

Langsam färben sich die ersten Blätter. In ein paar Tagen ist der Indian Summer wirklich da. Ich hoffe, Liz wird es auch noch sein.

Hier oben in den Bergen ist es kühler als unten im Tal, und die Baumkronen hoch über unseren Köpfen spenden lichten Schatten. Dennoch ist es ungewöhnlich warm für die Jahreszeit. Der Weg windet sich steil bergan und Liz kommt trotz ihrer guten Kondition ein wenig aus der Puste.

»Können wir mal einen Schritt langsamer gehen?«, schnauft sie.

»Wir sind gleich da«, antworte ich und ziehe das Tempo sogar noch an. Es ist meine volle Absicht, sie zum Schwitzen zu bringen. »Los, komm schon, oder willst du etwa schlappmachen?«

»Du hast gut reden, du schleppst ja nicht den Rucksack.«

»Wir können gerne tauschen«, sage ich und bleibe stehen. Mit einem Seufzer der Erleichterung setzt sie den Rucksack ab. Ich nehme das Gewehr von der Schulter und strecke es ihr entgegen.

»Weißt du, wie man mit sowas umgeht?«

»Nein.« Sie schüttelt den Kopf »Waffen machen mir Angst.«

»Es kann nichts passieren.« Ich zeige ihr den Sicherungshebel. »Lass einfach die Finger davon, okay?«

Die Antwort ist ein hektisches Nicken. Mit einem mulmigen Gesichtsausdruck hängt sie sich den Trageriemen über und ich schultere den Rucksack.

Ich sehe ihn von der Seite an. »Du warst also beim FBI?«, nehme ich den Faden von gestern wieder auf.

»Yes, Ma'am. Nach dem College habe ich meine Ausbildung bei der Heavenfielder Town Police gemacht und mich nach zwei Jahren beim FBI beworben. Dann folgte die Grundausbildung an der Academy in Quantico und danach eine Karriere als Special Agent, die durch den Unfall meines Dads ein ziemlich abruptes Ende fand.« Er lächelt schief.

»Fiel es dir schwer, wieder herzukommen?«

»Ach«, antwortet er achselzuckend, »ist schon okay. Heavenfield ist nicht der schlechteste Ort zum Leben, sehr ruhig und sicher.«

»Klingt langweilig.«

»Hier passiert wenigstens nicht so viel«, sagt er. »Zumindest ist die Gefahr hier deutlich geringer, im Dienst erschossen zu werden. Gleich bei einem meiner ersten Einsätze hat es mich erwischt.«

»Was ist passiert?«

»Wir haben einen Verdächtigen verfolgt und er hat sich in einem Haus verschanzt. Was wir nicht wussten, war, dass sich im Keller ein Drogenlabor befand. Deshalb ist er komplett durchgedreht, als wir reingegangen sind, hat sofort das Feuer auf uns eröffnet.«

»Wurde jemand … also ist …?«

»Nein.« Er schüttelt den Kopf. »Ich war der Einzige. Zum Glück nur ein Streifschuss, die Kugel hat mich in den Hintern getroffen. Hier, willst du mal sehen?« Er dreht sich rum, zieht die Hose ein Stück runter, streckt mir seinen knackigen Arsch entgegen und zeigt auf die Narbe. »Hat Wochen gedauert, bis es verheilt war, und sauweh getan. Meine Kollegen haben mich Monate damit aufgezogen. *Blei-Arsch* haben sie mich genannt.«

Wohl eher Stahl, denke ich beim Anblick seines durchtrainierten Hinterteils und streiche sanft mit dem Finger über die Narbe. »Ich hab mich schon gefragt, woher die stammt.«

»Hmm«, macht er und dreht sich zu mir um.

»Du kannst die Hose wieder hochziehen«, bemerke ich spöttisch.

»Schade«, sagt er und kommt meiner Aufforderung nach. »Ich dachte, ich könnte dich damit beeindrucken.« Er zuckt mit den Schultern und nimmt meine Hand. »Komm, weiter, ich will dir was zeigen.«

»Hier ist es«, sage ich und deute auf die Stelle, an der der Rabbit Creek einen Knick macht, während der offizielle Wanderweg in einem sanften Bogen um den Berg führt.

»Was soll hier sein?«, fragt Liz misstrauisch.

»Das siehst du gleich.« Über ein paar flache Steine balanciere ich zur anderen Seite des Bachs und strecke Liz die Hand hin, um ihr rüber zu helfen, damit sie nicht ins Wasser fällt. Noch nicht. Mit einem vorfreudigen Grinsen folge ich dem Wildwechsel, der um den Felsen führt und ...

»Wie wunderschön«, sagt Liz, völlig verzaubert vom Anblick des kleinen Wasserfalls, der sich in ein natürliches Becken aus flachen Steinen ergießt.

»Ich habe ihn vor einigen Jahren durch Zufall entdeckt, weil Buster einem Kaninchen nachgelaufen ist. Heißt nicht umsonst Rabbit Creek«, sage ich, stelle den Rucksack ab und hole den Quilt raus, den ich heute Morgen darin verstaut habe. Zusammen mit einer Flasche Wein, ein paar Snacks und zwei Handtüchern. Eines davon strecke ich Liz hin. »Wenn dir heiß ist, wäre das die ideale Gelegenheit für eine kleine Abkühlung.«

»Hast du mich deshalb so gehetzt? Damit ich schwitze wie ein Iltis und mich für dich ausziehe?«

»Kann schon sein«, bekenne ich und schenke ihr ein spitzbübisches Lächeln.

»Du bist unmöglich, Noah Reynolds«, schimpft Liz. »Du willst immer nur meinen Körper.«

Ich will nicht deinen Körper, ich will deine Seele, Baby, denke ich und beiße mir auf die Zunge. Aber ihr Körper ist ein guter Anfang, deshalb ziehe ich schnell mein Shirt über den Kopf und öffne die Hose. »Was ist jetzt?«

Liz verdreht die Augen. »Für einen Polizisten bist du ziemlich unbekümmert, was Nacktheit in der Öffentlichkeit betrifft.«

»Wir sind aber nicht in der Öffentlichkeit, sondern in

der Wildnis«, gebe ich schmunzelnd zurück. Heavenfield ist zwar gerade mal zwei Meilen Luftlinie entfernt, aber das kann man hier oben in den Wäldern glatt vergessen.

»Irgendwann werde ich wegen dir wirklich noch verhaftet«, murmelt Liz und streift die Shorts ab.

»Aber nicht heute. Ich hab nämlich keine Handschellen dabei«, sage ich und gehe ins Wasser. Uh, frisch. Aber das macht nichts, bei ihrem Anblick, wie sie nackt auf der Waldlichtung steht, wird mir glatt wieder heiß.

Noah tastet sich durch den Teich zum Wasserfall vor, stellt sich drunter und legt den Kopf in den Nacken. Das Wasser strömt über sein Gesicht an seinem muskulösen Körper hinab. Er sieht aus wie eine Statue in einem Springbrunnen, irgendein griechischer Gott, da bin ich mir sicher. Adonis.

Vorsichtig wate ich zu ihm rüber. Die Steine auf dem Grund sind glitschig, und Noah streckt mir die Hand entgegen und stützt mich, dann zieht er mich zu sich ran.

Ich quietsche laut auf, denn es ist eiskalt, aber Noah hält mich gnadenlos fest und küsst mich. Während das Wasser über unsere Köpfe rauscht, knutschen wir wild. Leidenschaftlich erwidere ich seine Küsse, und mein Körper wird von einer Hitze erfasst, die das Wasser nicht löschen kann. Ich lasse meine Hände an seinem Körper hinabgleiten. Er ist hart und ich schließe meine Finger darum. Mit geschlossenen Augen gibt er sich meiner Berührung hin, bis er mein Handgelenk umfasst und mich hindert, weiterzumachen.

»Langsam, Baby«, flüstert er an meinem Ohr und seine Stimme ist rau. »Wir haben Zeit.«

Noah führt mich ans Ufer und reicht mir ein Handtuch. Während ich mich abtrockne, breitet er den Quilt auf dem Waldboden aus, legt sich hin und klopft einladend neben sich. »Wir haben alle Zeit der Welt«, sagt er, als ich neben ihm liege, stützt sich auf den Arm und sieht mich einfach nur an.

Wie wunderschön sie ist. Sie hat ausgesehen wie eine Nymphe, als sie da eben im Teich stand. Zärtlich betrachte ich ihr Gesicht. Das Sonnenlicht über den Baumkronen wirft ein komplexes Muster aus Licht und Schatten auf ihre Haut. Ich zeichne es mit den Fingerspitzen nach, folge der Linie ihres Kinns, den Hals hinab zu ihren Brüsten. Die zarten Spitzen richten sich auf, als ich sie umkreise. Unendlich langsam lasse ich meine Hand tiefer gleiten, über ihren flachen Bauch, zwischen ihre Beine. Meine Fingerkuppen streifen süße, wohlbekannte Feuchtigkeit.

»Alle Zeit der Welt«, wiederhole ich, und die nehme ich mir, um ihr mit Händen, Zunge und Augen zu zeigen, dass ich mehr will als nur ihren Körper. »Viel mehr«, flüstere ich, als ich mich auf sie lege und auf den Ellbogen abstütze. Liz sieht zu mir hoch.

Man sagt, die Augen seien der Spiegel der Seele. Die von Liz sind zwei Bergseen an diesem Nachmittag, und ich drohe darin zu ertrinken. Sie weiten sich, als ich in Liz eindringe und mich Zentimeter für Zentimeter vorwärts schiebe, bis ich sie komplett ausfülle.

Liz schlingt die Beine um meine Hüften und gräbt ihre Fersen in meinen Hintern, zieht mich noch tiefer in ihre warme Nässe. Ich will nichts mehr, als mich darin zu versenken, bis zur Besinnungslosigkeit. Aber ich halte mich zurück und bewege mich langsam in ihr, während ich ihr in die Augen sehe. Jedes Gefühl, das ich tief in ihr auslöse, spiegelt sich darin, jede winzige Bewegung erzeugt eine Regung. Wie die Wellen auf einem See, wenn man einen Stein ins Wasser wirft, setzt sie sich an der Oberfläche fort, weitet sich aus und zieht immer größere Kreise, die auch mich erfassen.

Ich weiß nicht, wie oft wir bisher miteinander geschlafen haben. Aber ich schwöre bei Gott, dass es diese Nummer ist, die sich mir für immer ins Gedächtnis brennen wird. Die ganze Zeit sehe ich sie an, und sie hält meinem Blick stand. Es ist, als könnte ich wirklich bis auf den Grund ihrer Seele schauen. Sie ist so wild und frei und ich empfinde so viel für sie.

Am Ende reicht eine winzige Bewegung und sie explodiert. Ihre Lippen teilen sich und ihrem Mund entweicht ein Geräusch voller Verzweiflung und Erleichterung, mehr ein Schluchzen als ein Stöhnen. Die Muskeln in ihrem Innern spannen sich so fest um meinen Schwanz, dass ich glaube, sie quetscht ihn mir ab. Das wilde Zucken lässt mir die Sicherungen durchbrennen, ich kann es nicht länger zurückhalten und folge ihr in die süße Erlösung.

Der Orgasmus hält mich fest in seinem Griff. Meine Muskeln zucken immer noch wie verrückt, und ich kralle meine Fingernägel in seinen Hintern, während die Hormone durch meine Blutbahn rauschen.

»Was machst du bloß mit mir, Liz?«, murmelt Noah, dabei könnte ich ihn dasselbe fragen. In meinem Innern tobt ein Sturm aus Emotionen. Ich empfinde eine tiefe Befriedigung, gleichzeitig Erleichterung, als wäre ein gewaltiger Druck von mir gewichen. Und plötzlich fühle ich zu viel. Meine Augen füllen sich mit Tränen und ich kämpfe dagegen an. Aber es nützt nichts, ich bin wie ein übervolles Gefäß, das den Inhalt nicht mehr halten kann.

»Alles okay?«, fragt Noah besorgt.

»Ja«, sage ich und lächele. »Ich bin gerade bloß ein wenig emotional.«

»Dann lass es raus«, sagt er sanft.

Ich nicke stumm und alle Dämme brechen. Während mir die Tränen übers Gesicht laufen, sehe ich hoch zum Himmel über Tennessee. Noah liebt mich, ich weiß es. Ich kann es in seinen Augen lesen. Es spricht aus jedem Blick, mit dem er mich ansieht, jeder Berührung, jeder Geste. Ich habe mich noch nie so geliebt gefühlt, so aufgehoben und geborgen wie bei ihm. Die Jahre mit Blake erscheinen mir dagegen bedeutungslos und leer. Da musste erst dieser Halbgott mit Fuck-Boy-Frisur kommen, um mir eine Lektion in Sachen Intimität und Nähe zu erteilen.

Ich weiß, das mit uns hat keine Zukunft. Es ist nur ein Strohfeuer, kurz und heiß wie das letzte Aufbäumen des Sommers, bevor der Herbst kommt. Noah passt nicht in mein Leben. Zumindest in das, was davon übrig bleibt, sollte Blake seine Drohung wahrmachen und kündigen. Doch tief in meinem Herzen wünschte ich, dieser Sommer würde nie zu Ende gehen und ich könnte ewig mit ihm hier liegen. Ich bin noch nie glücklicher gewesen, und das ist es, was daran am meisten wehtut. Denn wenn ich ehrlich bin, liebe ich ihn auch. Das ist die Wahrheit und gleichzeitig der Grund, aus dem ich nicht aufhören kann zu heulen.

Kapitel Achtzehn

BÄR UND ADLER

Wir kehren zum Van zurück und reißen die Türen auf, um die Hitze raus zu lassen. Trotz der neuen Farbe heizt er sich mächtig auf.

»Du solltest darüber nachdenken, ihn auszubauen«, sage ich. »Wenn du längere Touren damit machen willst, braucht das Ding eine vernünftige Isolierung.«

»Mal schauen«, sagt Liz, und wieder einmal weiß ich nicht, was ich mit der lapidaren Antwort anfangen soll. Der emotionale Ausbruch von vorhin scheint vergessen. Um ehrlich zu sein, hat es mich überfordert, sie weinen zu sehen. Sie meinte, es seien bloß zu viele Hormone, die in ihrer Blutbahn kreisen. Ist das gut oder schlecht? Keine Ahnung, ich werde einfach nicht schlau aus ihr.

Liz sammelt Steine und ich trockenes Holz, dann schichte ich ein Lagerfeuer und wir stellen die Campingstühle raus.

»Wo wolltest du eigentlich hin, als du abgehauen bist?«, frage ich, als wir am Feuer sitzen, und sehe sie von der Seite an.

»Erstmal nach Memphis«, sagt sie achselzuckend und

dreht ihren Stock mit dem Marshmallow über den Flammen. »Aber das war nur so eine Idee.«

»Und dann?« Komm schon, Baby, gib mir irgendwas Konkretes, denke ich, sehe sie eindringlich an und vergesse darüber fast mein eigenes Marshmallow. Es hat bereits deutliche Brandspuren, als ich es zurückziehe.

»Keine Ahnung. Irgendwohin, wo es schön ist, um nachzudenken.«

»Worüber?«

»Über alles«, sagt sie versonnen. »Mich und mein Leben, wie es weitergehen soll.«

»Heavenfield ist nicht der schlechteste Ort dafür«, sage ich, beiße hinein und verbrenne mir die Zunge an der glühend heißen Zuckermasse.

Liz nickt zögerlich. »Kann schon sein.«

»Was hast du vorher gemacht?«, frage ich. »Also beruflich?«

»In einem Museum gearbeitet«, sagt Liz und pustet den perfekt gerösteten, goldbraunen Ball am Ende ihres Stocks an, um ihn abzukühlen.

»Was?« Ich sehe sie irritiert an. »Ohne Witz?«

»Ja.« Sie lacht. »Ist so. Ich hab Kunstgeschichte studiert.«

»Passt gar nicht zu dir.« Ich kann sie mir weder in einem Poloshirt mit Museumslogo noch in einem Businesskostüm vorstellen.

»Es hat mich interessiert«, sagt sie und knabbert an ihrem Marshmallow. »Und dann hab ich Führungen für Touristengruppen gegeben.«

»Das erklärt, warum du bei Granny Mae's nach einer halben Woche schon den Laden schmeißt.« Keisha hat sie schon zweimal allein gelassen, um zu ihrer Mom zu fahren. »Du hast eine gute Art, mit Menschen umzugehen«, setze ich hinzu.

»Findest du?« Sie lächelt verlegen, und ich frage mich, ob es am Schein des Feuers liegt, oder ob sie wirklich rot wird.

»Come on«, sage ich und stupse sie in die Seite. »Das war noch nicht mal ein richtiges Kompliment, ich hab nur laut ausgesprochen, was ich sehe.« Ich nicke bekräftigend. »Vielleicht solltest du drüber nachdenken, was Eigenes zu machen.«

»Was Eigenes«, sagt sie nachdenklich und blickt in die Flammen.

»Ja, ich meine, worin bist du denn gut, was interessiert dich?«

»Ich weiß nicht«, antwortet sie leise. Ich warte, ob da noch was kommt, aber sie scheint in Gedanken versunken zu sein. Wieder einmal wünschte ich, ich könnte in ihren Kopf gucken, um zu wissen, was darin vorgeht.

Was interessiert dich? Eine ganz einfache Frage, beschissen einfach. Jeder Idiot kann sie beantworten, aber ich habe keine Antwort darauf. Bis vor ein paar Tagen hat sie sich mir nicht gestellt. Ich war gar nicht mal schlecht in meinem Job, aber dann kam Blake. Er war einfach so viel besser, so viel erfolgreicher in dem, was er tat, dass ich nicht mithalten konnte.

»Bleib zu Hause«, hat er gesagt. »Du brauchst doch gar nicht arbeiten. Schau, wie viel ich verdiene, uns geht's gut.«

Also habe ich nach und nach Stunden reduziert.

»Dann kannst du dich voll auf deinen Part konzentrieren«, meinte Dad. »Blake kümmert sich um die Firma und du dich um alles Private.«

Was er eigentlich meinte, war, dass ich den Kopf frei hätte, um endlich den ersehnten Enkel zu bekommen.

Irgendwie war es so sonnenklar, dass wir das perfekte Paar sind. Deshalb würden wir nach unserer perfekten Hochzeit zwei bis drei überaus perfekte Kinder in die Welt setzen. Um dieses Abziehbild, diese Illusion von Glück mit Leben zu füllen. Das hat auch wunderbar geklappt, bis Serena und Linda mir diesen Floh mit dem Abenteuer ins Ohr gesetzt haben.

Ich blicke zu Noah rüber und studiere sein Gesicht im Schein der Flammen. Könnte ich mir vorstellen, die Frau an der Seite des sieben Jahre jüngeren Polizisten zu sein, die als Aushilfskellnerin bei Granny Mae's jobbt? So verrückt es klingt: ja! Wenn ich frei entscheiden könnte, würde ich keine Sekunde zögern. Der Job im Diner gefällt mir. Heavenfield gefällt mir und der Mann an meiner Seite tut mir gut. Aber meine Entscheidung wird nie frei sein. Von der Wahl meines Ehemannes hängen sechshundertachtzig Jobs bei RMG ab und über all dem schwebt Dads angeschlagener Gesundheitszustand. Deshalb sollte ich die Zeit mit Noah genießen. Sie in mich aufsaugen wie ein trockener Schwamm, um ein Leben lang davon zu zehren, wenn ich die Frau eines anderen bin. Das Problem ist nur: Ich will Blake nicht heiraten. Wie könnte ich, jetzt, wo ich weiß, wie sich Liebe anfühlt. Wenn ich nur wüsste, was ich tun soll, um allen gerecht zu werden.

Am nächsten Morgen werde ich durch Busters Knurren geweckt. Liz räkelt sich verschlafen, aber meine Sinne sind sofort in Alarmbereitschaft. Instinktiv greife ich nach dem Gewehr und schaue durch die Heckklappe hinaus in den frühmorgendlichen Nebel, der so typisch für die Smoky Mountains ist, dass er sogar als Namensgeber Pate stand.

Die Silhouette eines Bären schält sich heraus.

»Wir bekommen Besuch«, sage ich.

Liz rappelt sich hoch und wir beobachten, wie er in aller Seelenruhe umherspaziert. Wie es scheint, handelt es sich um ein Jungtier, er kann noch nicht alt sein, denn er ist nicht sehr groß und sein Fell glänzt seidig. Neugierig inspiziert er die Überreste unseres Lagerfeuers auf der Suche nach Fressbarem. Zum Glück haben wir wohlweislich nach dem Essen das Geschirr im Bach gespült und die leere Konservendose mit in den Van genommen. Der Bär streckt die Nase in den Wind, schnuppert und kommt näher. Etwa einen Meter von uns entfernt bleibt er stehen, richtet sich auf und stellt sich auf die Hinterbeine. Durch die getönten Scheiben kann er uns nicht sehen, aber er riecht uns.

»Ziemlich abgefahren«, flüstert Liz. »Auge in Auge mit dem Raubtier.«

Buster knurrt drohend. »Ruhig, Alter«, sage ich und tätschele seinen Kopf.

»Kann er uns gefährlich werden?«

»Solange wir hier drin bleiben, nicht«, antworte ich. »Im Van sind wir sicher.«

Liz lächelt. »In deiner Nähe fühle ich mich immer sicher.«

»Zu recht«, gebe ich zurück. »Wenn er uns angreift, würde ich mich vor dich stellen und dich mit meinem Leben verteidigen.«

»Würdest du?«, fragt sie.

Ich bemühe mich um ein todernstes Gesicht und nicke. »Ja. Dann wärest du als Nächstes an der Reihe, von ihm gefressen zu werden.«

Liz knufft mich in die Seite. »Du bist so ein Spinner, Noah Reynolds«, sagt sie kichernd.

Der Bär verliert das Interesse und trollt sich.

»Ja, ich bin eben total verrückt«, sage ich. Es war kein

Witz. Ich würde mein Leben für sie geben und das ist das wirklich Verrückte daran.

Noah lässt Buster bei mir zurück, als er zum Wasserholen aufbricht. Ich hätte mitgehen sollen, denke ich, als ich den Gaskocher raus stelle. Obwohl der Hund da ist, ist mir ein wenig mulmig zumute. Bei jedem Knacken im Unterholz zucke ich zusammen und habe Angst, der Bär kommt zurück. Ihn aus nächster Nähe zu beobachten, war ziemlich beeindruckend. Sowas sieht man sonst nur im Zoo und kann immerhin sicher sein, nicht selbst als Futter zu enden.

Als Noah endlich wieder da ist, atme ich erleichtert auf. Wir kochen Kaffee, hocken mit unseren dampfenden Bechern auf der Matratze und lassen die Beine aus der offenen Heckklappe baumeln. Zum Frühstück essen wir die Sechserpackung Donuts, die wir gestern bei Wal-Mart gekauft haben.

An dieses einfache Leben könnte ich mich wirklich gewöhnen, denke ich, als wir die Sachen zusammenpacken, und werde wehmütig.

Für heute hat Noah eine Wanderung zum Gipfel des Hannah Mountain vorgeschlagen. Obwohl es sich um einen ausgewiesenen Wanderweg handelt, sind wir die Einzigen, die zu der frühen Stunde auf dem Trail unterwegs sind. Die Luft ist herrlich frisch und es ist noch angenehm kühl, deshalb kommen wir zügig voran, während der Wald um uns herum erwacht. Die Strahlen der Morgensonne brennen Löcher in den wabernden Nebel. Er lichtet sich, während wir dem Pfad an der Flanke des Berges folgen, und gibt nach und nach immer mehr von der einzigartigen Landschaft frei. Als wir den Gipfel erreichen, ist es fast Mittag und es hat aufgeklart. Die Aussicht ist atemberaubend. Um uns herum erstreckt sich das einmalige Panorama der Smoky Mountains und ich lasse meinen Blick schweifen.

»Dahinter liegt Heavenfield«, sagt Noah und deutet auf den Berg gegenüber.

»Von hier oben erscheint alles so fern «, sage ich. Beinah, als beträfe uns die Welt da unten gar nicht. Ich fühle mich frei wie ein Adler, aber es ist Noah, der mir Flügel verleiht. Mit ihm ist alles so leicht, fast schwerelos.

Ein unglaubliches Glücksgefühl durchströmt mich und ich breite die Arme aus. Wenn ich fallen würde, würde ich nicht abstürzen, denn Noahs Liebe ist der Wind unter meinen Flügeln, der mich sicher trägt. Jetzt müsste ich mich bloß noch trauen, den Absprung zu wagen.

Liz steht da, die Arme weit auseinandergebreitet, als wollte sie die ganze Welt umarmen. Der Wind spielt in ihrem Haar, sie sieht unglaublich frei aus und ich beneide sie um ihre Freiheit.

»Stell dir vor, du wärst ein Adler«, sagt sie plötzlich. »Wohin würdest du fliegen?«

»Die Frage stellt sich mir nicht«, antworte ich leise und sehe auf meine Fußspitzen.

»Rein hypothetisch gesprochen«, sagt sie und sieht mich an. »Wenn es nichts gäbe, was dich hält.«

Es gibt aber etwas, das mich hält. Aber rein theoretisch … »Monterey«, sage ich ohne groß drüber nachzudenken. »Ich schätze, ich wäre ein Seeadler«, setze ich mit einem schiefen Grinsen hinzu.

»Kalifornien also?«

»Yes, Ma'am.« Wenn ich könnte, wäre ich sofort weg. Aber seit Dads Unfall bin ich hier gefangen.

»Klingt gut«, sagt Liz und schaut versonnen in die Ferne.

Ich wünschte wirklich, ich könnte mit ihr durchbrennen und nach Kalifornien gehen. Den ganzen Mist hinter mir lassen und einfach abhauen, wie es meine Mom getan hat. Aber es geht nicht. Die Wurzeln, die mich an diesen Ort binden, reichen viel tiefer als ein simples Gefühl von Heimatverbundenheit. Natürlich, es gibt auch Pflegeheime in Kalifornien. Doch das St. Mary's ist eines der wenigen, das nicht den finanziellen Rahmen sprengt. Dad ist dort gut versorgt, ich könnte ihn da nie rausreißen.

Schweren Herzens nehme ich Abschied vom Gipfel und wir machen uns auf den Weg zurück zum Van. Während des Abstiegs ist Noah in sich gekehrt. Ich weiß, dass er gerade mit seinem Schicksal hadert. Es war dumm von mir, ihn zu fragen. Schweigend gehe ich neben ihm her und sehe auf meine Füße, um nicht über eine Wurzel oder einen Stein zu stolpern. Etwas Rotes am Wegesrand weckt meine Aufmerksamkeit und ich bleibe stehen.

»Was ist das?« Ich zeige auf die Stelle zwischen den Felsen.

»Keine Ahnung«, sagt Noah, nimmt einen Ast und angelt damit nach dem Gegenstand, der halb verborgen unter einem Berglorbeer liegt.

»Sieht aus wie ein Schuh.«

Es entpuppt sich als halbhoher, roter Converse-Sneaker in Größe 39. Er muss schon eine ganze Weile hier gelegen haben, denn der ehemals feste Stoff ist ausgeblichen und brüchig.

»Wer verliert einen einzelnen Schuh?«, fragt Noah,

denn ansonsten sind keine weiteren Kleidungsstücke zu sehen.

»Keine Ahnung«, antworte ich. »Jemand der da hochgeklettert ist?«

»Aber warum sollte man das tun?«

Der Felsen sieht in der Tat nicht so aus, als ob man da raufsteigen könnte und irgendwo ankommen würde. »Auf der Flucht vor einem Bären?«, schlage ich vor.

»Ja, kann sein«, sagt Noah und wirft ihn zurück ins Gebüsch. »Trotzdem seltsam.«

»Irgendwie gruselig«, sage ich, aber immerhin hat der Schuh dafür gesorgt, dass Noah jetzt nicht mehr über meine blöde Frage nachdenkt. Insofern hatte er zumindest etwas Gutes.

Als wir am Van ankommen, sind beide, Frage und Schuh, wieder vergessen, und ich bin froh, dass Noah das Thema nicht noch mal anschneidet. Mir ist auf jeden Fall an diesem Wochenende einiges klar geworden, denn die Berge haben mir freie Sicht auf meine aktuelle Situation gegeben. Ich will Blake auf keinen Fall heiraten, sondern mit Noah zusammen sein. Es muss einen Weg geben, unsere Leben unter einen Hut zu bekommen. Wenn wir wieder in Heavenfield sind, werde ich die Sache mit Blake klären, ein für alle Mal. Sobald ich wieder Netz habe und ihn anrufen kann, mache ich reinen Tisch.

Kapitel Neunzehn

GESTÄNDNISSE

Es dämmert bereits, als wir in Heavenfield ankommen. Wir laden den Van aus. »Eigentlich könntest du die Campingsachen einfach drin lassen«, sage ich zu Liz. »Du solltest wirklich drüber nachdenken, ihn auszubauen.«

»Was meinst du, würde sowas kosten, ein richtiger Ausbau?«

»Keine Ahnung. So zwei- bis dreitausend Dollar, schätze ich.« Damit könnte man schon was anfangen. »Er braucht eine Isolierung und fürs Bett eine richtige Unterkonstruktion mit Stauraum. Dann auf jeden Fall eine Klimaanlage und Solarpanels auf dem Dach. Um darin zu leben, ist er eigentlich zu klein, aber er ist ein cooles Wochenend-Mobil für zwei Personen. Mit Hund«, schiebe ich nach und zwinkere ihr zu.

»Ich denke drüber nach«, sagt Liz. »Das Wochenende war wirklich toll.« Sie schlingt die Arme um meinen Hals und küsst mich. «Danke für das schöne erste Mal.«

»Erstes Mal?«, frage ich irritiert. Den Sex kann sie jedenfalls nicht meinen.

»Na, Camping«, sagt sie.

Ich sehe sie erstaunt an. »Du warst noch nie campen?«

»Nein«, sagt sie und grinst. »Absolute Camping-Jungfrau.«

»Das ist ein schockierendes Geständnis, das ich aus dem Mund einer Lady mit Van nicht erwartet hätte«, sage ich verblüfft.

»Aber es hat Spaß gemacht«, fügt sie hinzu und küsst mich noch mal. »Trotzdem bin ich froh, wieder in der Zivilisation zu sein, wo es richtige Duschen gibt.«

»Hast du Hunger?«, rufe ich ihr nach, während sie Richtung Badezimmer verschwindet.

»Wie ein Bär«, sagt Liz, dreht sich zu mir um und strahlt mich an.

»Dann werde ich mich mal um den Grill kümmern«, gebe ich zurück. »Bevor die Stadtlady mir noch verhungert.«

»Entschuldige mich einen Moment«, sage ich, als ich frisch geduscht auf die Terrasse komme.

»Zehn Minuten.« Noah zeigt zum Grill, auf dem ein paar saftige Steaks brutzeln.

Zur Antwort hebe ich den Daumen und verziehe mich mit meinem Handy auf die vordere Veranda. Ich atme einmal tief durch und sammle mich, dann drücke ich auf Wahlwiederholung und rufe Blake an.

»Elizabeth«, sagt er sarkastisch. »Wie schön, von dir zu hören. Na, bist du schon unterwegs oder hast du nicht mehr genug Geld, um nach Hause zu kommen?« Woher weiß er, dass ich mir noch nicht mal die nächste Tankfüllung leisten kann? Nun, vermutlich, weil er mich kennt.

»Keine Sorge«, entgegne ich kühl. »Ich habe jetzt einen Job.«

»Okay, was soll das?«, knurrt Blake. »Das ist nicht mehr komisch.«

»Mir war noch nie etwas so ernst.«

»Und mir reicht's langsam«, fällt mir Blake ins Wort. »Ich dachte wirklich, du kämest endlich nach Hause und wir könnten darüber reden wie zwei erwachsene Menschen. Vernünftig und in Ruhe.« Seine Stimme hat einen beschwörenden Unterton.

»Vernünftig und in Ruhe?«, platzt es aus mir raus. »Erwartest du wirklich, dass ich mich mit dir über unsere Hochzeit unterhalte, Blake?«

»Es wäre an der Zeit, schließlich sind es bis dahin nur noch knapp zweieinhalb Wochen.«

»Ich weiß, dass es noch zweieinhalb Wochen wären. Deshalb sollte ich auch dringend unsere Wedding-Planerin anrufen, und ...«

»Eure Wedding-Planerin?«, sagt Noah hinter mir.

Ich wirbele zu ihm herum und lasse das Telefon sinken. »Noah ...«

»Wer war das?«, fragt Blake in meiner Hand. »Ich hab doch eine Stimme gehört. Ist dieser Typ bei dir?«, höre ich ihn brüllen, aber es dringt wie aus weiter Ferne zu mir. Alles, was ich sehe, ist Noah. Der enttäuschte Ausdruck in seinem Gesicht bricht mir fast das Herz. Ich drücke Blake weg. Verdammt! Ich hätte es Noah sagen müssen, aber jetzt ist es zu spät.

Eigentlich bin ich nur nach vorn auf die Veranda gegangen, um ihr zu sagen, dass die Steaks fertig sind. Ich wollte sie nicht belauschen, und um genau zu sein, wollte ich das auch nicht hören. Sie hat ihn gar nicht verlassen, sondern redet mit ihm sogar über eine Hochzeit. Es fühlt sich an, als ob mir jemand den Boden unter den Füßen weggezogen hätte, deshalb lasse ich mich schwer auf die Bank sinken.

»Tut mir leid, dass du es so erfahren hast«, sagt Liz und setzt sich neben mich.

Sie wird heiraten! Die Tatsache dröhnt in meinem Hirn.

»Aber ich verstehe nicht«, beginne ich und breche wieder ab. »Du hast doch gesagt, du hättest dich von ihm getrennt?«

»Das stimmt ja auch«, gesteht sie kleinlaut. »Ich habe die Verlobung gelöst, weil ich eine Auszeit brauchte, um mir über meine Gefühle klarzuwerden.«

»Und dafür hast du mit meinen gespielt?«, fahre ich sie an und muss mich zwingen, nicht zu schreien.

»Nein, so war es nicht.« Sie schüttelt heftig den Kopf. »Es war ein Abenteuer.«

»Natürlich.« Ein bitterer Geschmack liegt auf meiner Zunge und ich schlucke schwer. »Was auch sonst?«

»Ich weiß ja selbst nicht, wie das passieren konnte.«

»Und wann hattest du vor, mir zu sagen, dass du heiraten wirst?«, frage ich.

»Ich will ja gar nicht, aber …« Sie bricht ab und schaut mich hilflos an. »Blake lässt mir keine andere Wahl«, fährt sie fort.

»Wie kannst du auch nur eine Sekunde darüber nachdenken, einen Typen zu heiraten, der dir wehtut?«

»Hat er doch gar nicht. Zumindest nicht körperlich.«

»Er … hat dich nicht geschlagen?« Ich fasse es nicht! »Diese ganze Mitleids-Nummer war gespielt?«

»Nein.« Sie schüttelt den Kopf. »Es war ein Missverständnis. Ich habe doch gesagt, dass ich mich gestoßen habe.«

Ich lache zynisch auf. »Und ich Idiot habe geglaubt, du bräuchtest wirklich Hilfe.«

»Nur, weil ich nicht in einer Notlage war, heißt das

nicht, dass ich dich nicht gebraucht habe.« Sie blickt mich eindringlich an.

»Wofür?«, frage ich. »Als kleinen Zeitvertreib? Ein bisschen unverbindlicher Sex?« Ryan hatte Recht, ich bin nur ein Spielzeug für sie.

»So war es nicht.« Sie verdreht die Augen und schaut zum Himmel, als suchte sie nach einem Weg mir zu erklären, was ich vermutlich gar nicht hören will. »Okay, du hast Recht«, sagt sie dann. »Ich wollte ein Abenteuer, nur ein bisschen Spaß. Aber dann ... Das mit uns, ich bin da einfach so reingeschlittert. Es war doch nicht geplant.«

»Ich dachte, das zwischen uns wäre mehr«, sage ich bitter. »Aber wie sich rausgestellt hat, bin ich wohl nur der Fehltritt einer gelangweilten Frau, die es vor der Hochzeit noch mal ordentlich besorgt kriegen musste.«

Liz zuckt zusammen, als hätte ich ihr eine Ohrfeige verpasst, und ihr Gesichtsausdruck verrät mir, dass ich ins Schwarze getroffen habe.

»Bitte, Noah, lass es mich erklären«, fleht sie und legt mir eine Hand auf den Arm, aber ich wische sie wütend weg.

»Will ich gerade nicht hören, okay?«, wehre ich ab. »Ich muss das erstmal sacken lassen. Ist besser, wenn du heute Nacht im Van schläfst.«

»Okay«, sagt Liz leise und schleicht davon wie ein geprügelter Hund. »Wenn du hören möchtest, was ich zu sagen habe, weißt du, wo du mich findest.«

Ich schüttele den Kopf. Kann ich mir gerade nicht geben. Plötzlich wünsche ich mir einen Drink.

»Komm Buster«, sage ich und halte ihm die Haustür auf. Im Kühlschrank finde ich eine halbe Flasche Wodka, die noch von meinem Geburtstag vergangenes Jahr rumsteht. Eigentlich mache ich mir nichts aus Alkohol, mein Leben ist schon beschissen genug. Aber heute kann ich echt einen Drink vertragen. Ich schnappe mir den Wodka und nehme ihn mit raus auf die hintere Terrasse.

Morgen vielleicht, denke ich, während ich abwechselnd einen Schluck aus der Flasche trinke und den Hund mit Steaks füttere. Morgen kann ich mir das vielleicht anhören. Aber heute bin ich viel zu enttäuscht, um mir irgendwelche Ausreden reinzuziehen.

»Na toll, Lizzie. Das hast du ja super hingekriegt«, murmele ich und starre an die Decke des Vans. Genau davor hatte ich Angst. Dass er mich für ein verzogenes Mädchen hält, das sich von Daddys Geld alles kaufen kann. Alles, außer einer heißen Affäre. Ich hatte Angst, dass er mich für mich hält.

Noah hat Recht, ich habe ihm was vorgemacht. Es war mir einfach peinlich, zuzugeben, wer ich bin. Eine reiche, gelangweilte Hausfrau, die nichts macht, außer Joggen und Yoga und sich mit ihren Freundinnen über Grünkohl-Chips und Weizengras-Smoothies auszutauschen, weil sich um alles andere das Hausmädchen kümmert. Die es noch nicht mal hinbekommt, sich gegen ihren Vater durchzusetzen. Nein, stattdessen renne ich brav alle vierzehn Tage zum Gynäkologen, um irgendeinen Hormonwert zu checken. Um mir eine Spritze reinjagen zu lassen und 5-Minuten-Sex nach Terminplan zu haben, als wär ich eine Zucht-Kuh.

Zum ersten Mal in meinem Leben war ich glücklich. Weil ich auf eigenen Beinen stand. Ohne Geld, ohne Hausmädchen und ohne Grünkohl-Chips. Dafür mit Spezial-Frühstück, Marshmallows am Lagerfeuer und Sex, so heiß, dass man sich die Finger daran verbrennt. Mit einem fünfundzwanzigjährigen Superman, der mich dabei ansieht, als wäre ich die tollste Frau der Welt.

Ich bin selbst total verknallt in die neue Liz und mein neues Leben. Es fühlt sich einfach so gut an, aber …

»Ich hab's komplett vergeigt.« Shit! Gleich morgen früh muss ich mit Noah sprechen und ihn um Verzeihung bitten. Ihm sagen, dass ich mich in ihn verliebt habe, dass das zwischen uns viel mehr ist als nur ein kleines Abenteuer. Und dann muss ich irgendwie einen Weg finden, es Dad schonend beizubringen.

Kapitel Zwanzig

BLAUBEERKUCHEN-BLUES

Um Liz nicht über den Weg zu laufen, schleiche ich mich eine Stunde früher aus dem Haus. Letzte Nacht habe ich kaum ein Auge zugetan. Mein Kopf dröhnt und mein Hirn fühlt sich wund an, ich bin total verkatert. Aber somit entsprechen sich wenigstens mein körperlicher und mein seelischer Zustand, find ich nur fair.

Gerade als ich in den Pick-up steigen will, öffnet sich die Schiebetür des Vans. Liz kommt raus und sieht mich aus großen Augen an, aber ich hebe die Hand und schüttele den Kopf. Ich bin immer noch sauer und eine Diskussion kann ich mir jetzt nicht reinziehen. Zu früh, zu ätzend, zu Montag.

Während der Fahrt zur Polizeiwache versuche ich, nicht daran zu denken, sondern mich auf die Grundfunktionen zu konzentrieren. Sitzen und Atmen. Das fällt mir heute schon schwer genug.

»Bist du aus dem Bett gefallen?«, begrüßt mich Ryan verwundert, als ich eine Stunde zu früh zum Dienst erscheine. Wegen meines Dads bin ich der Einzige im Team, der keine wechselnden Schichten hat, damit ich nach der Arbeit zu ihm fahren kann.

»Sowas in der Art«, sage ich und nehme mir einen Becher Kaffee. »Ich will nicht drüber reden.«

Ryan pfeift leise durch die Zähne. »Verstehe. Der erste Zoff auf Wolke sieben.«

»Nen Scheiß verstehst du«, knurre ich und damit hat sich das Thema erstmal erledigt. Für mich zumindest.

»Habt ihr euch gestritten?«, bohrt Ryan nach.

Mein Gott, ich hab jetzt echt keinen Bock. »Du hattest recht, okay?« Ich starre ihn wütend an.

»Womit?«

»Mit dem Toy Boy, dass ich nur ein Spielzeug für sie bin.«

»Ich hab's dir gesagt«, sagt Ryan achselzuckend. »Aber komm schon, du wusstest es doch. Warum hast du plötzlich ein Problem damit?«

»Weil sie nicht wirklich solo ist.« Ich trinke einen Schluck Kaffee. Er hinterlässt einen bitteren Geschmack auf meiner Zunge. »Sie behauptet, sie hätte die Verlobung gelöst. Aber mein Instinkt sagt mir, dass die Sache mit ihrem Ex noch nicht abgeschlossen ist.«

»Na und?«

»Was, na und? Sie hätte mir nichts von ihm erzählt, sondern sich einfach wieder verpisst, wenn sie genug von mir gehabt hätte.«

»Armer Noah«, sagt Ryan und sieht mich mitleidig an. »Das verletzt natürlich deine Eitelkeit.«

»Ach, leck mich doch!« Hier geht es absolut nicht um verletzte Eitelkeit, sondern darum, dass sie mich angelogen hat. »Sie hat mich im Glauben gelassen, ihr Ex wäre gewalttätig, dabei hat sie sich selbst verletzt.« Gut, sie hat auch nichts anderes behauptet, trotzdem ... »Ich Idiot hab ihr auch noch die Karre folieren lassen!« Wie kann man nur so dämlich sein? Ich war blind vor Liebe und hatte nur noch Herzchen in den Augen, statt die Fakten zu sehen. »Ich dachte wirklich, dass es Ernst ist, dass sie Hilfe braucht. Sie hat mich ausgenutzt und ich hab's nicht gecheckt.«

»Tja, da hat die Lady dich wohl ziemlich verarscht«, sagt Ryan mit einem nachsichtigen Lächeln. »Ich sag's ja, Hirn rausgevögelt.«

Das bringt es wohl auf den Punkt. Und ja, es nagt an meinem Ego, dass ich so blöd war, darauf reinzufallen. Ich weiß nicht, auf wen ich wütender bin. Auf sie, oder auf mich? Dabei dachte ich, ich hätte endlich eine Frau getroffen, die zu mir passt. Es wäre auch zu schön gewesen, um wahr zu sein. Das ist es, was am meisten daran schmerzt, dass ich noch nie so viel für jemanden empfunden habe wie für sie.

Nachdem er mich schon heut Morgen links liegen gelassen hat, taucht Noah während der Frühstückspause nicht auf. Greg und Ryan kommen allein rüber und würdigen mich keines Blickes.

»Dicke Luft?«, fragt Keisha, nachdem die Jungs wieder abgerauscht sind.

»Kann man so sagen«, sage ich und nicke beklommen. »Ich hab Mist gebaut.«

»Was hast du angestellt?«

Ich seufze schwer und weiß gar nicht, wo ich anfangen soll. Aber dann lasse ich einfach alles raus und erzähle ihr, warum ich mir den Van geschnappt habe und abgehauen bin.

»In die Sache mit Noah bin ich so reingeschlittert, aus Versehen. Das war alles nicht geplant. Nur ein kleines Abenteuer, hab ich gedacht, mehr nicht. Aber dann habe ich gemerkt, dass da mehr ist, und wenn er mich ansieht, habe ich das Gefühl, das mit uns ist was ganz Besonderes.«

Meine Augen füllen sich mit Tränen, die ich mir seit gestern Abend verboten habe, aber bei dem Blick, mit dem Keisha mich ansieht, kann ich sie nicht länger zurückhalten.

»Wenn bloß nicht die Sache mit meinem Vater wäre«, füge ich hinzu, und berichte von seinem Herzinfarkt. »Die Ärzte sagen, er solle sich nicht aufregen.«

Keisha stemmt die Fäuste in die Seiten. »Okay, ich verstehe dein Problem. Trotzdem hast du dir das selbst eingebrockt, deshalb erwarte kein Mitleid von mir. Noah hat Recht. Wie kannst du einen Mann heiraten wollen, den du nicht liebst?« Ihre Augen blitzen herausfordernd.

»Was soll ich denn machen?«

»Du sagst, du liebst Noah, richtig?«, hakt sie nach und ich nicke.

»Fein«, sagt Keisha. »Wie wär's, wenn du aufhörst, zu jammern und um eure Liebe kämpfst?«

»Ich hab einfach Angst«, bekenne ich. »Es steht so viel auf dem Spiel. Die Gesundheit meines Dads, die Zukunft der Firma ... Ich will niemanden verletzen, verstehst du?«

Keisha schüttelt den Kopf und schnaubt. »So wie ich das sehe, hast du das bereits. Also kümmere dich darum, dass du dich nicht selbst am meisten verletzt«, fügt sie etwas nachsichtiger hinzu.

Granny nickt zustimmend, nimmt einen Teller und legt ein großes Stück Blaubeerkuchen drauf. »Hier, iss das«, sagt sie und schiebt ihn mir über die Theke zu. »Blaubeerkuchen hilft gegen alles. Auch gegen Liebeskummer und besonders, wenn man eine schwierige Entscheidung zu fällen hat.«

»Danke«, schniefe ich und putze mir die Nase mit einer Serviette. Hoffentlich behält sie Recht.

Während ich das Wochenende in den Bergen vor meinem geistigen Auge Revue passieren lasse, fällt mir der einzelne Schuh wieder ein. Die zentrale Datenbank mit den als vermisst gemeldeten Personen bietet die willkommene Ablenkung von meinen Gedanken. Also klicke ich mich durch die Fälle der vergangenen Jahre.

»Was machst du da?«, will Ryan wissen und sieht mir über die Schulter.

»Wir haben gestern einen Schuh gefunden, auf dem Hannah Mountain Trail, in der Nähe der Scott Gap. Einen roten Converse, und das sagt mir irgendwas.«

»Erinnerst du dich an den Fall Amy Thompson?«, schaltet Greg sich ein.

»Nein, wer soll das sein?«

»Die Wanderin, die vor ein paar Jahren nicht zu ihrem Zelt auf dem Campingplatz am Abrams Creek zurückgekehrt ist.«

»Ah«, sage ich. »Das war während meiner Zeit auf dem College.« Ich erinnere mich tatsächlich dunkel daran. Ihr Verschwinden hat damals in Heavenfield ganz schön für Aufregung gesorgt.

»Genau. Muss jetzt so fünf oder sechs Jahre her sein.«

Ich tippe ihren Namen in die Suchmaske und öffne den Fall. »Treffer!«, sage ich. »Sie trug tatsächlich rote halbhohe Chucks der Marke Converse, die Größe stimmt auch. Aber anscheinend hat man damals nur das Gebiet um die Abrams Falls abgesucht.«

»Dann sollten wir den Fall neu aufrollen und eine Hundestaffel anfordern«, sagt Greg.

»Wird erledigt«, sage ich, schließe das Fenster auf meinem Bildschirm und blicke in das Gesicht von Liz. »Shit!«

»Was?«

Ich öffne den obersten Eintrag, der eben erst reingekommen ist. »Der Bastard.«

»Wer?«

»Ihr Ex hat sie als vermisst gemeldet, dabei hat Liz gestern noch mit ihm telefoniert.« Ich fasse es nicht.

»Und jetzt?«

»Was jetzt?«, fahre ich ihn an. »Sie ist nicht verschwunden, sie spaziert da draußen herum und serviert Frühstück.«

»Ich weiß«, sagt Greg. »Aber das ist ne andere Nummer als die Sache mit dem Van. Darauf müssen wir reagieren.«

»Du hast Recht.« Entschlossen greife ich zum Telefon.

»Was hast du vor?«

»Ich regele das jetzt«, sage ich, während ich die Nummer des Columbus Police Departments eintippe.

»Ja, hallo, Officer Noah Reynolds von der Heavenfield Town Police«, sage ich, als am anderen Ende eine Dame der Telefonzentrale abhebt. »Es geht um den Fall der angeblich verschwundenen Elizabeth Jane Robinson, die heute Morgen als vermisst gemeldet wurde. Ja, genau, ich warte«, sage ich, während er mich mit dem zuständigen Beamten verbindet.

»Hören Sie«, sage ich dann, nachdem ich ihm erklärt habe, wer ich bin und warum ich anrufe. »Die Frau ist nicht verschwunden, sondern sie hält sich hier in der Stadt auf. Es geht ihr gut, aber sie will ihren Mann nicht sehen. Nur eine Beziehungskrise, die beiden haben gestern noch miteinander telefoniert.«

»Sind Sie sicher?«, fragt Officer Mulberg zurück.

»Ja, ich wurde Zeuge des Gesprächs.« Unfreiwillig, aber das tut ja nichts zur Sache. »Ich würde das ihren Angehörigen gerne selbst mitteilen.« Greg wirft mir einen irritierten Blick zu, und ich schüttele stumm den Kopf, während ich zu Zettel und Stift greife. »Ja, habe ich«, beantworte ich Officer Mulbergs Frage, ob ich was zu schreiben hätte, und notiere mir die Nummer.

Dann atme ich einmal tief durch, bevor ich sie wähle.

Kurz darauf erklingt die Stimme ihres Ex durch den Hörer. »Ja, hallo?«

»Spreche ich mit Mr. Blake Johnson?« Auf seine Bestätigung fahre ich fort und nenne meinen Namen und Dienstgrad. »Sie wissen, dass es sich bei einer falschen Vermisstenanzeige um eine Straftat handelt?«, komme ich gleich zur Sache.

»Bitte? Seit Tagen mache ich mir große Sorgen um ...«

»Sparen Sie sich das Theater«, unterbreche ich ihn. »Ich war dabei, als Sie gestern mit ihr telefoniert haben.«

»Ach, ja?«, fragt er und seine Stimme bekommt einen lauernden Unterton.

»Ihre Exfreundin will Sie nicht sehen«, sage ich. »Also lassen Sie sie in Ruhe.«

»Ich wüsste nicht, was Sie das angeht, Officer ... Wie war noch gleich Ihr Name?«

»Reynolds«, gebe ich knapp zurück. Vermutlich macht er sich jetzt eine Notiz, um sich über mich zu beschweren. Aber als Angestellter der Stadt Heavenfield bin ich nur Greg und dem Bürgermeister Rechenschaft schuldig. Da hat er schlechte Karten.

»Wenn Sie sagen, dass es Elisabeth gut geht, ziehe ich die Anzeige hiermit zurück«, sagt er und schaltet von einer auf die andere Sekunde um. »Alles Weitere ist eine Sache zwischen meiner Verlobten und mir.«

»Ihrer Verlobten?« Liz hat doch gesagt, sie hätte die Verlobung mit ihm gelöst.

»Sehr richtig«, entgegnet er kühl. »Wir beabsichtigen, in vier Wochen zu heiraten.« So bald schon!

»Dann meinen herzlichsten Glückwunsch und einen schönen Tag noch, Sir«, sage ich mühsam beherrscht, knalle den Hörer wieder auf und sehe meine verblüfften Kollegen an. »Was?«, frage ich gereizt. »Fall abgeschlossen, alles erledigt. Und jetzt sollten wir uns wieder um die echten Vermissten kümmern.«

Greg nickt. »Ihr beide fahrt hoch zur Rangerstation und sprecht mit Nick. Ich fordere derweil die Hundestaffel an.«

»Alles klar«, sage ich und schnappe mir den Autoschlüssel. Dann komme ich wenigstens auf andere Gedanken.

Nachdenklich stochere ich in den Resten meines Blaubeerkuchens. Früher hätte sich eine junge Frau vermutlich geopfert und dem Willen ihres Vaters gebeugt. Aber in der heutigen Zeit halten die meisten Ehen sowieso nicht für immer. Ein Leben lang, bis dass der Tod euch scheidet. Vielleicht ist das die einfachste Lösung, Blake zu heiraten und sich nach ein paar Monaten wieder scheiden zu lassen. So ein Unsinn, das hab ich nicht wirklich gerade gedacht, oder?

Keisha hat Recht. Ich sollte darum kämpfen, statt klein beizugeben. Mit einem Ruck richte ich mich auf und lege die Gabel beiseite. Genau das werde ich jetzt auch tun.

»Kommt ihr eine Weile ohne mich klar?«, frage ich Keisha.

»Was hast du vor?«

»Mein Leben in den Griff kriegen.«

»Kommt Noah dann noch darin vor?«

»Ich hoffe«, antworte ich mit einem schiefen Lächeln.

Keisha strahlt mich an. »Na los, worauf wartest du noch?«

»Da wäre noch eine Kleinigkeit«, druckse ich. »Kannst du mir meinen Lohn auszahlen?« Ohne zu tanken schaffe ich es nicht bis Columbus und ich muss das mit Dad persönlich regeln, nicht am Telefon.

»Klar.« Keisha geht zur Kasse, zählt die Scheine ab und streckt sie mir hin, nur um sie sofort wieder wegzuziehen. »Nur unter einer Bedingung«, fügt sie hinzu.

»Und die lautet?«

»Versprich mir, Noah nicht das Herz zu brechen«, sagt Keisha und schaut mich aus ernsten Augen an.

»Ich geb mein Bestes«, entgegne ich und schnappe mir das Geld. Spätestens in zwei Tagen bin ich wieder da.

Kapitel Einundzwanzig

HÖHEN UND TIEFEN

Mein Telefon klingelt, als ich auf dem Parkplatz des St. Mary's aus dem Wagen springe. Keishas Name erscheint auf dem Display.

»Ich kann gerade nicht«, sage ich und drücke sie sofort wieder weg. Das Pflegeheim hat angerufen, als wir im Wald waren, es sei was mit Dad. Deshalb sind Ryan und ich von der Rangerstation direkt nach Maryville gerast. Vermutlich habe ich jedes Speedlimit gebrochen, aber da wir mit dem Streifenwagen unterwegs waren, werde ich zur Not behaupten, dass wir im Dienst waren und einen Verdächtigen verfolgt haben, sollten wir irgendwo geblitzt worden sein.

Auf der Treppe nach oben nehme ich zwei Stufen auf einmal. Als ich im dritten Stock ankomme, bin ich ein wenig aus der Puste.

»Sheila!« Ich passe sie auf dem Flur ab.

»Gut, dass du da bist, Schätzchen. Dr. Altman will dich sprechen.«

»Was ist mit Dad?«, frage ich, immer noch außer Atem. Die Sorge um ihn schnürt mir die Luft ab.

»Das muss dir Dr. Altman erklären.«

»Sheila, bitte, ich muss wissen, was los ist, ohne Fachchinesisch und Ärzte-Blabla.«

»Sie glauben, er wacht auf.«

»Was?«, frage ich völlig perplex.

»Nachdem du weg warst am Samstag hat er deinen Namen gesagt. Ich dachte erst, dass er nur gestöhnt hätte, dass ich mich verhört habe. Aber vorhin hat er es wieder getan.«

Vor Erleichterung schießen mir Tränen in die Augen. Ich umarme Sheila, und sie zieht mich an ihre mütterliche Brust und hält mich fest, während ich vor Glück weine und lache.

»Oh, Sheila, das ist so wunderbar. Das ist der beste Tag in meinem Leben.«

»Langsam«, mahnt Sheila. »Es ist nur ein kleiner Fortschritt, und es gibt keine Garantie, dass er wirklich wach wird. Aber das soll dir am besten Dr. Altman erklären.«

Während der nächsten halben Stunde zappele ich auf dem Besucherstuhl in Dr. Altmans Sprechzimmer herum und lausche seinen komplizierten Ausführungen. Vor Aufregung kann ich kaum stillsitzen und begreife nur die Hälfte von dem, was er sagt. Aber wenn ich das richtig verstehe, wertet auch er es als gutes Zeichen.

»Versprechen kann ich nichts«, sagt er und sieht mich über die Gläser seiner randlosen Lesebrille hinweg an. »Der Weg der Genesung, den ihr Vater beschreiten muss, ist weit. Er wird hart sein und steinig. Es wird immer wieder Rückschläge geben, ich mache Ihnen da keine Illusionen. Aber dass er gesprochen hat, würde ich als wichtigen Meilenstein ansehen.«

»Danke, Dr. Altman«, stammele ich und würde ihn am liebsten auch umarmen.

»Erwarten Sie nicht zu viel«, gibt er mir auf den Weg, und als ich Dads Zimmer betrete, weiß ich, warum.

Auf mich wirkt sein Zustand unverändert, aber allein zu wissen, dass er gesprochen hat, macht mich wahnsinnig froh. Ich sitze an seinem Bett und verbringe eine weitere halbe Stunde damit, seine Hand zu halten und auf ihn einzureden. Ich plappere vor mich hin wie ein Papagei, aber das macht nichts, ich kann mir Zeit lassen. Ryan stattet derweil seiner Mutter einen Besuch ab. Wobei ich vermute, dass er sie eher wegen der Stripperinnen so oft im Club besucht als aus wahrer Anteilnahme an ihrem Leben.

Sein gedehntes »Jaaa, bin gleich da«, mit dem er rangeht, als ich ihn anrufe, um ihm zu sagen, dass er mich abholen soll, bestätigt meine Vermutung.

Ich erinnere mich daran, dass Keisha vorhin am Telefon war, und rufe sie zurück, während ich auf dem Parkplatz stehe und auf Ryan warte.

»Endlich!«, sagt sie.

»Keisha, du wirst nicht glauben, was passiert ist. Ich war gerade ...«

»Noah, Stopp, hör mir zu«, unterbricht sie mich. »Liz ist weg.«

»Was?«

»Sie ist nach Hause gefahren, um ihr Leben wieder in den Griff zu kriegen.«

»Oh, toll«, sage ich sarkastisch und lege auf. Dann wird sie diesen Typen also wirklich heiraten. Frustriert trete ich nach einer leeren Sprite-Dose. Sie fliegt krachend gegen die Tür eines geparkten Autos und ich sehe mich verstohlen um. Zum Glück hat es niemand mitbekommen, also bücke ich mich, hebe sie auf und befördere sie in den nächsten Mülleimer. Verdammt, wo bleibt Ryan? Ich will hier einfach nur weg.

Mit jeder Meile, die ich mich von Heavenfield entferne, beschleichen mich größere Zweifel, ob ich wirklich das Richtige tue. Das ist doch Wahnsinn, Noah und ich kennen uns gerade mal zwei Wochen. Bin ich wirklich bereit, alles aufs Spiel zu setzen und zu riskieren? Woher weiß ich denn, dass es wirklich die große Liebe ist? Aber Keisha hat Recht, ich muss mich meiner Entscheidung stellen und darum kämpfen. Deshalb zwinge ich mich weiterzufahren, immer geradeaus. Meine Hände zittern und ich umklammere das Lenkrad, weil ich das Gefühl habe, mich irgendwo festhalten zu müssen.

Die Interstate verläuft schnurgerade, aber ich fühle mich wie auf einer Achterbahn in Zeitlupe. Mir wird schlecht, während mein Puls sich verlangsamt. So oder so werde ich jemandem das Herz brechen. Ich hoffe nur, dass es nicht wörtlich zu nehmen ist, wenn ich Dad damit konfrontiere, dass ich Blake nicht heiraten werde.

Kaum, dass Ryan angehalten hat, springe ich aus dem Streifenwagen und sprinte über den Main Square zum Granny Mae's. »Was hat sie gesagt?«, frage ich atemlos. Keisha weiß, von wem ich rede.

»Nur, dass sie ihr Leben in den Griff bekommen will«, sagt Keisha.

»Was heißt das?«

»Jetzt beruhig dich erstmal.« Keisha drückt mich auf einen Barhocker.

»Wie soll ich ruhig bleiben, wenn sie zu ihrem Verlobten zurückgeht? Die beiden heiraten in zweieinhalb Wochen!«

»Ich schätze nicht«, sagt Keisha. »Ich hab ihr gehörig

den Kopf gewaschen und ihr gesagt, sie soll sich endlich entscheiden, was sie will.«

»Du hast was?«, stöhne ich entsetzt, denn ich habe eine ziemlich gute Vorstellung davon, wie direkt Keisha sein kann, wenn sie jemandem die Meinung sagt.

»Einer musste es ja tun«, gibt Keisha achselzuckend zurück, als hätte sie meine Gedanken gelesen.

»Was, wenn sie sich gegen mich entscheidet und für ihn?« Warum habe ich heute Morgen auf stur geschaltet, statt mit ihr zu reden?

»Dann ist sie es nicht wert.«

Granny schiebt mir unaufgefordert einen Teller mit einem Stück Blaubeerkuchen hin, aber ich will jetzt keinen Kuchen.

»Hat sie sonst noch was gesagt?«

»Nein, nicht direkt ...«

»Sondern?«

»Na ja«, druckst Keisha herum. »Sie musste mir was versprechen«, sagt sie gedehnt und schlägt den Blick nieder, bevor sie mich ansieht, fast ein wenig ängstlich. »Dass sie dir nicht das Herz bricht«, fügt sie hinzu.

»Na super, wie stehe ich denn jetzt da?«

Keisha schüttelt verständnislos den Kopf.

»Wie ein kleiner Junge, der heult, wenn er seinen Willen nicht kriegt.« Ich streiche mir das Haar aus der Stirn und zwinge mich zur Ruhe. »Liz soll sich aus freien Stücken für mich entscheiden, nicht weil du ihr ein schlechtes Gewissen machst. Das hast du ja ganz toll hinbekommen«, setze ich hinzu.

Sie senkt schuldbewusst den Blick. Ich weiß, dass es unfair ist, Keisha kann nichts dafür. Es ist nicht ihre Schuld, dass Liz und ich das nicht geklärt haben. Ich hoffe, das zwischen uns ist genug, um sie davon abzuhalten, einen anderen zu heiraten. Denn das würde mir tatsächlich das

Herz brechen, auch wenn ich das niemals zugeben würde. Dabei war ich vorhin noch der glücklichste Mensch der Welt.

»Ich war bei Dad«, wechsele ich das Thema. »Er hat gesprochen.«

Keisha fällt mir um den Hals. »O Noah, das ist wunderbar.« Sie freut sich wirklich für mich, aber ich kann in ihren Augen lesen, dass sie gerade an ihre Mom denkt. Deshalb habe ich fast ein schlechtes Gewissen, ihr zu erzählen, was Dr. Altmann gesagt hat.

Als ich nach fünfeinhalb Stunden die Ausfahrt in Columbus nehme, schlägt mein Herz höchstens zehn Mal pro Minute. Das Blut rauscht in meinen Ohren, als ich in unsere Einfahrt biege und den Van vor der Garage abstelle. Letzte Chance, einfach abzuhauen, denke ich. Aber es wäre feige, sich vor dem Gespräch mit Blake und Dad zu drücken. Mein Magen ballt sich zu einem glühenden Klumpen, als ich die Fahrertür öffne und aussteige. Plötzlich habe ich das dringende Bedürfnis, mich übergeben zu müssen.

Ich kämpfe gegen die aufsteigende Übelkeit an und straffe die Schultern, dann gehe ich die paar Schritte zum Haus. Drinnen ist es ruhig, meine Schritte hallen auf dem Granitboden der Eingangshalle.

»Hallo?«, rufe ich, aber es kommt keine Antwort. Endlich begreife ich, dass Blake gar nicht da ist und Rosalia bereits Feierabend hat. Also setze ich mich im Wohnzimmer auf die schneeweiße Ledercouch und warte.

»Mein Gott, was für eine bescheuerte Farbe«, begrüßt mich

Blake, als er eine halbe Stunde später nach Hause kommt. Ich weiß sofort, wovon er spricht. »Tunten-Pink«, motzt er weiter. »Auf so eine beknackte Idee kann nur eine Frau kommen.«

»Genau«, sage ich. »Ich wollte was Freundliches.« Also das Gegenteil von dir, denke ich. Jemanden wie Noah, der es für eine ziemlich gute Idee hält, einen Van pink zu machen, um ihn zu verstecken.

Blake streicht sich durch sein volles, dunkles Haar und sieht mich an. »Da bist du ja wieder«, sagt er mit einem selbstgefälligen Grinsen, aber das wird ihm schon noch vergehen.

»Nur, um dir mitzuteilen, dass es endgültig vorbei ist«, entgegne ich kühl.

»Um es mir mitzuteilen?« Blake verzieht unwillig das Gesicht. »Und was hat dich zu diesem Schluss bewogen? Etwa der Typ, den du kennengelernt hast, dieser Officer?«

»Woher weißt du …?« Meine Gedanken überschlagen sich.

»Er hat mich heute Morgen angerufen«, sagt Blake, als wäre es das Normalste der Welt.

»Wieso sollte er das tun?«

»Um mir zu verraten, wo meine Verlobte sich rumtreibt.«

»Wir sind nicht mehr verlobt«, stelle ich klar. Ich begreife trotzdem nicht, warum Noah ihn informiert haben sollte. Das gibt doch alles gar keinen Sinn.

»Das sehe ich anders«, entgegnet Blake, schlendert rüber zum Barschrank, gießt sich einen Whisky ein und sieht mich über den Rand des Glases hinweg an.

»Hast du ihm das gesagt?«

»Was?«

»Dass wir noch verlobt sind.«

»Selbstverständlich«, sagt Blake. Oh, fuck! »Oder hast

du deinem Dad schon erzählt, dass du vorhast, mich zu verlassen?«, fragt er, trinkt einen Schluck und mustert mich.

»Noch nicht«, gestehe ich. »Ich wollte es ihm schonend beibringen.«

»Am besten lässt du es«, sagt Blake. »Oder möchtest du dafür verantwortlich sein, wenn er wieder einen Herzinfarkt bekommt? Du kennst die Meinung der Ärzte.«

»Du willst mich wirklich zwingen, dich zu heiraten?« Fassungslos schüttele ich den Kopf. »Obwohl ich dich nicht liebe?«

»Aber ich liebe dich«, wischt Blake meinen Einwand fort.

»Ach, wirklich?« Fühlt sich gar nicht so an.

»Ja, stell dir nur vor. Deshalb bin ich auch bereit, dir deinen Fehltritt zu verzeihen«, setzt er gönnerhaft hinzu.

»Verzeihen?«, frage ich entgeistert. »Das will ich nicht. Im Gegenteil, ich bin gerade dabei, einen sauberen Schlussstrich zu ziehen.« Da wäre es hilfreich, wenn er sauer oder wütend wäre, statt hier den Großmütigen zu spielen.

»Ich lasse mich aber nicht einfach so von dir abservieren.« Blakes Mundwinkel zuckt gereizt. »Wenn du das tust, bin ich weg. Vielleicht versuchst du ja dann mal selbst, Daddys Firma zu leiten, mit deinem Kunstgeschichtsstudium«, setzt er mit einem hämischen Grinsen hinzu.

»Du kannst gar nicht einfach so gehen«, halte ich ihm entgegen. »Laut Vertrag beträgt deine Kündigungsfrist sechs Monate.«

»Lass es ruhig darauf ankommen«, gibt er gelangweilt zurück. »Deine Entscheidung. Wir werden ja sehen, wer am Ende den Kürzeren zieht.«

Für ihn ist das Thema damit offensichtlich erledigt und er lässt mich einfach auf der Couch sitzen. Arschloch!

Als ich in die Einfahrt biege, fällt mir sofort auf, das was fehlt. Der pinkfarbene Van, der heut Morgen noch da stand. Mein Herz zieht sich schmerzhaft zusammen. Buster erhebt sich von der Fußmatte und begrüßt mich freudig. Alles ist wie immer, als ich das Haus betrete. So, wie es bis vor zwei Wochen normal war. Doch ohne Liz kommt es mir plötzlich zu leer vor. Sie ist weg. Die Gewissheit dröhnt in meinem Kopf, aber ich versuche sie zu leugnen. Ich kann nicht glauben, dass sie einfach so gegangen ist, ohne eine Erklärung. In einem Anfall von Hoffnung stürze ich zum Esstisch, suche nach einer Nachricht, einem Zettel. Aber da ist nichts, nicht mal ein Staubkorn liegt auf der blank polierten Tischplatte. In der Luft liegt der Geruch nach Putzmitteln. Anscheinend war Mrs. Jenkins heute da und hat sauber gemacht. Hat sie die Notiz vielleicht beiseitegelegt? Ins Altpapier geworfen? Hektisch öffne ich den Mülleimer und starre den leeren Plastikbeutel an.

»Komm klar«, sage ich zu mir selbst. Mrs. Jenkins würde nie irgendwas wegwerfen, das wichtig sein könnte. Sie sammelt den ganzen Scheiß, mit dem sie nichts anfangen kann, auf der Theke, die die Küche vom Essbereich trennt. Aber auch ihre Oberfläche ist lupenrein. Ich suche nach etwas, das es nicht gibt. Weil Liz keine Nachricht hinterlassen hat, bevor sie abgehauen ist.

Vielleicht ist mein Akku leer. Mit einem letzten Funken Hoffnung ziehe ich mein Handy hervor, aber er erstirbt, als das Display aufleuchtet. Keine eingegangenen Mitteilungen, keine verpassten Anrufe, nichts. Sie ist einfach so gegangen, ohne ein Wort. Dabei hatte sie es mir doch versprochen. Auch das war also gelogen. Mit einem bitteren Lächeln schlucke ich den Kloß runter, der plötzlich in meiner Kehle sitzt, und schalte das Telefon aus.

Liz kann mir gestohlen bleiben! Im Kühlschrank finde ich eine letzte Flasche Bier.

»Na, da kann ich mich ja richtig besaufen«, murmele ich vor mich hin, während ich damit auf die Terrasse hinausgehe. Für einen kurzen Moment überlege ich, noch mal in die Stadt zu fahren, um Nachschub zu besorgen, denn ich hätte wirklich große Lust, mich zu betrinken. Aber dann verwerfe ich die Idee wieder. Alkohol würde nichts daran ändern, dass Liz weg ist. Das ist das Einzige, woran ich denken kann: Sie ist nicht mehr da und es fühlt sich schrecklich an. Als hätte sie mein Herz rausgerissen und mitgenommen. Ein Souvenir, zum Andenken an das kleine Abenteuer in den Bergen.

»Du kannst es behalten, Miss Robinson«, schreie ich in die Dunkelheit über dem See. Ich brauche es nicht mehr und dann würde es vielleicht auch nicht so verdammt wehtun.

Blake schenkt sich einen weiteren Whisky ein. Das ist jetzt der Fünfte, seitdem er nach Hause gekommen ist. Der Glanz in seinen Augen verrät mir, dass der Alkohol langsam Wirkung zeigt. Er ist nicht betrunken, aber genau in der richtigen Stimmung für einen Streit.

»Wie stellst du dir das überhaupt vor?«, verlangt er zu wissen.

»Nichts würde sich ändern«, sage ich schnell, denn ich habe mir überlegt, wie das alles laufen könnte. »Du kannst deinen Job natürlich behalten«, setze ich hinzu. »Von mir aus auch das Haus.« Mit einer weitschweifenden Geste deute ich durch unser Wohnzimmer. Es hat die Größe eines Ballsaals, Noahs gesamtes Haus würde hier locker zwei Mal reinpassen. Aber all das bedeutet mir nichts mehr, ich würde diesen Palast jederzeit gegen das kuschelige Heim am Ufer des Lake in the Sky tauschen.

Blake schnaubt verächtlich und schüttelt den Kopf. Er reibt seine Nasenwurzel, wie immer, wenn er konzentriert nachdenkt. »Bist du eigentlich mal eine Sekunde auf die Idee gekommen, dass ich das gar nicht will, ohne dich?«, sagt er schließlich und seine Stimme klingt rau. »Du denkst, es ginge mir nur um den Job, aber ich verrate dir was,« fährt er fort. »Seitdem wir zusammen sind, habe ich bestimmt schon zehn Angebote ausgeschlagen. Wenn ich wollte, könnte ich sofort bei Whitfield Industries anfangen, die würden mich mit Kusshand nehmen.«

»Das geht gar nicht, denk an die Sperrklausel.«

»Alles nur eine Frage des Geldes«, entgegnet er mit einer wegwerfenden Handbewegung. »Ich bin mir sicher, die Vertragsstrafe würden sie dankend übernehmen.«

Mein Magen zieht sich zusammen. Blake besitzt Einblick in sämtliche Unterlagen und den gesamten Produktionsprozess. Wenn er mit seinem Wissen zu unserem größten Konkurrenten ginge, käme das einer Katastrophe gleich.

»Sieh es ein, Elizabeth«, sagt Blake beinah sanft. »Du brauchst mich mindestens genauso sehr wie ich dich. Wenn du mich verlässt, könnt ihr euch einen anderen Dummen suchen, der für euch die Arbeit macht.«

»Das ist Erpressung«, sage ich und meine Lippen fühlen sich seltsam taub an.

»Stimmt«, bemerkt Blake achselzuckend und trinkt sein Glas in einem Schluck leer.

Es ist ihm vollkommen egal, ob ich ihn liebe, stelle ich betroffen fest. Hauptsache, er bekommt, was er will. Mich. Ich hätte es wissen müssen. Blake ist ein Siegertyp, er entscheidet das Spiel immer für sich, und diesmal bin ich der Pokal, den es zu gewinnen gilt. »Ich schlafe im Gästezimmer«, verkünde ich. Auf keinen Fall kann ich das Bett mit ihm teilen.

»Wie du willst«, antwortet er. Es ist ihm auch scheißegal, wo ich übernachte. Hauptsache, ich bin wieder da.

Das Licht im Badezimmer kommt mir zu grell vor und beim Blick in den Spiegel könnte ich heulen. Mein Gemütszustand ist mir deutlich anzusehen, ich sehe aus wie eine wandelnde Leiche. Kein Wunder, ich bin heute gestorben, denn ich habe mir selbst das Herz rausgerissen und Noahs vermutlich gleich mit. Ich hätte nicht zurückkommen sollen, das mit Dad einfach am Telefon regeln. Aber das wäre feige gewesen. Bloß fehlt mir jetzt der Mut, um es wirklich durchzuziehen.

Wenn Blake seine Drohung wahrmacht und zu Whitfield geht, würde Dad das nicht überleben. Und wenn, würde er es mir mit Sicherheit nicht verzeihen. Niemals.

Kapitel Zweiundzwanzig

DER GOLDENE KÄFIG

Während unserer Beziehung habe ich bestimmt schon ein Dutzend Mal im Gästezimmer geschlafen, nachdem Blake und ich uns gestritten hatten. Trotzdem weiß ich im ersten Moment nicht, wo ich bin, als ich wach werde. Gestern habe ich mich in den Schlaf geheult und dann die halbe Nacht unruhig hin und her gewälzt. Ich hab von Noah geträumt, wir waren an diesem Wasserfall im Wald, doch der Teich war in meinem Traum viel tiefer. Dann kam Blake in einem schwarzen Anzug und ich hatte auf einmal mein Brautkleid an. Plötzlich waren da ein Altar und der Pfarrer, mitten auf der Lichtung. Noah hat dabei zugeschaut, wie ich Blake heirate, er war ganz blass. Dann hat er den Halt verloren, ist ins Wasser gefallen und untergegangen. Ich konnte sein Gesicht durch die Wasseroberfläche sehen, er hat den Mund aufgemacht und etwas gerufen, aber ich konnte ihn nicht verstehen. In Panik habe ich die Hand nach ihm ausgestreckt, aber ich habe nur noch den Zipfel seines Hemdes erwischt und er ist in den Tiefen des Teichs versunken. Dann bin ich aufgewacht, und ich weiß, dass es nur ein Traum war. Aber meine Haut fühlt sich kalt an, als hätte ich wirklich im eisigen Wasser des Bunny Creeks gestanden und versucht, Noah zu retten.

Völlig neben der Spur tappe ich ins Bad und zucke beim Anblick meines Spiegelbilds zusammen. Meine Augen sehen trüb aus. Darunter liegen dunkle Schatten, als hätte ich zwei Wochen durchgefeiert. Mir ist schlecht und mein Magen fühlt sich heiß an. Als ich den Badezimmerschrank öffne, um nach einem Mittel gegen Sodbrennen zu suchen, fällt mein Blick auf die Tests. In meinem Schrank gibt es ein ganzes Fach voller Schwangerschafts- und Ovulations-Tests, um meinen Eisprung nicht zu verpassen. Wie stellt Blake sich das eigentlich vor? Wie könnte ich jemals wieder mit ihm ins Bett gehen, geschweige denn Gefallen an seiner Standard-5-Minuten-Nummer finden, nachdem ich Sex mit Noah hatte? Ich erinnere mich an die Lichtung am Rande des kleinen Wasserfalls. Seinen Blick, wie er mich dabei angesehen hat, so voller Liebe und Zärtlichkeit.

Ein Klopfen reißt mich aus meinen Gedanken.

»Herein.«

Rosalia, unser mexikanisches Hausmädchen, erscheint im Türrahmen. »Ihr Vater ist da, Mrs. Robinson.«

Einen Moment überlege ich, ihr zu sagen, sie solle ihn wegschicken, mir sei nicht wohl. Aber ich besinne mich eines Besseren. »Sagen Sie ihm, ich bin in zwei Minuten bei ihm.«

Ich putze mir die Zähne und spritze mir eine Hand voll kaltes Wasser ins Gesicht. Den Rest muss die zweihundertfünfzig Dollar teure Gesichtspflege von La Mer erledigen.

»Hi Dad«, begrüße ich exakt zwei Minuten später meinen Vater.

»Elizabeth«, sagt er und streckt mir die Wange entgegen, die ich pflichtschuldig küsse. Die Haut ist nicht mehr so straff wie früher, er ist alt geworden. »Wie war es in den Bergen?

»Traumhaft schön«, sage ich. Besonders im Happy Valley, dem glücklichsten Tal der Welt.

»Hast du dich gut erholt?«

»Doch, ja, es war toll.«

»Sicher?« Er mustert mich prüfend. »Du bist ein bisschen blass um die Nase.«

»Nein, alles bestens«, versichere ich schnell. »Die Nacht war nur zu kurz, ich bin spät angekommen und habe kaum geschlafen.«

»Na, dann ist ja alles gut«, sagt Dad und lächelt. »Vielleicht gar nicht verkehrt, noch mal abzuschalten, bevor der große Trubel losgeht.«

»Ich wollte mit dir reden«, wage ich einen Vorstoß. »Wegen der Hochzeit.«

»Die Mc Carthys kommen auch«, sagt Dad und strahlt. »Ich habe gestern mit Bob telefoniert. Ella lässt Grüße ausrichten. Sie freuen sich schon sehr, euch mal wieder zu sehen. Bob sagte, sie würden im Hilton absteigen.«

Ich sollte jetzt wirklich den Mund aufmachen, bevor noch mehr Leute Hotelzimmer buchen, die sie später stornieren müssen. Meine Kehle schnürt sich zusammen. »Es gibt da ein Problem«, beginne ich erneut.

»Wenn es wegen der Kosten ist, mach dir keine Sorgen«, sagt Dad und tätschelt meine Hand. »Du bekommst die Feier, die du dir gewünscht hast. Meine Tochter heiratet nur einmal, da ist das Beste gerade gut genug.« Er sieht so glücklich aus.

Gott, ich kann das nicht! »Danke«, murmele ich und schlucke nervös. In seinen Augen ist Blake der perfekte Schwiegersohn. Was soll ich sagen? Dass ich jetzt lieber mit einem Polizisten aus Tennessee zusammen wäre? Oh, und nebenbei, wenn ich mich von ihm trenne, heuert Blake bei

Whitfield an. Nein, auf keinen Fall. Dann könnte ich gleich einen Krankenwagen rufen. Ich muss das mit Blake klären, damit wir eine gemeinsame Lösung präsentieren können, die Dad nicht ins Grab bringt. Nur, dass mir leider keine einfällt.

Das Sheriffdepartment hat einen Suchtrupp geschickt, und ich habe die Männer zu dem Ort geführt, an dem wir den Schuh gefunden haben.

»Genau hier«, sage ich und deute auf die Stelle unter dem Berglorbeer. Der Hundeführer zeigt ebenfalls darauf und der kräftige Bloodhound schnuppert. Er ist dafür ausgebildet worden, Leichen aufzuspüren. Rund um die Stelle zwischen den Felsen schlägt er aber nicht an, was wir alle als gutes Zeichen werten.

»Sie hat hier definitiv nur den Schuh verloren, als sie da hochgeklettert ist«, sagt der Hundeführer und legt den Kopf in den Nacken. »Der Vorsprung ist zu steil, um mit dem Hund raufzugehen. Gibt es einen anderen Weg hinauf?«

Nick, der Chef der Rangertruppe schüttelt den Kopf. »Nein, nicht direkt. Der Wanderweg führt außen um den Berg herum und von oben kommt man nicht dran.«

Sheriff Wilson kratzt sich am mittleren seiner drei Kinns. »Dann brauchen wir ein Kletterteam, um uns das mal genauer anzusehen.«

»Ich könnte meine Kletterausrüstung holen«, schlägt Nick vor. »Und meine Kollegin Harper mitbringen, sie ist echt fit. Wir klettern beide, sowohl beruflich als auch in unserer Freizeit.«

»Alles klar, dann laufe ich mit dem Hund außen herum und schaue, ob es sonst noch Spuren gibt«, sagt der Hundeführer.

»Meiner kann auch helfen«, schlage ich vor. »Buster ist zwar nicht mehr der Jüngste. Aber das Gebiet ist viel zu groß für eine einzelne Hundenase und seine funktioniert definitiv besser als unsere.«

»Guter Plan«, sagt Sheriff Wilson, und ich mache mich auf den Weg nach Hause, um Buster zu holen.

Eigentlich gehört es nicht zu meinen Aufgaben, aber da ich in den Fall involviert bin, hat Greg nichts dagegen, dass ich mich an der Suche beteilige, als ich kurz auf der Wache vorbeischaue, um Bescheid zu sagen.

»Geh nur«, sagt er und winkt ab.

Ich werde den Eindruck nicht los, dass er und Ryan erleichtert sind, mich aus dem Büro zu haben, um meiner miesen Laune zu entgehen. Und ich für meinen Teil bin froh, nicht am Schreibtisch rumsitzen zu müssen. Da würde mir die Decke auf den Kopf fallen, wenn ich die ganze Zeit an Liz denke.

Auf dem Weg zum Mädels-Lunch im Casa Fontana zücke ich mein Telefon und drücke auf Noahs Namen. Ich habe es bestimmt schon zwanzig Mal probiert, aber jedes Mal erklingt die gleiche Ansage: »Der angerufene Teilnehmer ist nicht zu erreichen, bitte versuchen Sie es zu einem späteren Zeitpunkt noch einmal. «

Anscheinend hat er sein Handy ausgeschaltet, er will nicht mit mir sprechen, dabei würde ich ihm gerne erklären ... Ja, was genau eigentlich? Ich bin mir ja selbst nicht sicher, wie es nun weitergehen soll.

Wie immer bin ich die Erste, die zu unserer üblichen Zeit erscheint, und Angelo, der Kellner, führt mich zu unserem Stammplatz.

»Ein San Pellegrino, bitte«, sage ich, auch wenn mir der Sinn eher nach einer Flasche Rotwein steht.

Kurz darauf betritt Serena das Restaurant, die sonst eigentlich immer als Letzte auftaucht. Ihre Augen funkeln wissbegierig, als sie auf mich zukommt, ich kann sehen, dass sie vor Neugier fast platzt.

»Naaa, wie war's?«

»Später«, wehre ich ab und nehme sie in den Arm. »Lass uns warten, bis Linda da ist. Ich habe keine Lust, alles doppelt zu erzählen.«

Serena verzieht die Lippen zu einem Schmollen. »Ich schätze, Linda weiß sowieso schon mehr als ich.«

»Überhaupt nicht!«, protestiert Linda, die soeben aufgetaucht ist, und zieht mich in ihre Arme. »Ich bin genauso gespannt wie du«, fügt sie an Serena gewandt hinzu.

»Jetzt schieß endlich los«, drängt Serena. »Oder muss ich es aus dir rauskitzeln?«

Die Erinnerung an den Abend in Noahs Esszimmer steigt in mir auf und meine Augen werden feucht.

»Hey, was ist denn, Lizzie?«, fragt Linda und legt mir die Hand auf den Arm. Die mitfühlende Geste lässt bei mir alle Dämme brechen und ich schluchze auf.

Unter Tränen berichte ich, was vorgefallen ist. »Blake droht mir, zur Konkurrenz zu wechseln, wenn ich ihn nicht heirate, und Noah geht nicht an sein Telefon«, fasse ich die derzeitige Lage zusammen.

Angelo serviert das Wasser und sieht über meinen Zustand mit professioneller Höflichkeit hinweg. Schniefend krame ich in meiner Handtasche nach einem Kleenex und tupfe mir übers Gesicht, denn mir ist der Ausbruch peinlich.

»Blake hat nicht ganz Unrecht«, sagt Serena. »Jetzt mal im Ernst, Lizzie. Willst du wirklich dein gesamtes Leben für eine Affäre aufgeben?«

»Es war viel mehr als das.«

»Versteh mich nicht falsch«, fährt Serena fort. »Aber Männer gibt's doch wie Sand am Meer. Ich weiß, manchmal entwickelt man sogar sowas wie Gefühle, aber glaub mir, es ist besser so. Irgendwann kommt der nächste Lover und mit dem kannst du genau so viel Spaß haben.«

»Sowas wie Gefühle?« Ich starre sie schockiert an. »Das zwischen mir und Noah ist die ganz große Liebe. Ich spüre das, hier«, sage ich und lege die Hand auf mein Herz.

»Du und die große Liebe?« Serena schenkt mir ein amüsiertes Lächeln. »Warst du nicht immer Diejenige, die behauptet hat, sowas gäbe es nur im Film?«

»Seit Noah weiß ich, dass es sie gibt«, entgegne ich fest. »Und ich weiß auch, dass ich nie wieder jemanden so lieben werde wie ihn.«

»Aaaaww«, sagt Linda. »Das ist so romantisch.«

»Nein«, sage ich. »Ist es nicht, sondern tragisch. Denn als mein Dad heute Morgen da war, habe ich gemerkt, dass ich das nicht kann. Ich bringe es einfach nicht über mich, ihm das Herz zu brechen.«

»Das heißt, du willst Blake wirklich heiraten?«, fragt Linda empört. »Nur deinem Vater zuliebe? Du kannst dich doch nicht dafür opfern.«

Alle sagen das, Keisha, Granny und jetzt auch meine beste Freundin. Trotzdem ... Sie stecken nicht in meiner Haut. »Doch, kann ich«, sage ich und sehe sie unverwandt an. »Wenn ich keinen Weg finde, mit dem wir alle glücklich werden, muss ich das durchziehen.«

»Sag doch einfach nein, wenn der Pfarrer dich fragt«, schlägt Linda vor und kichert.

»Ich werde garantiert nicht damit warten, bis wir vorm Altar stehen«, sage ich und erinnere mich an den seltsamen Traum von letzter Nacht.

»Eben hast du noch gesagt, du willst Blake heiraten«, sagt Serena. Berechtigter Einwand.

»Stimmt«, gebe ich zurück. »Aber allein der Gedanke, Vorbereitungen für eine Hochzeit zu treffen, die ich nicht will, ist total absurd. Ich meine, wen interessiert, ob die Blumen weiß oder creme sind?«

»Deine Wedding-Planerin wird dich dafür lieben«, sagt Serena grinsend. »Endlich mal kein Brautzilla. Du wirst die Erste, der es scheißegal ist, ob die Tischdeko zum Motto passt.«

»Allerdings«, entgegne ich und verdrehe die Augen. Irgendwie muss ich dieses Chaos lösen, bevor ich mir über Tischdeko Gedanken machen muss.

Als ich vom Campingplatz die Abrams Road Richtung Heavenfield hinunterfahre, hat mein Handy endlich wieder Netz. Es zeigt zweiundzwanzig Anrufe in Abwesenheit, alle von einer unbekannten Nummer. Ich kann mir denken, wem sie gehört. Seit Tagen quäle ich mich mit der Frage, warum sie zu ihm zurückgegangen ist, aber plötzlich bin ich mir nicht mehr sicher, ob ich das wirklich wissen will.

Seufzend fahre ich rechts ran und quetsche den Pick-up eng an den Hang, damit Sheriff Wilson mit seinem Wagen noch durchkommt, und hebe grüßend die Hand, als er an mir vorbei fährt. Dann atme ich tief durch und tippe auf Rückruf.

Nach dem zweiten Klingeln hebt Liz ab. »Noah«, sagt sie. »Ich habe schon so oft versucht, dich zu erreichen.«

»Ich hatte keinen Empfang«, entgegne ich. »Wir suchen nach einer Camperin, die vor ein paar Jahren oben in den Bergen verschwunden ist. Wegen des Schuhs, den wir gefunden haben«, füge ich hinzu, als müsste ich ihr irgendwas erklären. Dabei ist sie diejenige, die mir eine Erklärung schuldig ist.

»Wie geht es dir?«, fragt Liz. Ihre Stimme klingt sanft.

Okay, was soll der Mist? Wie soll es mir schon gehen? Beschissen, aber das werde ich ihr bestimmt nicht auf die Nase binden. »Gut«, antworte ich deshalb ausweichend. »Wie gesagt, wir haben viel zu tun.«

»Noah, ich ...«

»Was willst du?«

»Mich entschuldigen. Es tut mir leid, dass ich dich verletzt habe.«

That's it? Mehr nicht? »Hey, Liz«, sage ich deshalb betont locker. »Komm mal wieder runter. Es war uns doch beiden klar, dass es nur Sex ist. Obwohl der echt nicht schlecht war, das muss ich schon zugeben. Dein Zukünftiger kann sich glücklich schätzen, dass seine Frau im Bett so abgeht.« Ich hoffe, er besorgt es dir genauso gut, setze ich in Gedanken hinzu.

»Noah, ich ...«

»Hör zu, Liz, ich muss weiterfahren, ich steh hier mitten im Wald und Buster braucht was zu fressen. Also, ich wünsche dir alles Gute für die Hochzeit«, sage ich und lege auf, ohne ihre Antwort abzuwarten. Gott, ich führe mich auf wie ein Siebzehnjähriger! Aber eher würde ich mir die Zunge abbeißen, als zuzugeben, wie sehr es mich verletzt, dass sie tatsächlich vorhat, einen anderen zu heiraten.

Auch wenn Noah den Coolen spielt, kaufe ich es ihm keine Sekunde ab. Aber was soll ich tun? Solange ich keine Lösung für mein eigentliches Problem habe, ändert sich nichts.

»Am Freitag geben wir eine Dinnerparty«, lässt Blake mich wissen, als er abends von der Arbeit nach Hause kommt. »Die Geschäftsführer der wichtigsten Partner kommen mit ihren Frauen zu uns.«

»Hältst du das wirklich für eine gute Idee in unserer Situation?«

»Kommt drauf an, was du darunter verstehst«, sagt er gedehnt.

»Um unsere Beziehung«, sage ich und male mit den Fingern Anführungszeichen in die Luft, »ist es nicht zum Besten bestellt, wenn ich dich daran erinnern darf.«

»Was eindeutig nicht an mir liegt«, kontert er selbstgefällig, lockert seine Krawatte und schlendert rüber in die offene Wohnküche, um den Inhalt des Kühlschranks zu inspizieren.

»An wem dann? Etwa an mir?«

»Wer von uns ist denn fremdgegangen?«, fragt er.

»Ich bin nicht ...«, setze ich an. »Du weißt genau, dass ich unsere Verlobung vorher gelöst habe und von meiner Seite gilt das auch immer noch.«

»Wie dem auch sei«, sagt Blake mit einer wegwerfenden Geste. »Das Thema hat sich ja erledigt, schätze ich. Oder hast du heute Morgen mit deinem Dad gesprochen?«

Widerstrebend schüttele ich den Kopf.

»Na bitte«, sagt Blake und sieht mich an. »Also bleibt es bei der Hochzeit. Du wärest nicht die erste Ehefrau, die mit anderen Kerlen bumst. Lass es bloß nicht einreißen«, fügt er hinzu. »So wie deine Freundin Serena.« Er verzieht angewidert das Gesicht. »Ich will nicht, dass die Leute glauben, meine zukünftige Frau wäre eine Schlampe. Es reicht schon, wenn ich weiß, dass du es bist.«

»Bin ich nicht. Und du kannst mich beschimpfen, solange du willst«, gebe ich resigniert zurück. »Es ändert nichts an der Tatsache, dass ich einen anderen liebe.«

»Liebe«, sagt Blake und sein Tonfall trieft vor Sarkasmus. »Wie rührend.«

»Ja«, sage ich. »Aber das begreifst du nicht, denn mit Gefühlen kennst du dich nicht aus.«

»Das ist vermutlich auch besser so«, gibt Blake ungerührt zurück. »Denn im Gegensatz zu dir setze ich für ein paar Gefühlsduseleien nicht meine gesamte Zukunft aufs Spiel.«

Diese Leere in mir frisst mich auf. Ich verstehe es einfach nicht, warum sie zu ihm zurückgegangen ist. Natürlich war mehr zwischen uns als nur Sex. Zumindest war es das für mich, auch wenn ich aus reinem Selbstschutz was anderes behauptet habe. Vielleicht habe ich mich zu schnell darauf eingelassen. War ich zu fordernd? Hab ich sie zu sehr gedrängt oder geklammert?

»Ach, Buster«, seufze ich und er sieht mich aus großen treuen Augen an. Wenigstens er ist da, um meinen Kummer zu teilen. Sicher, Ryan und Keisha wären auch jederzeit zur Stelle, aber ich will allein sein und bin gerade einfach keine gute Gesellschaft. Vielleicht habe ich wirklich zu sehr geklammert, aber die Situation war neu für mich.

Bisher habe ich mir intuitiv immer Freundinnen gesucht, von denen ich wusste, dass sie nicht weggehen würden. Mädchen, die da waren, in meiner Umgebung. Mit Alexandra Marten, meiner ersten großen Liebe auf der Highschool, war ich fast drei Jahre zusammen, und auf dem College hatte ich auch zwei langjährige Freundinnen. Meine letzte Beziehung hatte ich mit einer Kollegin vom FBI. Es war nicht die große Liebe, die uns verbunden hat, sondern ähnliche Dienstpläne, aber Jen hat mir schon was bedeutet, und ich war traurig, als wir uns getrennt haben, weil ich nach Heavenfield zurückgekehrt bin. Unbewusst habe ich wohl immer nach Frauen geschaut, die nicht einfach gehen und mich im Stich lassen, wie meine Mom es getan hat. Liz war die Erste, bei der ich dieses Gefühl von Freiheit und Unabhängigkeit anziehend fand. Vermutlich, weil ich mich so eingesperrt fühle.

Seit Dads Unfall kann ich nachvollziehen, warum man abhaut und alles hinschmeißt. Weil es der einfachere Weg ist. Weil es so viel leichter ist zu gehen, als sich der Verantwortung für einen anderen Menschen zu stellen. Aber ich hab es mir noch nie leicht gemacht. Sollen sie doch alle gehen, Mom, Liz ... ich werde ihnen nicht nachlaufen und nach ihnen suchen. Sie wissen ja, wo sie mich finden. Ich bin da, wo ich gebraucht werde, und wenn das nicht reicht, können sie mir gestohlen bleiben.

Ich liege im Bett und mein ganzer Körper tut weh. Alles in mir, jede einzelne Faser sehnt sich nach ihm. Noah. Mein Herz schreit so laut nach ihm, dass ich mir die Ohren zuhalten muss. Pausenlos zeigt mir mein Kopf Bilder. Ich sehe sie vor meinem geistigen Auge, wie einen Film in Dauerschleife. Noahs Gesicht. Sein Lächeln, wenn er sich zu mir umdreht, während er am Grill steht und Steaks brät. Das Leuchten in seinen Augen, wenn ich ihm sein Frühstück serviere. Wie er ausgesehen hat, an dem Abend im Diner, als wir getanzt haben.

»Du bist mein Kryptonit«, flüstert Noah in meinem Kopf. »Du machst mich schwach.«

Ich wünschte, er hätte sich mir nicht so schutzlos ausgeliefert. Dann würde ich mich jetzt nicht so mies fühlen. Warum bin ich an unserem ersten Abend mit zu ihm gefahren? Ich hätte einfach mein Bier bezahlen und gehen sollen.

Von Anfang an habe ich gewusst, dass es kein gutes Ende nimmt. Aber wir haben uns beide in dieses Abenteuer gestürzt, Herz über Kopf, doch keiner von uns hat die Konsequenzen bedacht. Ich habe einfach nicht damit gerechnet, dass ich mich so sehr in ihn verlieben würde, und kann nur hoffen, dass das Gefühl aufhört und irgendwann vorbeigeht. Aber tief in meinem Herzen weiß ich, dass es nie aufhören wird.

Okay, das reicht! Auch wenn er nichts mehr von mir wissen will, es ist mir egal. Ich nehme mein Handy vom Nachttisch und tippe eine Nachricht.

Du fehlst mir, ich vermisse dich schrecklich.

Nicht mal zwei Sekunden, nachdem ich sie abgeschickt habe, erscheint dahinter ein blauer Haken, Noah ist noch wach und hat sie gelesen.

Warum bist du dann gegangen?, springt mir seine Antwort entgegen.

Um mich endgültig von Blake zu trennen, tippe ich, lösche es aber wieder. Was würde es bringen, ihm zu sagen, dass ich wirklich vorhatte, Blake zu verlassen, und jetzt zu feige bin, das durchzuziehen? Das würde es nur noch schwerer machen.

Weil es das Beste ist, schreibe ich stattdessen. *Für uns beide.*

Noah: Woher willst du wissen, was am besten für mich ist?

Ich weiß es einfach. Er würde sowieso nicht verstehen, unter welchem Zwängen ich stehe.

Ist das deine endgültige Entscheidung?

Ja! Nein, sagt die Stimme in meinem Kopf.

Dann schreib mir nicht mehr. Leb wohl, Liz.

Er hat Recht, das führt zu nichts. Wenn ich Blake heirate, muss ich aufhören, an Noah zu denken. Ihn vergessen, irgendwie. Aber wie könnte ich?

Kapitel Dreiundzwanzig

PARTYTIME

Wir durchkämmen jetzt den fünften Tag in Folge die Gegend nach den Überresten von Amy Thompson. Der zähe Nebel und der andauernde Nieselregen machen die Sache nicht gerade leichter. Trotz der Regenjacke bin ich völlig durchnässt. Bei jedem Schritt durch das hüfthohe Gestrüpp streifen die Blätter ihre Feuchtigkeit an meiner Uniformhose ab. Selbst meine Socken sind klamm. Doch das eigentliche Problem ist, dass mich hier oben alles an Liz erinnert. Jeder Stein, jeder Baum, jedes Blatt erinnert mich daran, wie sie ausgesehen hat, an diesem Nachmittag am Wasserfall. Der Blick, mit dem sie mich angesehen hat, ihre Augen so tief und unergründlich. Dann der Gefühlsausbruch danach, der mir gezeigt hat, dass auch ihr das alles irgendwas bedeutet haben muss. Wir waren glücklich, verdammt! Das bilde ich mir doch nicht bloß ein. Wieso geht sie zu ihrem Ex zurück, nur um mir nachts Nachrichten zu schicken? Sie hat sich nicht an meine Bitte gehalten, mir nicht mehr zu schreiben. Aber wenn ich sie danach frage, warum sie es tut, weicht sie mir aus.

»Irgendwelche neuen Hinweise?«, fragt Sheriff Wilson, als ich zum Parkplatz zurückkehre.

»Nein«, sage ich und fahre mir mit der Hand übers Kinn. Mein Bart juckt. Seitdem Liz weg ist, habe ich mich nicht mehr rasiert. Wozu auch? Es interessiert sowieso niemanden, wie ich aussehe.

»Wenn das so weitergeht, dauert es Monate, bis wir alles von ihr gefunden haben«, sagt Ranger Nick und seufzt.

Bisher haben wir einen Fuß, ihr Becken und einen Unterschenkelknochen. Alles weit um den Fundort des Schuhs verteilt. Das Suchgebiet ist riesig und in Heavenfield kursieren bereits wilde Spekulationen über einen verrückten Serienkiller. Aber das ist Bullshit. So wie es aussieht, haben diverse Raubtiere die Knochen in einem Umkreis von mehreren Meilen verteilt. Wilson hat Recht, die Suche wird sich noch ewig hinziehen, und es ist nicht gesagt, dass wir jemals erfahren werden, was ihr zugestoßen ist. Als Polizist sollte ich ungelöste Fälle gewohnt sein, aber im Fall Liz kann ich keine offenen Fragen akzeptieren.

»Ich mache Schluss für heute, ich hab noch was zu erledigen«, sage ich und Sheriff Wilson nickt mir zu.

»Hier passiert vermutlich sowieso nicht mehr viel«, gibt er zurück und starrt in den dichter werdenden Nebel.

Also lasse ich Buster ins Auto springen und setze ihn zu Hause ab. Kurz überlege ich, ob ich mich umziehen soll, aber darauf kommt es nun auch nicht mehr an. Ich brauche Antworten. Jetzt, sofort. Sonst drehe ich noch durch.

Den ganzen Tag haben Rosalia und ich in der Küche gestanden und damit verbracht, das Esszimmer herzurichten. Für ein Abendessen, auf das ich nicht die geringste Lust habe. Aber ich mache gute Miene zum bösen Spiel und begebe mich gegen 15:30 Uhr nach oben, um mich fertig zu machen. Ich lasse mir Zeit unter der Dusche und frisiere mich sorgfältig. Zu dem schwarzen Etui-Kleid mit Blazer passt am besten eine schlichte Hochsteckfrisur, und Rosalia geht mir zur Hand, die Haarnadeln am Hinterkopf zu verstecken.

»Also dann, ziehen wir es durch«, murmele ich und nicke meinem Spiegelbild aufmunternd zu.

Um kurz vor sechs trudeln die ersten Gäste ein. William Bernard und seine Frau Christie sind wie immer eine Viertelstunde zu früh. Ich glaube, das machen sie mit Absicht, damit Christie mich in der Küche noch in ein vertrauliches Gespräch verwickeln kann. Da ich ihr kein bisschen traue, wird es wohl beim Austausch von Kochrezepten bleiben.

»Lizzie!«, kreischt sie und küsst mich auf beide Wangen. »Gut siehst du aus. Hast du was machen lassen? Botox? Fruchtsäure-Peeling?«

»Nein, wieso?«

»Deine Haut hat so einen frischen Glow, du siehst so … rosig aus.«

»Ach, ich war nur ein paar Tage verreist«, sage ich, bedenke meinen zukünftigen Gatten mit einem giftigen Blick und schenke ihr ein falsches Lächeln. »Aber kommt doch erstmal rein.«

»Und, bist du schon aufgeregt wegen nächster Woche?«, fragt Christie und strahlt mich an. »Meine Schwester Jen hat im Mai auch geheiratet …«

Christie redet und redet und verliert sich in einer ausgiebigen Beschreibung der Hochzeit ihrer mindestens genauso nervige Schwester Jennifer. Wenn das so weitergeht, brauche ich ganz viel Alkohol, um das irgendwie zu ertragen. Hoffentlich geht der Abend schnell vorbei.

Ich hätte Liz genauso gut anrufen können, statt fast vierhundert Meilen bis nach Columbus zu fahren. Aber ich will, dass sie mir ins Gesicht sagt, warum sie zu ihm zurückgegangen ist und dass sie mich nicht will. Als ich die Straße zu ihrem Haus entlang rolle, kommt es mir nicht mehr wie eine gute Idee vor. Sie und ihr Verlobter leben in einem vornehmen Villenviertel. Vermutlich werde ich mein gesamtes Leben lang nicht so viel verdienen, wie eines der Häuser hier kostet. Da, Nummer 79, das muss es sein. In der Einfahrt und entlang der Straße parken ein paar Luxuslimousinen. Anscheinend haben Sie Besuch. Vielleicht hätte ich wirklich nicht herkommen sollen. Aber jetzt, wo ich schon mal da bin ...

Ich parke meinen Pick-up hinter einem eleganten BMW, nehme all meinen Mut zusammen und steige aus. Eine wuchtige Marmortreppe führt zur Haustür hinauf. Ich atme einmal tief durch und klingele. Im Innern des Hauses ertönt ein melodiöser Gong und kurz darauf öffnet mir ein großer, dunkler Typ Ende dreißig, Anfang vierzig die Tür. Das ist dann wohl ihr Zukünftiger.

»Ja bitte?«, fragt er mit irritiertem Blick auf meine Uniform, und ich bin plötzlich froh, dass ich mich nicht umgezogen habe.

»Guten Abend, Mr. Robinson«, improvisiere ich. »Officer Noah Reynolds von der Heavenfield Town Police. Sie erinnern sich an unser Telefonat? Ich hätte noch ein paar Fragen an Ihre Frau bezüglich der Vermisstenanzeige.«

»Bemühen Sie sich nicht, ich weiß, wer Sie sind«, sagt er mit einem abfälligen Lächeln.

»Ist Liz da?«, sage ich und komme mir vor wie ein kleiner Junge, der fragt, ob seine Freundin zum Spielen rauskommen darf. »Ich würde gerne mit ihr sprechen«, setze ich mit festerer Stimme hinzu.

»Moment«, brummt er und lehnt die Tür an, um Liz zu holen. Meine Hände sind ganz klamm und ich hab keine Ahnung, was ich sagen soll. »Kommst du mal bitte, Darling«, höre ich seine Stimme durch die angelehnte Tür.

Er öffnet sie und hinter ihm erscheint Liz. Sie sieht so anders aus, ich erkenne sie in dem schwarzen Business-Kleid und der strengen Frisur kaum wieder.

»Noah …«, haucht sie und sieht mich aus großen Augen an.

Ihr Verlobter sieht von ihr zu mir. »Ist das der Typ, mit dem du gebumst hast?«, fragt er amüsiert. »Großer Gott, Lizzie, das ist ja noch ein Kind«, schiebt er mit einem Grinsen in meine Richtung nach, und Liz macht das, was ich auch am liebsten tun würde. Sie holt aus und scheuert ihm eine.

O ja, Baby, gib's ihm, jubele ich innerlich. Es geht so schnell, dass er den Schlag nicht kommen sieht. Mit einem lauten Klatschen landet ihre Hand auf seiner Wange und in meinem Herz keimt ein Funke Hoffnung. Nach Liebe sieht das zumindest nicht aus.

»Ich kümmere mich mal wieder um unsere Gäste«, zischt er. »Und ich erwarte, dass du in spätestens fünf Minuten wieder am Tisch sitzt«, fügt er an Liz gewandt hinzu. »Also klär das, was auch immer das zwischen dir und diesem Jungen ist, und blamier uns bitte nicht vor den Nachbarn.«

»Verzieh dich, Blake«, zische ich ihm zu.

Er strafft die Schultern und funkelt mich wütend an. »Entschuldige mich bitte«, sagt er und rauscht ab. Ich trete nach draußen und ziehe die Tür hinter mir ran.

»Was machst du hier?«, frage ich und betrachte ihn. Bei

seinem Anblick zieht sich mein Herz schmerzhaft zusammen. Noah sieht schlecht aus, als hätte er seit Tagen nicht geschlafen. Er ist unrasiert und seine Uniform starrt vor Dreck.

»Ich muss wissen, warum du zu ihm zurückgegangen bist.«

»Das ... ist alles nicht so einfach.«

»Erklär es mir bitte«, sagt Noah und sieht mich eindringlich an. »Wenn du Angst vor ihm hast ...«

»Das ist es nicht«, unterbreche ich ihn. »Wir können nicht zusammen sein.«

»Bin ich dir zu jung? Du weißt, dass dein Alter für mich nie eine Rolle gespielt hat. Es sind doch nur sieben Jahre.«

»So ein Unsinn. Nein, darum geht es nicht.«

»War ich wirklich nur ein Abenteuer für dich, Liz? Bitte, sei ehrlich, es war doch mehr als das, das hast du doch auch gespürt.«

In seinen Augen flackert es und ich strecke meine Hand nach ihm aus, lege sie ihm auf die Wange. »Es war viel mehr als nur ein Abenteuer«, flüstere ich. »Du hast mir gezeigt, was Liebe ist.«

»Was willst du dann bei ihm?« Noah stöhnt gequält auf. »Ist es wegen des Geldes?« Er deutet mit einer ausschweifenden Geste um sich. »Ich weiß, ich bin nur ein kleiner Stadtpolizist und kann dir nichts bieten, aber ...«

»Es ist nicht wegen des Geldes«, sage ich leise.

»Was ist es dann?«, fragt er und lässt hilflos die Arme sinken. »Ich versteh's einfach nicht, also bitte sag's mir. Warum gehst du zurück zu einem Kerl, den du nicht liebst?«

»Weil ich ihn brauche«, sage ich leise.

»Mehr als mich?«, fragt Noah. Seine Verzweiflung ist mit Händen greifbar. »Was ist so toll an ihm? Ist es das Haus, das Geld, die Firma?«

Ich lache trocken auf. »Ja, so in der Art.«

Noah schüttelt enttäuscht den Kopf. »Wirklich, ich hätte dich nicht für so oberflächlich gehalten.« Er hat keine Ahnung, worum es geht.

»Ich handle aus Verantwortungsbewusstsein«, sage ich. »Die Firma gehört meinem Dad, aber seit seinem Herzinfarkt leitet Blake die Geschäfte. Das war der Deal zwischen meinem Vater und mir. Ich darf studieren, was ich will, wenn ich dafür jemanden heirate, der das Unternehmen weiterführt. Er und Dad verstehen sich blendend, und außerdem hat Blake gedroht, zur Konkurrenz zu gehen, wenn ich die Hochzeit absage.«

Er sieht mich traurig an. »Du opferst dich?«, fragt er leise. »Um deinen Vater nicht zu enttäuschen?«

»Das Risiko ist viel zu groß. Dads Herz ist schwach, und wenn ich mir vorstelle, er könnte so enden wie dein Vater … Entschuldige«, setze ich mit Blick auf seinen Gesichtsausdruck hinzu.

»Schon gut«, sagt Noah und hebt die Hand zu einer abwehrenden Geste.

»Es tut mir leid«, sage ich leise und kann ihm nicht länger in die Augen schauen. »Ich liebe dich. Aber du bist nicht in der Lage diese Firma zu führen. Genauso wenig wie ich. Deshalb bist du nicht der Richtige für mich.«

»Ist das deine endgültige Entscheidung?«

»Ja«, sage ich und nicke, wie um mich selbst zu bekräftigen. »Leb wohl, Noah«, flüstere ich, drehe mich um, schließe die Tür und lehne mich mit dem Rücken dagegen. Shit!

Drei tiefe Atemzüge gönne ich mir, bevor ich zu meinen Gästen zurückkehre. Alle betrachten mich mit hochgezogenen Augenbrauen. »Der Officer hatte nur ein paar Routinefragen«, sage ich, schenke Blake ein falsches Lächeln und greife nach meinem Glas Chardonnay.

»Prost!«, sage ich und stürze es in einem Zug runter. Ich habe Noah das Herz gebrochen und mir gleich mit. Aber das ist der Preis, den ich dafür zahle, die zu sein, die ich bin. Elizabeth Jane Robinson, zukünftige Erbin einer Firma, die ich nicht zu leiten imstande bin. Welcome to my life. Ich hasse mein Leben.

Auf der Fahrt nach Hause bin ich wie betäubt. Als sie ihm eine geknallt hat, dachte ich echt, ich hätte eine Chance. So kann man sich irren. Es ist hoffnungslos. Sie opfert sich aus Verantwortungsgefühl und wird ihr Leben deshalb an der Seite dieses Wichsers verbringen. Denn ich bin nicht der Richtige für sie. Ihre Worte dröhnen in meinem Hirn. Ich habe sie gehört und verstanden, aber mein Herz begreift es einfach nicht. Wie kann ich der Falsche sein, wenn sich alles so richtig anfühlt? Weil ich nur ein Bulle mit einem kranken Vater bin. Mit einem mies bezahlten Job bei der Gemeinde und in einem Provinznest festhocke.

Im Prinzip sind wir beide in exakt derselben Lage. Sie ist genauso eine Gefangene der Umstände wie ich. Wir beide können nicht frei entscheiden, wo wir leben und mit wem wir glücklich sein wollen. Ich kann wegen Dad nicht aus Heavenfield weg und sie ist an eine Firma und ihr Leben in Ohio gebunden. Wir sind wie Planeten, deren Umlaufbahnen sich für zwei Wochen gekreuzt haben, bevor sie sich wieder voneinander entfernten. Nicht mehr lange, dann wird sie nur noch eine ferne Erinnerung sein. Zumindest hoffe ich, dass der Schmerz vergeht und es irgendwann aufhört, weh zu tun. Denn ich weiß auch, dass ich nie wieder eine Frau so lieben werde wie sie.

Die letzten Gäste sind lange gegangen, aber ich sitze immer noch mit einem Glas Wein in der Hand auf der riesigen, weißen Designercouch im Wohnzimmer. Die Entscheidung fühlt sich so falsch an. Am liebsten würde ich mir Dolly Dodge schnappen und ihm hinterherfahren. Alles hinschmeißen, egal, pfeif auf die Konsequenzen. Aber es geht nicht. Erstens habe ich viel zu viel getrunken und zweitens ist Noah nicht der Richtige für mich. Ich spüle den bitteren Geschmack auf meiner Zunge mit einem weiteren Schluck Chardonnay hinunter.

Das ist meine Bürde, die ich zu tragen habe. Wenn ich schon nicht in der Lage bin, diese Firma angemessen in die Zukunft zu führen, muss ich wenigstens dafür Sorge tragen, indem ich einen Partner wähle, der es kann. In der Geschäftswelt geht es nun mal nicht um Gefühle.

»Hat er es dir gut besorgt, der kleine Bulle?«, fragt Blake. Er lehnt im Türrahmen zum Esszimmer, die Krawatte um seinen Hals ist gelockert und er ist mindestens genauso betrunken wie ich. Das Glas Whiskey in seiner Hand ist fast leer und er sieht mich aus glasigen Augen an.

»Ja, hat er. Es war großartig, wenn du es genau wissen willst«

»Kein Wunder«, sagt Blake. »Für ihn war es wahrscheinlich aufregend, eine ältere Frau zu ficken. Wie alt ist der Junge?«

»Fünfundzwanzig«, entgegne ich. Blake lacht höhnisch auf. »Aber er ist reifer und erwachsener, als du jemals sein wirst«, setze ich hinzu.

»Pass auf, was du sagst«, knurrt Blake.

»Dann frag mich nicht«, entgegne ich. »Er hat es jedenfalls nicht nötig, mir zu drohen, damit ich bei ihm bleibe«, versetze ich kühl.

»Er heiratet ja auch keine Schlampe.«

»Nein, das machst du lieber«, schleudere ich ihm entgegen.

In seinen Augen blitzt es gefährlich. Ich sollte aufhören, ihn zu provozieren. »Du kannst mich noch hundertmal Schlampe nennen, es ist mir egal, denn ich fühle mich nicht so, verstehst du? Das mit Noah war das Beste, das in meinem Leben passiert ist und ich bereue es nicht.«

»Willst du wirklich alles aufgeben? Für so ein Jüngelchen? In ein paar Wochen wird er das Interesse an dir verloren haben und spätestens dann wirst du es bereuen«, spricht er meine größte Angst aus.

»Die einzige Möglichkeit, es herauszufinden, ist, es drauf ankommen zu lassen und den Sprung ins kalte Wasser zu wagen«, sage ich. Kälter als der Lake in the Sky kann es nicht sein.

Kapitel Vierundzwanzig

ACHTERBAHN DER GEFÜHLE

Als ich die Augen öffne, dreht sich alles. Mein Bett fährt Karussell und mir wird schlecht. Mit einem Sprung bin ich auf den Beinen, torkele und schaffe es gerade noch bis ins Badezimmer. An den Rand der Kloschüssel geklammert würge ich die Reste des gestrigen Abends aus. Weißwein und bittere Galle, bis nichts mehr kommt. Das war eindeutig zu viel Chardonnay. Irgendwie musste ich die Gefühle in mir betäuben, sonst wäre ich durchgedreht. Beim anschließenden Streit mit Blake war der Alkohol allerdings kontraproduktiv. Dunkel erinnere ich mich daran, mein Glas nach ihm geworfen zu haben, als die Dinge eskaliert sind. Ich dachte echt, er knallt mir ein paar, aber im letzten Moment hat er sich dann irgendwie wieder in den Griff bekommen. Aber den Blick in seinen Augen, diesen blanken Hass, werde ich nie vergessen.

Mit einem Stück Klopapier wische ich mir über den Mund, drücke die Spülung und richte mich mühsam auf. Ich bin immer noch betrunken und der Geschmack von saurem Weißwein und Erbrochenem auf meiner Zunge lässt mich wieder würgen.

Reiß dich zusammen, denke ich, tappe zum Waschbecken und putze mir die Zähne, ohne mich dabei im Spiegel anzuschauen. Am liebsten würde ich das Elend gar nicht sehen, sondern mich darin suhlen und mich wieder im Bett verkriechen. Aber das wäre auch keine Lösung für meine Probleme. Die lassen sich weder in Alkohol ertränken noch lösen sie sich im Schlaf einfach in Luft auf.

Um kurz vor vier war ich wieder zu Hause und bin ins Bett gefallen wie ein Stein. Aber statt zu schlafen, habe ich mich hin und her gewälzt. Gefühlt würde ich sagen, habe ich genau null Minuten gepennt. Meine Augen brennen, als ob ich geheult hätte. Sie sind rotgerändert und darunter liegen tiefe Schatten. Ich unterziehe mich einer Katzenwäsche, stelle Buster einen Napf Futter und Wasser hin und fahre ins Diner. Am Wochenende frühstücken die meisten Leute zu Hause, wenn sie ausschlafen können. Nur eingefleischte Junggesellen jeglichen Alters treiben sich hier herum. Also alle die, denen niemand zu Hause ein ordentliches Frühstück macht. Wie ich, zum Beispiel.

»Du siehst schrecklich aus«, begrüßt mich Keisha und stellt mir ungefragt einen dampfenden Becher Kaffee vor die Nase.

»Den brauche ich auch«, sage ich und nippe vorsichtig daran. »Ich wollte gleich zu Dad.«

»Wie geht's ihm?«

»Er macht Fortschritte«, sage ich. »Wenn auch winzig kleine, aber es geht aufwärts.«

»Das ist wunderbar, Noah«, sagt sie und lächelt mich breit an. Trotzdem entgeht mir nicht das winzige Flackern in ihren Augen. Sie denkt wieder an ihre Mom und es tut mir so leid für sie. Ich drücke ihre Hand und sie strafft die Schultern und nickt mir zu.

»Und wie geht's dir?«

»Beschissen«, antworte ich aufrichtig. Vor Keisha habe ich keine Geheimnisse. Wenn man sowas wie den Unfall unserer Eltern zusammen durchstehen muss, verbindet das. Er hat uns für immer zusammengeschweißt. Keisha und Granny sind jetzt sowas wie meine Familie.

»Es tut mir sehr leid für dich, dass die Kleine weg ist«, sagt Granny, schlägt zwei Eier auf und lässt sie auf die heiße Platte des Ofens gleiten, wo sie zusammen mit ein paar Streifen Speck vor sich hin brutzeln.

»Ich war da«, bekenne ich.

Keisha sieht mich aus großen Augen an. »Was? Wo?«

»In Columbus. Gestern, ich bin hingefahren, um mit ihr zu reden. Ich war bereit, um sie zu kämpfen, ich dachte, ich könnte sie zurückholen.«

»Aber sie will dich nicht, weil du ihr zu jung bist?«, mutmaßt Keisha.

Ich schüttele den Kopf und seufze. »Wenn es so einfach wär.«

»Liebt sie ihn noch?«, will Granny wissen und wendet den Speck.

»Nein, ich bin mir sogar ziemlich sicher, dass sie mich liebt.«

»Was ist es dann?« Granny schaufelt einen Berg Bratkartoffeln auf einen Teller, gibt Eier und Speck dazu und stellt ihn mir hin. »Geht es um Geld?«

»Ja, aber anders, als ich dachte«, sage ich und schiebe mir eine Gabel Kartoffeln in dem Mund. »Es ist die Firma ihres Dads«, sage ich kauend. »Und ihr Kerl ist der perfekte Schwiegersohn, um sie weiterzuführen. Ganz im Gegensatz zu mir, deshalb passen wir nicht zusammen, laut Liz.«

»Dabei wart ihr so ein schönes Paar«, sagt Granny und sieht mich traurig an.

»Finde ich auch. Sie war die perfekte Frau für mich.«

Keisha seufzt. »Das Leben ist manchmal echt unfair.«

»Wem sagst du das? Wer wüsste das besser als wir?« Ich sehe in die Runde. Granny presst die Lippen zusammen und nickt stumm. In Keishas Augen funkelt es verdächtig.

»Ach Noah«, sagt sie und nimmt mich in den Arm. »Wirst du drüber hinwegkommen?«

»Weiß ich nicht«, antworte ich wahrheitsgemäß. »Aber ich muss es versuchen.« Das Kapitel Liz wieder aus meinem Leben streichen und als das betrachten, was es war. Ein Abenteuer, an das wir uns beide erinnern werden, bis wir alt und grau sind. Ich hätte gern ein bisschen mehr Zeit gehabt, um diese Erinnerungen mit ihr aufzubauen. Ein ganzes Leben wäre gut. Gemeinsam, mit ihr. Aber das wird nicht passieren.

Blake sieht verkatert aus, als er um kurz vor elf in der Küche erscheint.

»Guten Morgen«, bemerke ich spitz und er murmelt irgendwas Unverständliches, nimmt eine Tasse aus dem Schrank und stellt sie unter den Kaffeevollautomaten. Das Kreischen des Mahlwerks schallt durch den Raum, gefolgt vom Brummen, mit dem die Pumpe das Wasser durch die Brüheinheit befördert und in einen doppelten Espresso verwandelt. Blake stürzt ihn in einem Zug runter und verzieht das Gesicht.

»Soll das jetzt ewig so weitergehen?« Ich sehe ihn geradeheraus an. »Ist es das, was du dir für unsere Ehe wünschst? Dass wir uns beschimpfen und das Leben zur Hölle machen?«

»Nein, natürlich nicht.«

»Dann akzeptier endlich, dass ich dich nicht heiraten will.«

»Damit du diesem kleinen Jungen nachlaufen kannst?«

»Ich wusste es, es geht dir nur um den Sieg, stimmt's? Du willst immer gewinnen, aber ich bin keine Trophäe.«

»Merkst du eigentlich nicht, wie lächerlich du dich machst?«, fährt er mich an. »Wer weiß, wann er das Interesse an dir verliert.«

»Wieso sollte er?«, frage ich. Vermutlich hat er das bereits, antwortet die leise Stimme in meinem Kopf, weil du ihn gestern zum Teufel gejagt hast. Was mache ich mir eigentlich vor? Ich weiß, dass es falsch war und ich Noah sehr verletzt habe.

»Glaub mir, ich weiß, wie Kerle in dem Alter ticken«, fährt Blake fort. »Die wollen sich nicht binden, sondern ihren Spaß haben. Und offensichtlich hatte er den«, sagt er und schnaubt verächtlich. »Du wirfst dich ihm ja förmlich an den Hals. Wie attraktiv, denkst du, ist eine Frau, die sich so anbietet?«

»Noah war hier, weil er um mich kämpfen wollte.« Er hat gesagt, er liebt mich. Und ich hab ihn weggeschickt. Ich bin so dämlich!

»Wohin willst du?«, sagt er irritiert, weil ich mich auf dem Absatz umdrehe und die Küche verlasse.

»Zu Dad«, gebe ich über die Schulter zurück. »Ich rede jetzt mit ihm.«

»Bitte, geh nur!«, ruft er mir nach. »Du wirst schon sehen, was du davon hast.«

Ja, werde ich, denke ich grimmig. So kann es jedenfalls nicht weitergehen.

Zehn Minuten später parke ich den BMW in der Einfahrt zu Dads Haus. Meinem Elternhaus, auch wenn es sich seit Moms Tod irgendwie nicht mehr so anfühlt. Irgendwas ist damals mit ihr gegangen, dieses Gefühl von Geborgenheit, das ich immer hatte, war plötzlich nicht mehr da und ist nie wieder zurückgekommen.

»Okay, Lizzie, auf geht's!«, spreche ich mir selbst Mut zu, straffe die Schultern und klingele.

Meine aktuelle Stiefmutter öffnet mir die Tür und wummernde Techno-Beats dröhnen mir entgegen.

»Hi, Amanda!«, begrüße ich sie. Sie ist Dads vierte Ehefrau und gerade mal fünf Jahre älter als ich. Ihr gertenschlanker Körper steckt in einem knappen Fitness-Outfit, Schweißperlen glitzern in ihrem tiefen Dekolleté. Anscheinend habe ich sie beim Training gestört.

»Wo ist Dad?«, frage ich über die laute Musik hinweg.

»Im Garten«, entgegnet sie mit einer gelangweilten Geste, dreht sich um und verschwindet wieder im hauseigenen Fitnessraum.

Sie gehört zu den Frauen, die mehr Zeit auf ihrem Crosstrainer, als in der Küche verbringen, und ist nur auf Dads Geld scharf. Aber soweit ich weiß, hat er Amanda einen knallharten Ehevertrag unterzeichnen lassen, deshalb droht von ihrer Seite keine echte Gefahr für das Unternehmen. Dafür bin ich ja jetzt hier.

Mein Vater ist gerade mit dem Gärtner in ein Gespräch vertieft. »Ah, Lizzie«, sagt er und sein Gesicht leuchtet bei meinem Anblick auf. »Wir beratschlagen gerade, ob man die Sträucher lieber vor oder nach dem Winter zurückschneiden sollte.«

»Von sowas habe ich keine Ahnung«, sage ich und küsse ihn zur Begrüßung auf die Wange.

»Sie werden schon wissen, was das Beste ist, Jones.« Dad klopft ihm freundschaftlich auf die Schulter. »Was führt dich her?«, sagt er dann und wendet mir seine Aufmerksamkeit zu.

»Darf ich meinen Vater nicht an einem Samstagmittag besuchen?«, frage ich und er schenkt mir ein warmes

Lächeln. »Aber du hast Recht«, füge ich hinzu. »Es gibt da etwas, über das ich gerne mit dir sprechen möchte.«

»Was hast du auf dem Herzen?«

»Es geht um die Hochzeit.« Erstmal vorsichtig ran tasten.

»Gibt es Probleme mit dem Catering?«

»Probleme schon«, sage ich ausweichend. »Aber nicht mit dem Essen.« Mein Magen zieht sich zu einem glühenden Klumpen zusammen. Mir wird abwechseln heiß und kalt, aber es nützt nichts, ich muss da jetzt durch. »Ich werde Blake nicht heiraten«, stoße ich hervor.

»Was redest du denn da?«, sagt er und sieht mich aus großen Augen an. Seine Hand gleitet in Richtung seiner linken Brust.

»Ich habe jemanden kennengelernt. Sein Name ist Noah. Er ist Polizist und lebt in den Smoky Mountains.« Jetzt ist es raus und ich fühle mich irgendwie befreit.

»Elizabeth«, sagt Dad, ehrlich erschüttert. »Aber warum ...?«

»Dad, ich ... « Ich schlucke schwer.

»Blake ist ein guter Mann, ich liebe ihn wie einen eigenen Sohn.«

»Ich weiß«, antworte ich leise. »Aber ich liebe ihn nicht mehr.«

Er sammelt sich einen Moment. »Was soll dann aus der Firma werden?«

»Das ist das eigentliche Problem«, bekenne ich. »Blake droht mir damit, zu Whitfield zu gehen, wenn ich ihn nicht heirate. Wir müssten einen neuen Geschäftsführer suchen.«

»Was?« Dad schnappt nach Luft und fasst sich ans Herz. O Gott, was habe ich bloß getan? Panisch sehe ich mich um und rufe nach Hilfe. Dad zieht derweil ein braunes Glasfläschchen aus der Hosentasche, schraubt den

Verschluss ab, schüttelt zwei Tabletten in seine Handfläche und wirft sie sich in den Mund.

»Alles in Ordnung«, wehrt er ab, als Amanda und Mr. Jones angelaufen kommen.

»Was ist passiert?«, verlangt meine Stiefmutter zu wissen. »Du weißt doch, dass er sich nicht aufregen darf«, setzt sie mit einem Blick in meine Richtung hinzu.

»Es geht schon wieder«, sagt Dad, lässt sich aber trotzdem von Mr. Jones stützen und zur Bank auf der Terrasse führen. Ich folge ihnen wie betäubt. Was mache ich hier eigentlich? Das ist doch Irrsinn! Fast hätte ich das Leben meines Vaters auf dem Gewissen gehabt.

»Du weißt, ich würde dich nie dazu zwingen«, sagt er schließlich, als wir allein nebeneinander auf der Bank sitzen. Er nimmt meine Hand und drückt sie. »Aber Liebe und Gefühle vergehen wieder«, sagt er. »Das ist vollkommen normal. Ich bitte dich bloß zu bedenken, dass deine Entscheidung nicht nur dich betrifft, sondern auch sechshundertachtzig Angestellte und ihre Familien. Ist es das wirklich wert? Es würde mich sehr unglücklich machen«, fügt er leiser hinzu.

Während der Fahrt nach Hause fühle ich mich mies, wie die allerletzte Egoistin. Manchmal wünschte ich, ich hätte Noah nie kennengelernt. Denn dann hätte ich nicht gewusst, wie sich wahre Liebe anfühlt, und würde Blake heiraten, ohne eine Sekunde zu zögern. Aber jetzt kann ich es einfach nicht mehr, auch wenn das bedeutet, mich gegen meinen eigenen Vater zu stellen. Seine Worte waren unmissverständlich.

Kapitel Fünfundzwanzig

KÄMPFERHERZ

Wir haben uns zur Lagebesprechung auf dem Parkplatz am Campingplatz versammelt. Der Nebel wabert zäh zwischen den Bäumen. An einem Montagmorgen könnte ich mir wirklich Schöneres vorstellen, als wieder eine Woche damit zu verbringen, die Einzelteile von Amy Thompson zusammen zu suchen.

»Irgendwelche Neuigkeiten?«, will Sheriff Wilson wissen und Ranger Nick gibt eine Zusammenfassung der Ereignisse des Wochenendes. »Wir haben noch Knochen der rechten Hand gefunden, unter einem Baumstumpf, und sie in die Gerichtsmedizin geschickt.«

»Haben die schon Erkenntnisse?«

»Nein, ich warte noch auf den Rückruf«, sagt Sheriff Wilson. »Die haben wohl ziemlich viel zu tun, deshalb hat ein alter Fall keine Priorität.«

»Wenn das so weitergeht und wir nicht bald einen Schuldigen finden, schlagen sie sich hier noch gegenseitig die Köpfe ein«, sage ich. »Als ich heute Morgen auf der Wache war, hat Ryan mir erzählt, dass der alte Mr. Wilbur gestern Abend auf seinen Nachbarn geschossen hat.«

Die Stimmung in Heavenfield schwankt mittlerweile

zwischen Wut und Panik. Die einen verlangen lautstark danach, den Täter zu finden, während die anderen ihre Sicherheitsvorkehrungen hochfahren, aus Angst, der Mörder könnte jemand aus der Gegend sein. Inzwischen traut niemand mehr dem anderen über den Weg, jeder gilt als verdächtig. Dabei wissen wir immer noch nicht, was eigentlich passiert ist.

»Um Himmels willen!« Sheriff Wilson schlägt im wahrsten Sinne des Wortes die Hände über dem Kopf zusammen, was bei seinen kurzen Armen irgendwie schräg aussieht. »Fahren Sie runter in die Stadt und versuchen Sie irgendwie, die Leute zu beruhigen, bis wir was Konkretes haben.«

»Wird erledigt, Sir.« Mir steht sowieso der Sinn nach einem warmen, vertrauten Ort und einem ordentlichen Frühstück.

Die ganze Woche verbringe ich damit, nach einer Lösung zu suchen, aber mir fällt keine ein. Egal, wie ich mich drehe oder wende, einer der Menschen, die mir wichtig sind, wird dabei verletzt. Blake ist mir vollkommen gleichgültig, aber wie soll ich mich zwischen Noah und Dad entscheiden?

»Das ist so unfair«, klage ich Serena und Linda beim gemeinsamen Lunch mein Leid. »Was soll ich bloß tun?«

»Und du kriegst das nicht allein hin?«, fragt Linda.

»Nein.« Ich schüttele den Kopf. »Es würde Monate dauern, einen neuen Geschäftsführer einzuarbeiten«, sage ich düster und stochere in dem hausgemachten Steinpilz-Risotto auf meinem Teller herum. Es schmeckt köstlich, aber mir ist der Appetit gründlich vergangen. Die ganze Geschichte schlägt mir auf den Magen.

»Ach Süße«, sagt Linda und legt mitfühlend die Hand auf meinen Arm. »Hör einfach auf dein Herz.«

»Das sagt *Noah*«. Nein, es schreit, um genau zu sein. Ich leide wie ein Hund und liege nachts wach. Die ganze Zeit denke ich an ihn, ich kann ihn einfach nicht vergessen.

»Und du willst ihm zuliebe wirklich alles aufgeben?«, holt Serena mich in die Gegenwart zurück.

»Ich weiß es nicht«, sage ich und zucke hilflos mit den Schultern. Zweimal habe ich Noah geschrieben, aber er antwortet nicht auf meine Nachrichten. Langsam beschleichen mich Zweifel, ob ich wirklich das Richtige tue.

»Immerhin, damit wärst du voll im Trend«, sagt Serena und kichert. »Madonna, Demi Moore, Mariah Carey«, zählt sie an den Fingern auf. »Die haben doch alle jüngere Männer.«

»Die sind zwanzig Jahre älter als ich.«

»Trotzdem nehmen sie sich, was sie wollen.«

Da ist was Wahres dran, denke ich. Denn im Prinzip geht es um mich. Wenn ich nicht um meine Liebe und Selbstbestimmung kämpfe, werde ich es mein Leben lang bereuen.

»Der Gerichtsmediziner hat angerufen«, sagt Sheriff Wilson und das Team atmet auf.

»Endlich!«, sage ich. »Und?«

»Die Knochen, die wir ihm geschickt haben, weisen Bissspuren von unterschiedlichen Tieren auf.«

»Was heißt das?«

»Nun, es ist nur eine Vermutung, aber Amy Thompson könnte tatsächlich der Attacke eines Schwarzbären zum Opfer gefallen sein. Jedenfalls haben sich die unterschiedlichsten Raubtiere und Aasfresser an ihrer Leiche zu schaffen gemacht und die Überreste quer über den Park verteilt. Bisher konnte er Bissspuren eines Bären, von Füchsen, sowie die eines Luchses nachweisen. Weiterhin fanden sich längliche Kratzer, die eindeutig auf Adler und Raben schließen lassen, sowie Nagespuren von Ratten und Mäusen. Wie es aussieht, handelt es sich also um einen schrecklichen Unfall.«

»Grausam«, sage ich betroffen. »Aber immerhin haben wir jetzt Gewissheit, dass es nicht das Werk eines Irren war.

»Okay, Leute, packen wir zusammen«, sagt Sheriff Wilson und klatscht in die Hände.

»Wir brechen die Suche ab?«

»Hören Sie, ich hab wirklich noch anderes zu tun, als hier in irgendwelche Bärenhöhlen zu kriechen und nach Knochen zu suchen. Das kann Jahre dauern, und wir wissen ja jetzt, was passiert ist«, sagt Sheriff Wilson und watschelt zu seinem Wagen.

»Also schön«, sage ich. »Dann werde ich mal in die Stadt runterfahren und die Erkenntnisse verkünden, bevor sich die Leute in Heavenfield noch die Schädel einschlagen.« Der Sheriff hat Recht. Der Fall Amy Thompson ist abgeschlossen. Genauso, wie das Kapitel Liz abgeschlossen ist. Für mich ist es jedenfalls gesünder, den Bergen den Rücken zu kehren, bis mich nicht mehr jeder Stein und jeder Strauch an Liz erinnert. Wird bestimmt eine Weile dauern, schätze ich. Am besten, ich packe Dad ein und ziehe nach Hawaii.

Ich habe mir meinen Schlachtplan genau zurechtgelegt, und nun gilt es, mich darauf vorzubereiten. Im Ofen brät Rosalias berühmtes Hähnchen. Der köstliche Duft verbreitet sich langsam im gesamten Haus, während ich sorgsam den Tisch decke. Alles läuft wie am Schnürchen. Trotzdem werde ich von Minute zu Minute nervöser. Um sieben kommt Blake von der Arbeit.

»Bekommen wir Gäste?«, fragt er mit erstauntem Blick Richtung Esszimmer.

»Dad und Amanda. Ich hab sie zum Essen eingeladen, also geh dich umziehen.«

Überpünktlich um fünf vor acht stehen die beiden vor der Tür. Dad streckt mir die Wange hin, und ich küsse sie flüchtig, während Amanda die aufgespritzten Lippen zu einem schmalen Lächeln verzieht, das wirkt, als würde es sie enorme Kraft kosten. Der Rest ihres Gesichts bleibt ausdruckslos. Anscheinend hatte sie Anfang der Woche einen Termin zum Botoxen, deshalb besitzt sie das Mienenspiel einer Plastikpuppe, bis die Wirkung wieder nachlässt. Augen auf, Augen zu, das war's.

Ich warte, bis alle Platz genommen haben und bleibe neben meinem Stuhl stehe. »Ihr fragt euch sicher, warum ich euch hergebeten habe«, beginne ich und räuspere mich. »Ich habe euch etwas mitzuteilen.«

»Elizabeth«, beginnt Dad.

»Bitte unterbrich mich nicht«, sage ich. »Ich verstehe, dass euch und vor allem dir, Dad, die Firma sehr am Herzen liegt. Trotzdem kann und will ich nicht das Wohl des Unternehmens über mein eigenes stellen.«

»Das macht mich sehr traurig«, sagt Dad. »Ihr wisst, dass ich eure Verbindung immer sehr begrüßt habe und ich hätte mir keinen besseren Schwiegersohn vorstellen können.« Er sieht von mir zu Blake und wieder zurück. Seine kummervolle Miene spricht Bände und Amanda funkelt mich wütend an.

»Ich wusste, dass du es nicht verstehen würdest«, sage ich leise. »So etwas wie Liebe kommt in eurer Geschäftswelt nicht vor, und wie es mir dabei geht, ist euch scheißegal.«

»Wie kommst du darauf?«, fragt Dad betroffen.

»Nach Moms Tod hattest du es sehr eilig, wieder zu heiraten«, sage ich leise. Da kann es mit der Liebe nicht so weit her gewesen sein.

»Aber doch nur, weil ich mit der Situation vollkommen überfordert war«, sagt Dad. »Ich stand plötzlich allein da, mit einem kleinen Kind. Außerdem musste ich mich um die Firma kümmern«, fährt er fort. »Da erschien es mir am sinnvollsten, schnell wieder eine Frau zu finden. Ich wollte nicht, dass du ohne Mutter aufwächst.«

»Hast du gedacht, du könntest sie einfach ersetzen?«

Dad sieht mich an und sein Blick wird ganz warm. »Natürlich nicht.« Er schüttelt den Kopf. »Ich habe deine Mutter geliebt. Sehr sogar. Und dich auch, nur deshalb habe ich so gehandelt«, sagt er, und ich schlucke schwer, um den Kloß loszuwerden, der plötzlich in meiner Kehle sitzt. Aus Verantwortung und Liebe zu mir ...

»Ich liebe dich auch, Dad«, sage ich leise. »Aber Noah noch ein bisschen mehr.«

»Heißt das, du willst das wirklich durchziehen, aus purem Egoismus?«, faucht Blake.

»Wenn ihr mir keine Wahl lasst, ja.«

»Gut, dann bleibt mir nichts anderes übrig«, sagt Blake, schiebt den Stuhl zurück und steht auf. »Ich kündige!«

Dad sieht aus, als würde er jeden Moment einen Herzanfall bekommen.

»Halt«, sage ich und fordere Blake mit einer Handbewegung zum Bleiben auf. »Setz dich. Ich habe euch einen Vorschlag zu machen, bitte hör ihn dir an, dann kannst du immer noch gehen.«

»Okay, ich höre«, fordert Blake ungeduldig.

»Du hast gesagt, du liebst Blake wie einen eigenen

Sohn, richtig?«, sage ich zu Dad und er nickt zögerlich. »Gut«, fahre ich fort. »Dann adoptier ihn doch einfach.«

»Aber ... aber das geht doch nicht«, stammelt Dad. »Du bist doch meine Tochter. Es ist dein Erbe.«

»Natürlich bin ich deine Tochter und die werde ich auch immer bleiben«, sage ich sanft. »Das Geld und die Firma, all das bedeutet mir nichts mehr, im Gegensatz zu euch. Was auch gut ist«, füge ich hinzu. »Ich will bloß nicht, dass dein Lebenswerk den Bach runter geht«, sage ich und drücke Dads Hand. »Und es gibt niemanden, der für den Job besser geeignet wäre«, füge ich an Blake gewandt hinzu. »Ich bin diejenige, die nicht mehr hineinpasst, deshalb denke ich, das wäre für uns alle die beste Lösung.«

»Hast du dir das gut überlegt? Willst du wirklich darauf verzichten?« Dad sieht mich forschend an.

»Ja«, sage ich und sehe rüber zu Blake. »Wenn du damit einverstanden bist.«

Er zuckt mit den Schultern und ich bin baff. In den acht Jahren Beziehung habe ich ihn noch nie sprachlos gesehen.

»Ich muss das erstmal sacken lassen«, murmelt er.

Kein Wunder. Er hat nicht gewonnen, aber auch nicht verloren. Ein Unentschieden ist neu für ihn, damit kann er nicht umgehen.

»Glaub mir, es ist das Beste«, sage ich und sehe ihn aufmunternd an. »Du bist kein schlechter Mann, nur nicht der Richtige für mich. Und deshalb hast auch du die Chance verdient, eine Frau zu finden, die besser zu dir passt. Eine, die dich aufrichtig liebt. Mehr, als ich das je könnte, aus tiefstem Herzen.«

»Das ist dein Ernst, oder?«, vergewissert er sich.

»Meine Entscheidung steht fest«, gebe ich zurück. »Ich werde morgen ein paar Sachen packen und ausziehen. Den Rest hole ich später ab oder beauftrage ein Umzugsunternehmen. Oh, und ich würde gern den Van behalten, wenn's okay ist.«

Blake hebt die Hände, als gäbe er sich geschlagen. »Nur zu«, sagt er. Auf ein altes Auto kann er nach meinem Angebot wirklich verzichten.

Kapitel Sechsundzwanzig

HOME IS WHERE YOUR HEART IS

»Das war's dann also?«, sagt Greg und schüttelt nachdenklich den Kopf.

»Ja, ein Bär«, sage ich und tippe die letzten Worte meiner offiziellen Pressemitteilung, die in der morgigen Samstagsausgabe des Heavenfield Heralds erscheinen wird. Heather Miller, die Lokalredakteurin, wartet in der Redaktion schon sehnsüchtig auf meine Mail. Deshalb überfliege ich den Text, korrigiere zwei Tippfehler und klicke auf *Senden.*

»So«, sage ich und lehne mich zufrieden in meinem Schreibtischstuhl zurück. »Beim Frühstück werden morgen alle Bewohner Heavenfields aus der Zeitung die genaueren Todesumstände von Amy Thompson erfahren.«

»Na, hoffentlich hat der Spuk dann ein Ende«, knurrt Greg. »Und hier kehrt endlich wieder Frieden ein.«

»Habt ihr schon gesehen?«, fragt Ryan, der eben zur Tür reinkommt.

»Was?«, fragen Greg und ich im Chor zurück.

»George Simmons hat ein neues Auto.«

»Och nö«, sage ich.

»Was für eins?«, fragt Greg interessiert. Autos sind voll

sein Ding.

»Einen nagelneuen Chevrolet Silverado. Fettes Teil, in so einem dunklen Rauchgrau-Metallic. Hab ihn eben beim Tanken getroffen, hat die Kohle dafür von der Versicherung bekommen. Sein alter Pick-up ist immer noch verschwunden.«

»Die Karre ist bestimmt längst in Mexiko«, sagt Greg und winkt ab.

»Na super.« Ich seufze. »Dann ist ja wieder alles beim Alten. Fall Amy Thompson gelöst, Simmons kann wieder Camper belästigen ...«

»Das ist der Kreis des Lebens«, sagt Ryan achselzuckend und trällert *Circle of Life* von Elton John, schrecklich falsch und schrecklich schief. Ich kenne nur zwei Menschen, die so schlecht singen können. Ihn und ... rigoros verbanne ich Liz aus meinen Gedanken.

»Lass uns Schluss machen für heute«, sagt Ryan und legt freundschaftlich den Arm um meine Schulter. »Was ist, kommst du noch mit auf ein Bier zu Granny Mae's?«

»Nein, lieber nicht«, entgegne ich. »War 'ne harte Woche und ich will morgen früh zu meinem Dad.«

»Dann ruf morgen Abend mal durch. Wir könnten angeln gehen am Sonntag.«

»Ja, vielleicht«, antworte ich lustlos und mache mich auf den Weg nach Hause. Ich weiß gar nicht, was ich da will, denke ich, als ich in meinem Auto sitze. Es ist Freitagabend, ich hätte mit Ryan noch auf ein Bier rausgehen sollen, statt mich zu verkriechen. Aber mir ist nicht danach und ich muss den Hund füttern und ... Das Erste, das ich sehe, als ich in unsere Einfahrt biege, ist der knallpinkfarbene Van, der dort parkt. Mein Herz setzt zwei Schläge aus. Auf der Veranda sitzt sie, das schönste Mädchen, das ich jemals gesehen habe. Sie ist etwas älter, als ich dachte, aber das macht nichts, denn für mich ist sie perfekt.

Noah steigt aus und kommt auf mich zu. »Was machst du hier?«, fragt er und guckt mich an, als ob diesmal er die Erscheinung hätte.

»Ein Abenteuer wagen«, antworte ich lächelnd.

Seine Augen leuchten. »Ein Abenteuer?«

»Ja, deshalb wollte ich fragen, ob ich den Van eine Weile in der Einfahrt parken kann.«

»Wie lange?«, fragt er.

»Ich weiß nicht«, antworte ich. »Erinnerst du dich? Du hast gesagt, es sei egal, wie lange es dauert.«

»Egal, wie lange es dauert«, wiederholt er meine Worte und sieht mir tief in die Augen.

»Nun«, sage ich. »Ich finde, *für immer* klingt gut.«

»Für immer klingt perfekt«, sagt er, zieht mich in seine Arme und küsst mich endlich. »Was hat dich bewogen, deine Meinung zu ändern?«, fragt er, nachdem er von mir abgelassen hat.

»Du«, sage ich lächelnd. »Das heißt, wenn du mich überhaupt willst?«, schiebe ich nach.

»Dumme Frage«, sagt er, schüttelt grinsend den Kopf und streckt mir den Zeigefinger entgegen. »Für immer heißt für immer, Miss Robinson, egal, wie lange es dauert.«

»Egal, wie lange es dauert«, wiederhole ich unser gemeinsames Versprechen.

»Ich nehme dich beim Wort.«

»Kannst du.« Ich bin da, wo ich hingehöre. In den Armen meines fünfundzwanzigjährigen Superman. So schnell kriegt mich hier niemand wieder weg, schließlich habe ich dafür gekämpft. Es hat sich gelohnt, würde ich sagen.

»Liz!«, Keisha stürmt mir entgegen, als ich am Montagmorgen das Diner betrete. Sie strahlt über das ganze Gesicht und schließt mich in ihre Arme.

Granny Mae betrachtet mich über die Theke hinweg. »Ich hab doch gesagt, sie kommt zurück«, sagt sie und lächelt zufrieden in sich hinein.

»Die Gegend soll um die Jahreszeit sehr schön sein.« Ich setze mich lässig auf einen der Barhocker.

»Seit wann bist du wieder da?«, fragt Keisha aufgeregt.

»Seit Freitag.«

»So, so, Freitag«, entgegnet Keisha mit einem wissenden Grinsen und ich zucke mit den Schultern und grinse zurück. Wir haben das gesamte Wochenende knutschend und kuschelnd im Bett verbracht und ich freue mich schon sehr auf heute Abend.

»Schön, dass du wieder da bist«, sagt Granny Mae und bringt mich damit zum eigentlichen Grund meines Besuchs.

»Ich wollte fragen, ob ich den Job wiederhaben kann?«

Keisha sieht mich aus großen Kulleraugen an. »Aber das geht doch nicht.«

»Warum nicht?«

»Noah hat mir erzählt, also ich meine ... du bist eine reiche Frau und hast studiert«, stammelt Keisha. »Du kannst doch nicht für acht Dollar die Stunde hier im Diner arbeiten.« Sie scheint wirklich schockiert darüber zu sein.

»Doch, und ob ich das kann.« Genau genommen müsste ich nie wieder arbeiten. Die Anteile, die ich bereits am Unternehmen halte, wird Blake mir abkaufen. Da er die volle Summe, die mir zusteht, nicht auf einmal stemmen kann, bekomme ich fürs Erste drei Millionen Dollar, die nächste Woche meinem Konto gutgeschrieben werden. Der Rest wird über eine lebenslange monatliche Abfindung geregelt. Ich schätze, ich kann es mir also leisten, im Diner zu arbeiten. Denn das ist es, was mich glücklich macht.

»Also, bekomme ich eine Schürze?«, sage ich.

»Bist du dir wirklich sicher?«, fragt Keisha ungläubig.

Granny Mae schüttelt grinsend den Kopf. »Diskutier nicht mit ihr, wenn sie den Job will. Die Kleine verkauft ne Menge Bier und Burger, wenn sie mit ihrem hübschen weißen Hintern in den knappen Shorts rumwackelt.«

»Auch wieder wahr«, sagt Keisha, holt eine Schürze hinter der Theke hervor und streckt sie mir demonstrativ entgegen. »Dann willkommen zurück im Team!«

Ich binde sie mir um und schnappe mir ein Tablett. »Was steht ihr hier so rum?«, frage ich. »Ab an die Arbeit, gleich steppt hier der Bär.«

Eine halbe Stunde später ist der Laden brechend voll und Noah und die Jungs haben ihre übliche Sitznische bezogen.

»Wusstet ihr eigentlich, dass Frauen statistisch gesehen sieben Jahre länger leben als Männer?«, fragt Noah, als ich den Männern ihr Spezial-Frühstück hinstelle.

»Nein, wusste ich nicht, ist aber interessant.«

»Das heißt, dass wir exakt gleich lang leben werden«, schlussfolgert Noah. »Lebenslänglich, Miss Robinson, bis dass der Tod uns scheidet. Wir werden uns lieben, bis wir genau am gleichen Tag tot umfallen.«

»Mein Gott«, sage ich augenrollend. »Du kannst so wahnsinnig romantisch sein.«

»Ich weiß«, sagt er, grinst spitzbübisch und zieht mich zu sich runter, um sich schnell einen Kuss zu stehlen.

»Kindskopf«, antworte ich lachend und strubbele ihm durchs Haar. »Aber genau dafür liebe ich dich, Noah Reynolds.«

»Ich dich auch, Miss Robinson. Aber ganz nebenbei bemerkt, bin ich dafür, dass du Mrs. Reynolds wirst.«

Ryan verschluckt sich fast an einer Gabel Rührei.

»War das ein Antrag?«, frage ich und in meiner Brust breitet sich ein warmes Gefühl aus.

»Wolltest du nicht sowieso nächste Woche heiraten?«, fragt Noah zurück.

»Wieso eigentlich nicht«, entgegne ich achselzuckend. »Ein Kleid hätte ich. Ich müsste es bloß im Brautmodengeschäft in Columbus abholen.«

»Mach das«, sagt Noah und zwinkert mir scherzhaft zu. Trotzdem, er meint das ernst, ich weiß es.

»Lass uns damit noch ein bisschen warten«, sage ich. »Bis es deinem Vater besser geht.«

»Auch nicht schlecht.« Er zieht mich in seine Arme und küsst mich. »Hauptsache, du wirst meine Frau.«

Ich sehe ihm tief in die Augen, schlinge die Arme um seinen Nacken und erwidere seinen Kuss. »Ich würde dich auf der Stelle heiraten, von mir aus auch morgen.« Ich meine es genauso, wie ich es sage. Er ist der Mann, mit dem ich mein Leben verbringen will, da bin ich mir hundert Prozent sicher.

Es duftet nach Speck und Eiern, in der fettigen Luft liegt das Stimmengewirr der üblichen Frühstücksgäste, und mein Herz platzt fast vor Glück. Ich bin da, wo ich hingehöre. In Heavenfield/Tennessee, gelegen im Happy Valley, dem wohl glücklichsten Tal der Welt. Ich weiß jetzt, warum es so heißt, und ich gehe hier nie wieder weg.

Liebe Leserin, lieber Leser,

eigentlich wollte ich ein ganz anderes Buch schreiben, aber manchmal laufen die Dinge eben anders, als geplant. Vielleicht liegt es auch einfach daran, dass ich, sobald ich meinen Fernseher einschalte oder die Nachrichten lese, das Gefühl habe, die Welt um uns herum sei komplett verrückt geworden. Egal wo man hinschaut, nur Kriege und Katastrophen, Klimawandel, Ölpest, Hungersnöte, verrückte Präsidenten und irre Diktatoren ... Ich war es einfach leid und sehnte mich nach einem Stück heiler Welt. Nach einem Ort, der sich anfühlt, wie eine tröstliche Umarmung. An dem es nach Blaubeerkuchen duftet und wo die Männer noch Holzfällerhemden tragen. Wo jeder jeden kennt und wo noch wahre Werte wie Freundschaft und Hilfsbereitschaft zählen.

Um es mit Lady Gaga und Bradley Cooper zu sagen: Ich sehnte mich nach mehr. Und immer, wenn diese Sehnsucht aufkam, fand ich Trost an meinem Schreibtisch, denn da war Heavenfield. Es hat mich gepackt und nicht mehr losgelassen. Ich hoffe, dir hat die Geschichte um Liz und Noah gefallen. Vielleicht hast du sie in einem Rutsch durchgelesen, vielleicht aber auch häppchenweise, in den Momenten, die man dem Alltag manchmal mühsam abtrotzen muss. Wie dem auch sei, ich hoffe, sie hat dich gut unterhalten und für ein paar Stunden in die romantische Bergwelt der Smoky Mountains entführt. Denn nur dafür sitze ich hier und schreibe meine Bücher: Damit du beim Lesen eine schöne Zeit hast und für eine Weile dem Alltag entfliehst.

Wenn dir das Buch gefallen hat, würde ich mich deshalb sehr freuen, wenn du eine kurze Rezension verfasst. Klick dafür einfach hier: Buch bewerten.

Das muss kein Roman sein. Schon zwei, drei Sätze, wie dir das Buch gefallen hat, reichen aus, um mich als Autorin damit zu unterstützen. Nur durch euer Feedback haben wir Autoren die Chance, zu erfahren, was euch gut gefallen hat oder wo wir noch besser werden können und andere Käufer können sich daran orientieren, ob das Buch vielleicht auch etwas für sie ist?

Wenn du mich also mit einer Rezension unterstützen möchtest, würde ich mich sehr darüber freuen. Jede einzelne von ihnen bedeutet mir sehr viel. Ich hoffe, diesem Buch werden noch viele weitere Geschichten folgen. Ihr, meine Leser, seid diejenigen, die das möglich machen. Deshalb danke ich jedem einzelnen von Herzen und würde mich freuen, wenn du mir auch weiterhin „treu" bleibst.

Deine Clara Gabriel

Anregungen, Fragen, Wünsche? Immer her damit, ich freue mich auf Eure Post: post@claragabriel.de

Besuche mich im Netz unter claragabriel.de https://claragabriel.de/clarahome.html

Oder folge mir auf Facebook https://facebook.com/ClaraGabrielAutorin oder Instagram https://instagram.com/claragabriel_autorin

Lust auf noch mehr Heavenfield? – Wenn du dich zu meinem Newsletter "Flaschenpost" anmeldest, verpasst du keine Neuigkeiten rund um die Heavenfield Hearts. Außerdem erhältst du als Abonnent das kostenlose Rezeptheft *Die besten Rezepte aus Granny Mae's Diner* für den typischen Geschmack Heavenfields.

Also melde dich gleich an und sichere dir dein Gratis-Exemplar: Klick hier zum Rezeptheft. https://claragabriel.de/sign-in-page-granny-rezepte.html

Dank & Liebe

Herzlichen Dank meiner Lektorin Claudia Pietschmann, die mal wieder einen großartigen Job gemacht hat, um dieses Buch in jeder Hinsicht besser zu machen. Um mal mit einem weit verbreiteten Vorurteil aufzuräumen: Claudia korrigiert nicht nur Tippfehler und seltsamen Satzbau, sondern weist mich mit engelsgleicher Grobheit darauf hin, wenn ich in meinem Manuskript mal wieder Mist gebaut oder die falsche Abzweigung genommen habe. Deshalb danke für dein geschultes Auge und dein unvergleichliches Gespür für Plotholes und Stolperfallen.

Danke an Josie Kju, Sam Bennet, Brina Stein, Mia Caron, Melanie Reichert, den unvergleichlichen Klaus S. und viele weitere, deren Namen mir jetzt auf die Schnelle nicht einfallen. Ich danke euch für den kollegialen Austausch, Fachsimpeleien und stets ein offenes Ohr. You rock!

Danke an die Affenbande: Bettina, Conny, Elvira, Johanna, Melanie, Sandra, Yvonne, Tamara und Thurid. Love you, girls!

Danke an mein Blogger-Team „Claras Crew“ für alle eure Beiträge, Rezensionen, Buchvorstellungen, Artikel,

Kommentare, Verlinkungen, kurz: Euren Support! Danke Anett H., Anja B., Anja L., Annalena S., Astrid W., Bärbel W., Carmen S., Claudia S., Claudia St., Claudia T., Daniela B., Diana B., Diana D., Doris S., Elvira H., Franziska B., Frauke P., Heidi P., Heike O., Hiltrud W., Irene F., Jessica S., Josie K., Julia E., Lisi L., Manja T., Marion Anne R., Marion K., Marion S., Marita Z., Michaela J., Nadja K., Nicole B., Nicole R., Nina S., Sina P., Sonja M., Steffy S., Stefanie B., Steffi S., Susanne Ba., Susanne Br., Susanne K. und Susanne S.

Ihr seid definitiv die beste Crew der Welt. Mädels, ihr seid spitze!

Wie immer danke ich meiner Familie und meinem Mann. Ohne eure Unterstützung wäre das alles gar nicht möglich.

Zu guter Letzt natürlich Dank an die wichtigsten Personen: Meine Leserinnen und Leser. Ohne euch würde es nämlich schlicht keinen Sinn machen, Bücher zu schreiben, wenn es da draußen niemanden gäbe, der sie auch liest. Also danke, dass ihr mir eure Zeit schenkt und sie mit meinen Geschichten verbringt. Das bedeutet mir sehr viel. Deshalb vielen Dank, dass auch du ein Teil der Clara-Geschichte geworden bist. Ich hoffe, unser gemeinsamer Weg ist noch lang.

Eure Clara

Jetzt vorbestellen

Der dritten Band der Heavenfield Hearts: Eingeschneit mit Mr. Right erscheint im Herbst 2020.

Jetzt vorbestellen und er landet am Erscheinungstag automatisch auf deinem Reader.

Heavenfield Hearts 1: Die Farben deiner Liebe

Die zweiunddreißigjährige Liz besitzt alles, was sich eine Frau wünscht. Nur eines nicht: ein kleines Abenteuer, das ihre Augen zum Funkeln bringt. Kurzerhand gibt sie ihrem Schicksal eine neue Wendung und löst ihre Verlobung. In einem alten Van bricht sie zu einem Roadtrip auf und landet durch Zufall in Heavenfield, wo sie beim Tanken auf den sieben Jahre jüngeren Noah trifft. Noah ist fasziniert von Liz. In seinen Augen ist sie die perfekte Frau. Die Sache hat nur einen Haken: Sie ist auf der Durchreise. Hals über Kopf stürzen sie sich in ein Abenteuer, von dem keiner will, dass es endet. Doch ihr altes Leben holt Liz früher ein als gedacht und sie muss sich entscheiden: Ist Noah der Richtige für sie oder ist ihre Liebe nur ein Strohfeuer?

Rettungsring für zwei – Kreuzfahrt-Liebe Band 1

Leinen los! Die MS Stella Maris sticht in See, nimmt Kurs auf die Liebe und steuert mitten ins Herz.

Maries Leben läuft ganz nach Plan. Bis ihr Verlobter drei Tage vor der Hochzeit tödlich verunglückt. Ihre Freundin Eva überredet sie, dennoch in die Flitterwochen zu fahren. Wäre doch schade, die Karibik-Kreuzfahrt sausen zu lassen. Dumm nur, dass es sich bei der Reise um das Romantik-Special handelt, denn nach Romantik steht Marie gerade gar nicht der Sinn. Wenn da nicht Paul wäre, der glaubt, dass sie sich etwas antun will, und entschlossen ist, sie zu retten. Doch das Einzige, was in Gefahr gerät, ist Maries Herz, und ehe sie sich's versieht, verliebt sie sich in den einzigen Mann an Bord, bei dem sie das besser gelassen hätte. Denn Paul ist nicht der, für den sie ihn hält …

Kennen Sie den ...? – Kreuzfahrt-Liebe Band 2

Es gibt einen Mann auf diesem Planeten, den Karrierefrau Victoria bestimmt nicht sehen will, als sie auf Kreuzfahrt geht, um ein paar Tage abzuschalten: den Comedian David Baum. Der macht ihr mit seiner Initiative gegen ihren Pharmakonzern das Leben schwer. Blöd, dass ausgerechnet er als Stargast der Weihnachtsreise durch Mittelamerika und die Karibik gebucht wurde. Auf den Komiker hätte Victoria getrost verzichten können. Doch wie es scheint, ist er der Einzige, der ihr dabei helfen kann, ihren Ex Philipp zurückzugewinnen. Der macht nämlich ebenfalls Ferien an Bord der Stella Maris, zusammen mit seiner neuen Freundin. Und die wiederum würde eigentlich viel besser zu David passen, wie Victoria findet. Wenn da nicht die Tatsache wäre, dass er sie zum Lachen bringt und eine Seite in ihr weckt, die Victoria an sich noch nicht kannte ...

Postkarten an Dora – Clara Gabriels historischer Debütroman

Deutschland im Herbst 1905: Wenn es nach ihrem Vater ginge, soll Dora Lehrerin werden, die Mutter sähe sie am liebsten unter der Haube. Doch die Siebzehnjährige hat andere Pläne, denn sie träumt von einer Karriere als gefeierte Schauspielerin im fernen Amerika. Der junge Offizier Alfred verliebt sich in sie, doch auch er kann sie nicht aufhalten. Dora brennt durch und begibt sich auf eine spannende Reise, die sie nicht nur auf die Bühne, sondern auch ins »falsche Amerika« führt. Doch weder mit der Karriere noch mit der Liebe läuft alles so leicht wie gedacht